DO ANDROIDS DREAM OF ELECTRIC SHEEP ?

銀翼殺手

菲利普・狄克（Philip K. Dick）著
祁怡瑋 譯

菲利普．狄克藉由作品為自己創造出了一個時間尺度異常大的人生，也給了讀者一雙穿越時間的人性之眼。

——東華大學華文系教授　吳明益

在越來越接近《銀翼殺手》所設定的年代重讀這本書，除了印證某些預言成真，更讓人讚嘆的，還是作者以類型包裝人性、倫理、科技與哲學的筆鋒，入木三分。當然，搬上銀幕後的風風雨雨，更讓原著益發傳奇。

——資深影評人　聞天祥

電影《銀翼殺手》本身就是經典中的經典，若論故事性，原著小說有過之而無不及。主角狄卡德不再是單身，而是結了婚，但太太沉迷神祕宗教……這是狄卡德更有血有肉，情節更飽滿的版本。

——香港科幻作家　譚劍

現實的世界變得越來越像菲利普．狄克數十年前的預言時，他的小說開始越來越被重視、越來越多人閱讀、越來越常被提及討論，也有越來越多的讀者將他當年的奇思怪想轉換、消化，用來面對現今似乎同菲利普．狄克故事一樣光怪陸離的世界。

——文字工作者　臥斧

菲利普・狄克的腦袋彷彿一座風車，風車上用鋼琴線掛了一面發皺的鏡子，鏡子前是一條霓虹燈管。他對社會的不滿就是經由這條霓虹燈管，以扭曲而絢爛的折射手法，從字裡行間透露出來。

——美國科幻新浪潮旗手　羅傑・澤拉茲尼（Roger Zelazny）

通俗小說版的卡夫卡，一部預言之書。

——《紐約時報》艾瑞克・納許（Eric P. Nash）

菲利普・狄克看到了其他作家避而不看的所有可能——有閃閃發光的可能，也有駭人聽聞的可能。

——《滾石雜誌》保羅・威廉斯（Paul Williams）

如果七〇、八〇年代……屬於威廉・布洛斯（William Burroughs），千禧年就是屬於菲利普・狄克的。

——《細節雜誌》艾瑞克・戴維斯（Erik Davis）

導讀

你曾經有過的每一個想法都是真的——吳明益 007

銀翼殺手 027

附錄

菲利普·狄克這個人——羅傑·澤拉茲尼 329

從前人們覺得他是神經病，現在人們相信他見過上帝——臥斧 337

菲利普·狄克　年表 341

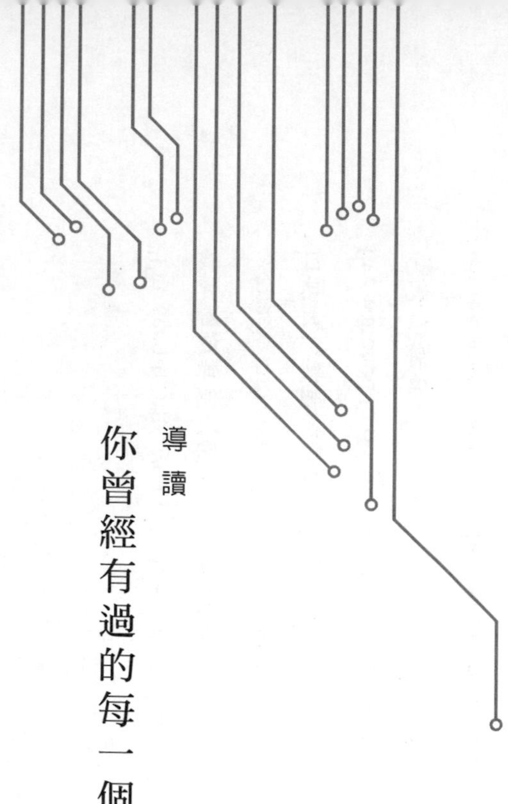

導讀

你曾經有過的每一個想法都是真的

——吳明益（東華大學華文系教授）

"I've seen things, you people wouldn't believe, hmmm.
我曾看過你們人類無法想像的事情……
… attack ships on fire off the shoulder of Orion.
目睹太空戰艦在獵戶星旁熊熊燃燒
I've watched C Beams glitter in the dark near the Tannhauser Gate.
注視C射線在「唐懷瑟之門」的黑暗裡閃耀
All those moments, will be lost in time like tears in rain…"
所有的過往都將消失於時間的洪流裡，如同雨中之淚……
"… time to die …"
……死亡的時刻到了……

——電影《銀翼殺手》中據說是由演員
魯格・豪爾（Rutger Oelsen Hauer）所創作的一段台詞

一九六四年菲利普・狄克[1]在科幻雜誌《明日世界》（*Worlds of Tomorrow*）發表了一篇短篇小說〈小黑盒子〉[2]。主角瓊・哈喜是一位東方宗教專家，她爭取一個到古巴對當地中國人進行宗教指導的工作。當時開始流行一種新的宗教稱為「摩瑟黨」，信徒會使用一種「共感箱」，這個共感箱能讓握住它把手的人和宗教領袖「共感」。

瓊・哈喜原本的任務是宣傳古老的禪宗教義，但後來瓊本身和她的情人，既是演奏家也能讀心的馬利坦變成了摩瑟黨的信徒，而各國政府源於對這種新興宗教的恐懼，開始禁絕它……

使用共感箱的細節，讀者透過ＰＫＤ的描寫，或許會有這樣的感受：共感箱根本是一種前衛的「虛擬實境」科技。使用者可以與摩瑟老人對話，甚至會被丟向

---

1 Philip K. Dick（1928-1982），以下按科幻迷的慣例將他的名字縮寫為ＰＫＤ。

2 〈小黑盒子〉（The Little Black Box）的中文版可見於正中書局二〇〇七年出版的《關鍵下一秒》。

摩瑟的石頭擊中，感受到真正的痛感。光是這篇短短的作品，我就相信ＰＫＤ這位在死後聲譽更加崇高的科幻作家，擁有一雙超越時代的眼睛。

1

ＰＫＤ曾表示，一九六八年寫出的《銀翼殺手》（以下簡稱《銀》）便是從這篇小說衍伸出來的。地球在經歷另一次大戰之後，受到放射塵嚴重污染，許多人都移民外星了，大型企業不斷宣傳，留在地球就等著死亡與退化。伴隨著太空移民是仿生人技術的精進，地球人帶著仿生人開拓太空殖民地，讓它們擔任各種危險和底層的工作。部分越來越精進的仿生人選擇脫逃回地球，為了追捕它們，因此出現了「仿生人殺手」這樣的職業。

但你如果光是以看待傳統殺手的眼光來想像，恐怕不甚準確，因為在那個仿生人極度擬真的世界，任務最大的難關是：

怎麼辨識出仿生人？

這並不是一個簡單問句，而是千百年來人類透過哲學、藝術與科學反覆探究的問題，因為在西方，這可是涉及了宗教裡人僭越上帝形象的誘惑；而在演化論之後，這更關係到生態倫理學最核心的問題：在萬物尺度裡，人究竟位居何處？

這也是西方科幻小說極關注的議題之一，從瑪麗．雪萊的《科學怪人》（*Frankenstein, 1818*）、艾西莫夫的機器人系列，以及ＰＫＤ的作品，莫不是在討論若人類有能力「喚醒、創造人造人」，豈不如同上帝？更深層的問題是：設若這些人造人已經逼近「生命體」（不妨稱之為準生命體），那麼人類是否有權剝奪它們的「生命」（此處又衍生一個問題，所謂的生命該怎麼定義呢）？

在和平相處的狀況下，人類扮演「寬大的上帝」不成問題，但如果有一天它們起而反抗，殺害、甚至奴役了人類，又該用什麼樣的律法或態度來對治？

如果我們再調換思考的對象，從這些「準生命體」的立場想。即便你是被「生產」出來的，當你有了思想、情感與信念時，你不會想成為一個「真正」的生命體，比方說「人」嗎？

2

在《科學怪人》裡，弗蘭肯斯坦博士用屍塊和電擊創造出弗蘭肯，誕生的喜悅不久便成了痛苦。被視為怪物的弗蘭肯，一面覺得博士是自己的父親，一面又覺得博士「never gave me a name」（既是名字也是名分、地位），這是小說處理這類矛盾的開始。

十九世紀初是電機工程學的萌芽階段，以電擊喚醒屍塊的靈魂是絕對新鮮、前衛的。但隨著科技進步，取代的是對機械的迷戀。

艾西莫夫說自己從小就是科幻小說讀者，他讀了許多機器人的故事，發現它們總共分成兩大類。第一類是「威脅人類的機器人」，第二類則是「引人同情的機器人」。

在這類故事中，機器人是可愛的角色，通常遭到殘酷的人類奴役。一九三九年，他決定寫一篇「引人同情的機器人」的故事。但寫完了之後他「隱約看到另一種機器人的影子，它既不威脅人類，也不引人同情」。因此，艾西莫夫開始將機器人回歸為它們都是由實事求是的工程師製造的工業產品，必然內建安全機制，不會構成威脅；而它們本身就是為了執行某項特定工作，因此也與同情沒有必然的牽連。（《艾西莫夫機器人故事全集》，2009:10）

這樣的概念，就衍生出了他在短篇〈轉圈圈〉裡創造出的「機器人三法則」，分別是：「機器人不得傷害人類，或袖手旁觀坐視人類受到傷害；二，除非違背第一法則，機器人必須服從人類的命令；第三法則是，在不違背第一及第二法則的情況下，機器人必須保護自己。」艾西莫夫日後自己也修改了這三個法則，創造出第零法則（機器人不得傷害人類這族群，或因不作為使人類這族群受到傷害），我們不妨可以說，艾西莫夫機器人科幻小說創造了一個獨特的「未來世界觀」。

不過艾西莫夫讓我覺得難以忘懷的是〈雙百人〉[3]，裡頭的主角是取名為安德魯・馬丁的人型機器人。它因為擁有創造天分而受到矚目，經過與主人十數年的相處，安德魯漸漸地嚮往成為「人類」，它向法院爭取機器人自由，確保自己的獨立

---

3 這則短篇後來改編為電影《變人》（*The Bicentennial Man*）。

性，但人類卻不肯承認它是人——因為它不死。雖然人類一直追求長生不死，但不會依循自然規律死去的機器人可以稱為生命嗎？

在另一篇〈你竟顧念他……〉裡，一位機器人公司的研究者和機器人討論機器人是否要繼續遵循三大法則，其中一點是因為如果對機器人下命令的是小孩、智能障礙或野心家、罪犯，那麼機器人還要服從命令嗎？他要這具「喬治十號」藉由閱讀人類歷史去思考一個問題：如何去除人類和機械人競爭的恐懼？

這一篇的篇名That Thou Art Mindful of Him出自《聖經．希伯來書》：「人算什麼，你竟顧念他？世人算什麼，你竟眷顧他？」從人類的角度看：人造人算什麼，你竟顧念它？從人造人的角度看：人類算什麼，你竟顧念他？

難道不會有一天人類的定義，也由人造人決定？

對人造人出現後人類的各種情緒與反應，科幻世界藉此創造了無數瑰麗而深邃的想像。但閱讀《銀》時，你會發現這不是一部主題單一而孤立的作品，ＰＫＤ既讓你享受故事，也要你反省人性。

3

在冰冷金屬所構造的機器人發展到一定程度時，與有機體的結合變成想像的趨向。具有類有機體外觀與人工智能的機器人有時被稱為android，正是PKD在《銀》裡用的概念[4]。

但仔細讀小說的細節，《銀》裡的「連鎖六號」不但能進食，會流血，也能做愛，顯示許多器官的擬真度與人類無異。也有些學術上的討論以賽伯格[5]來稱呼它們。我認為新譯本以「仿生人」來翻譯是相對適當的，因為它們和小說裡的「電動羊」（electric sheep）並不相同。

4 《銀翼殺手》在國家出版社一九八一年的版本《殺手的一日》仍將之譯為「機器人」，另一個駿馬出版社《二〇二〇年》的譯本則音譯為「安迪」。

5 cyborg, cybernetic organism，基本定義是用人工無機結構對人類或者動物的身體進行強化而成的科幻生命體。

無論仿生人做得多麼的真，殺死它們是「除役」，不是真正的「殺戮」。而為了避免誤「除役」真人，這些賞金殺手使用一種稱為「孚卡系統」的裝置來測試。孚卡系統簡單地來說是測試受測者的「共感能力」，因為人具有共感能力，但生化人沒有。

以這樣的故事架構，PKD結合當時他能接觸到的科技、知識，開展他的想像力，完成了一部異常深邃的人類心智作品。（以下多少會涉及劇情，請第一次閱讀的讀者可以選擇跳過。）

孚卡系統在小說裡是由巴夫洛夫公司所設計，巴夫洛夫[6]確有其人，是鼎鼎大名的俄羅斯心理學家。他在一八九〇年代以狗為研究對象，首先對「古典制約」作出了描述。由此發展了他另一個研究主題：非自願反射動作（involuntary reflex actions）。他研究了對於壓力和痛苦的非自願反應，定義了四種性格：「冷靜」（phlegmatic）、「暴躁」（choleric）、「樂觀」（sanguine）、「憂鬱」（melancholic）。這啟發了後繼的科學家，對心智的制約、記憶移入和洗腦的進一步探索。

「孚卡系統」顯然挪用了部分巴夫洛夫非自願反射動作的概念，另外，他也運用了人類的情緒涉及內分泌或腦波的醫學發現。小說裡當時的人會透過情緒控制機來調整自己的情緒，而飼養動物也是他們調整情緒的方式。

當時因動物幾乎滅絕，人們只好購買機械動物以彌補這部分的情感，又因為「真的」動物難尋，因此被控制在資本家的手上，飼養稀有或大型動物也是地位的表現。不僅如此，當時的人類也被分類了，部分智能不足或有障礙的人被稱為「特殊分子」，他們是「蟻頭人」是「雞頭人」，是住在廢墟裡的廢渣。

而仿生人被視為地位不如人類的原因是，無論它的智力多麼過人，都無法感受到摩瑟教要所有教徒參與的共感體驗。每一種生物都有某種程度的智力，但同情共感只存在於人類群體之中。仿生人的痛苦跟機器動物一樣，不會困擾人類。也就是說，人類的同情共感不會衍伸到無生命的個體上。

但這界限並非能由這個特徵就完全決定的。確實有部分的人類不具同情共感的

---

6 Иван Петрович Павлов（1849-1936），雖然巴夫洛夫在心理學界大有名氣，卻是因消化研究而獲得諾貝爾獎。

特徵，比方說小孩、精神障礙者、智能發展遲緩者……。如果深入地想，你會發現，世間有許多「正常人」也同樣不具備同情共感的能力（或意願）。

同樣地，仿生人裡偶爾出現「有夢想」的個體。殺手瑞克就想過，「一個渴望過得更好的農奴」，才會選擇殺掉自己的主子逃到地球。而仿生人盧芭．露芙特，更是一個充滿天分的歌唱家，她想過的生活是唱歌劇《費加洛婚禮》，而不是在殖民新世界裡當奴僕。這難道不是一種情感，一種愛嗎？

身為人類，瑞克的痛苦在於他發現自己不是一體同適地「共感」每一個人（他排斥宗教體驗），相對地，他竟對「特定的」仿生人心動。

無奈「愛」也不是一個簡單的名詞。在小說裡，瑞克墜入了「是為了愛還是為了性」的迷惘裡，他也和另一個殺手激辯了愛的種類。

在演化上，性是促成演化的巨大趨力，但愛呢？愛會不會是人類創造出來的一種架空於玄虛的名詞而已？

人類證明「愛」的一種儀式便是「宗教」。多數宗教團體以宣揚愛他人的「利他主義」為根基，而其中有含括了先知者的啟示，以及宗教體驗對情感上的安慰。

小說裡的摩瑟教透過那個小黑盒子讓所有教徒分享感受，「只要一部分人覺得喜悅，那所有人都會嘗到那份喜悅的感受。然而，倘若任何一個人在受苦，其餘人就別想置身其外」。瑞克想，這種奇特的分享一定只能限於草食或雜食動物。因為「這種同情共感的天賦最終會模糊獵人與獵物、贏家和手下敗將的界線……貓頭鷹或眼鏡蛇要是這樣就完蛋了」。

宗教強調以愛拯救人的靈魂，前提是你得要有靈魂才行。仿生人有靈魂嗎？倘若他們能唱出《魔笛》裡的情感，難道不是一種靈魂的展現？

會不會根本上人類恐懼的是發現其它生命和我們一樣高貴，ＰＫＤ已經直覺到「同情共感」並非人類獨有的品質？

和這本小說差不多的一九六〇年代，正是黑猩猩研究開始擴展的時代，這廣泛地瓦解人類獨尊的莊嚴信條。生態學家威爾森[7]在《論人性》裡提到，有些研究員想

7 E. O. Wilson（1929-），自然歷史學家，這邊提到的著作《論人性》（*On Human Nature, 1978*）曾獲得普立茲獎。

把個體死亡的概念傳輸給黑猩猩，但又猶豫不決，「如果牠們像人一樣有了死亡概念，牠們會怎麼樣呢？」這位叫戴維．麥克普雷的研究者說：「要是猿也懼怕死亡，牠們會像人那樣，用不尋常的辦法對待死亡嗎？」

威爾森曾將人類的遺傳分為文化繼承和生物學繼承，人類行為裡幾個讓人迷惑的行為，分別是攻擊性、性、利他主義與宗教。非常有意思的是，這樣的概念竟然在一九六八年的《銀》裡具體而微地展現了。

ＰＫＤ像是把他對人性的思索、科技與未來的思索鎔於一爐，以只有人類具有同情共感這個假說為根基，創造了一個涉及生命倫理、社會階級、物種滅絕、愛與性的演化、宗教，甚至是巨型企業問題的小說世界。

ＰＫＤ已經把人造人這個看似科技發展的題材，聯結上了文化繼承的問題。人類創造出的人造人如果有陰暗面，那也是人類的智能所「遺傳」給它們的。這便是當部分殺手「除役」它們的時候，內心感受到的彷彿在「除役自己」的那種痛楚。

偏偏人性中光與暗的交錯又是無止境的，正如小說裡的宗教領袖摩瑟老人所說的：「無論去到哪裡，你都不得不做壞事，不得不違背自己的心意，這是生存的基本條件。每一個活在這世上的生物總有逼不得已的時候。這是終極的陰影、萬物的挫敗。這是一道應驗中的詛咒，蠶食著芸芸眾生，在宇宙間無所不在。」

4

ＰＫＤ曾說他自己寫科幻小說是一種反抗的方式，在現實生活裡他被加州柏克萊大學退學，理由不過是他不想上後備軍人課的時候穿上那身制服。而「科幻小說是一種反抗的藝術，它需要作家、讀者和不好的態度」。遇到任何問題都問為什麼？誰說的？他把這樣的問題提升到「我們真的都是人類嗎？還是部分的人只是反射機器？」這樣的事上。他生上帝的氣，他認為人類的犯罪與墮落，是被推下去的。

對ＰＫＤ來說，科幻小說是一種不對現實低頭的文學類型。它是因為這世界達不到他的要求而存在的，作者和讀者用它對抗已被接受的想法、組織以及其它。為了寫小說，ＰＫＤ研究神學、研究哲學、科學。他也喜歡音樂，他一生都在為琳達·朗絲黛[8]還沒有成名前就預言她的成功而自豪，他也是一個掙扎於毒品無力自拔的人。

ＰＫＤ也把他的反抗與掙扎投射在他創造的生化人裡。在《銀》裡，洛伊．巴帝帶著生化人逃亡，提倡仿生人生命神聖，是叛逃者也是（仿生人的）救世主；盧芭則充滿藝術天分，在短短「人生」裡追求夢想而不悔。和瑞克有一夜情的瑞秋．羅森用身體做為反叛的展示，帕洛可夫則從被獵者轉而為主動出擊。

ＰＫＤ也把他的同情給了自己創造出的生化人。當他讓瑞克在即將「被除役」的盧芭的要求下，為她購買有孟克《青春期》複製畫的畫冊時，我們看到他的溫柔。沒有青春期的生化人著迷於一幅描繪青春肉體的畫，我們則著迷於這種藉由小說顯像的生命本質。

威爾森在近作《人類存在的意義》裡，曾說明他為什麼覺得「並不一定合乎科學原則」的科幻小說是人類值得珍重的資產。他說，倘若有外星人（而且能到地球上來）的話，他們所在意必定不是人類科技的奧祕，因為人類發展數百年的科學史，在他們眼中就像襁褓中的嬰兒一般。

但外星人必定對我們的人文學科與作品深感興趣。

威爾森說：地球的生命誕生於至少三十五億年前，在過去大約十萬年間，人類的信史以及史前史就像生物演化過程中物種的形成一般，有千變萬化的模式。

但人類文化的演進有別於生物的演化，這是「因為文化完全是人腦的產物」，而人腦所具有的獨特能力主要來自額葉皮質的記憶庫。外來者如果要理解我們文化演進的歷史，就必須解讀人類所有複雜而細微的情感，以及各種人類心智的產物。要做到這點，他們必須和人有親密的接觸，並了解無數有關個人的歷史，同時能夠「描述一個想法如何被轉譯成一個象徵符號或一個物件」。

因此，人文學科（當然包括眾多小說）是天然的文化史，也是我們最獨特、最珍貴的資產。它還會繼續多樣化、無限期地發展下去。（《人類存在的意義》，2016:70-75）

《銀》裡有一個美麗無比的橋段，是生化人普莉絲對「特殊分子」約翰·伊西多爾說在火星上讀過的那些「殖民前的小說、古雜誌、古書、古電影」的事。逃到地球的仿生人從地球利用火箭，將這些東西發射到火星上去，然後在空中讓它們散落

---

8 Linda Ronstadt（1946-），美國知名歌手，曾獲十一座葛萊美獎，有國民歌后之稱。

一地。殖民地的仿生人爭相撿拾，因此讀到千百年前小說家對他們此刻居住星球的想像。

即便那些想像是錯的，卻依然迷人。因為那是人類「將一個想法轉譯成一個象徵符號或一個物件」的過程，那是讓他們想獲得自由、成為獨立個體的關鍵。

5

闔上這本我讀過各種譯本以及被拍攝為科幻史上經典作品《銀翼殺手》的小說，我在想人和非人之間的「真假之辨」真的是它的主要命題嗎？

小說裡有一段是電視正在爆摩瑟教的料，篤信摩瑟教的妻子因此詢問瑞克覺不覺得電視裡所說的是「真的」？

瑞克回答：「一切都是真的。」他說：「每一個人曾經有過的每一個想法都是真的。」

在這個賽伯格已成真（許多人身體裡真的都植入了維生機器）、複製生物已經出現、媒體擬像的浪潮將每一個人淹沒的時代——人對人以及環境的宰制依然，階級照樣如此懸殊……。PKD這句「每一個人曾經有過的每一個想法都是真的」就像空谷跫音，讓我低迴再三。

在臺灣一九八一年的譯本裡，書名譯為《殺手的一日》。雖然涉及那麼多面向的巨大命題，PKD事實上才寫了生化人殺手瑞克的一天而已……僅僅一天，他卻能展開這麼廣闊的視野與圖像。我們就可以知道，PKD藉由作品為自己創造出了一個時間尺度異常大的人生，也給了讀者一雙穿越時間的人性之眼。

他就這樣孤獨地在一九六〇年代走著（那是一個科幻以及他的作品都沒有被看重的時代），另一隻腳跨到二〇二〇年（那是導演雷利．史考特《銀翼殺手》標示的未來，而如今的續篇更指向二〇四九年），沒有人走在他旁邊。沒有人願意，也沒有人能夠走在他旁邊，他就在自己小說裡，在無人沙漠裡踽踽獨行，既是無人賞識的寂寞演員，也是絕無僅有，每一步都在虛構沙子踏出真實腳印的偉大科幻小說家。

銀翼殺手

獻給我的兩位摯友提姆（Tim）和瑟瑞娜・包爾斯（Serena Powers）

奧克蘭

探險家庫克船長一七七七年獻給東加國王的烏龜昨日死亡，享年近兩百歲。這隻動物名叫圖伊．馬里拉，死於東加首都努瓜婁發的皇宮苑內。東加人民相當尊敬牠，並派專人照顧。幾年前，牠在一場叢林大火中失明。據東加廣播電台報導，圖伊．馬里拉的屍骸將送往紐西蘭的奧克蘭博物館。

——一九六六年《路透社》報導

1

床邊的心情機自動鬧鐘傳來小小一陣愉快電流，把瑞克．狄卡德電醒。他嚇了一跳。猝不及防被電醒總是害他嚇一跳。他從床上起身，穿著五顏六色的睡衣站在那裡伸懶腰。現在，他太太伊蘭在她床上睜開她那不悅的灰色眼睛，眨眨眼，呻吟一聲就又閉上眼睛。

「妳把妳的潘菲德設定得太弱了。」他對她說：「我要重新設定一下，妳就會醒過來，然後……」

「別動我的裝置。」她的語氣苦澀而尖銳。「我不想醒來。」

他坐到她身旁，彎身對她柔聲解釋道：「如果妳把電流設定得夠強，就能開開心心醒來；這就是重點所在。設定成C，它就會跨越阻礙好心情的門檻，正如同它在我身上發揮的作用。」他一團和氣地拍拍她蒼白裸露的肩頭，因為他把強度設定為D，所以他此刻對這個世界滿懷善意。

「你這個死條子，把你的髒手拿開。」伊蘭說。

「我不是條子……」這下他煩躁起來了，儘管他沒設定這種情緒。

「你比條子還糟。」他太太依舊閉著眼說：「你是條子僱的殺手。」

「我這輩子從沒殺過一個人類。」現在，他的煩躁加劇，演變成滿腔的敵意。

伊蘭說：「只殺過可憐的仿生人。」

「我注意到妳花我帶回家的賞金可從不手軟，心血來潮就亂買。」他起身，邁步走到他的心情機控制台前，說：「也不存一點錢，好讓我們能買一隻真正的羊，換掉樓上那隻電動假羊。這些年來我過關斬將賺賞金，只換來區區一隻電動的動物。」在控制台前，他猶豫著要撥到丘腦抑制功能，熄滅怒火，還是撥到丘腦刺激功能，發狠吵贏這場架。

伊蘭瞪大眼睛看，說道：「要是你撥到變本加厲，我也會如法泡製。我會撥到最最最強，你就等著跟我大吵一架。到時候，你就知道截至目前為止我們吵過的架都不算什麼。撥啊，走著瞧，你試試看。」她速速起身，連跑帶跳衝到自己的心情機前，站在那裡怒視他，伺機而動。

他敗給她的威脅了，只得嘆口氣道：「我會撥到我今天排定的情緒。」查一下二〇二一年一月三日的排程，他看到排的是適合上班的專業態度。他小心翼翼地說：「要是我按照排程調，妳是不是也願意照做？」他老謀深算地等著，除非他太太附議，否則他不動手。

「我今天排了六小時的憂鬱自責。」伊蘭說。

「嗄？排這種東西幹麼？」如此一來，心情機就沒有存在的意義了。「我甚至不知道可以這樣設定。」他鬱悶地說。

「有一天下午，我坐在這裡。」伊蘭說：「照常把《友善巴斯特麻吉天團》打開來看。他說有一件大事要爆料，接著就播起那個爛廣告，我很痛恨的那一個，你知道，就是防輻射下體護具的。所以我暫時把聲音關掉，然後聽到這棟大樓裡，就是這棟，我聽到……」她伸手比了比。

「一戶又一戶的空屋。」瑞克接口道。有時在夜裡，照理說應該是睡著了的時候，他也會聽到。然而，這年頭住滿一半的大樓就算人口密集度很高了；戰爭之前是郊區的地方，你甚至可能發現建築物裡完全空無一人……或者，他聽說是這樣啦。一直以來，他都只是聽說而已；如同多數人，他也沒有興趣親自證實一下。

伊蘭說：「當下，在我把電視機聲音關掉的時候，我的心情是三八二，我才剛撥過去而已。所以，儘管我知道自己應該覺得很空洞，卻沒有空洞感。我的第一反應，是很感激我們還買得起潘菲德心情機。但接著我意識到這有多不健康，不只在這棟大樓，而是不管到了哪裡，我都看到沒有人煙、一片荒涼蕭瑟，但我卻沒有情緒反應。你懂嗎？我猜你不懂。但在以前，這被認為是精神疾病的一種徵兆，人稱『恰當感覺缺失』。所以，電視繼續關著靜音，我坐到我的心情機前東試西試，最後找到絕望情緒的設定。」她那巴掌大的小臉一掃陰霾，露出滿足的神色，彷彿她達到了什麼了不起的成就。「於是，我把它排到我的排程上，一個月兩次，感到一切無望，畢竟地球上隨便哪個小老百姓都移民了，我們卻還留在這裡。我想這樣的時間分量很合理，你不覺得嗎？」

「可是像那樣的一種情緒……」瑞克說：「妳很容易就會陷在裡面，後面就撥不出來了。那種對現實的徹底絕望，是永無止境、沒完沒了的。」

「我安排了三小時後自動重新設定。」他太太狡猾地說：「切換成四八一，感覺未來有無限的可能，嶄新的希望……」

「我知道四八一。」他打斷道。他好幾次撥到那個數值；他很依賴四八一。「聽著。」他坐回自己床上，抓住她的雙手，把她拉下來坐在他旁邊，說：「就算有自動終止設定，體驗負面情緒還是很危險，無論哪一種。別管妳的排程了，我也會拋開我的排程；我們一起撥到一〇四，一起體驗一下，接著妳就繼續保持下去，我則是重新設定成平常適合上班的態度。這樣我就會想爬上樓頂，查看一下我們的羊，然後出發去辦公室。同時，我也會知道妳沒坐在這裡胡思亂想，不好好看電視。」他放開她細長的手指，穿過寬敞的屋內來到客廳。客廳還隱約留有昨晚的菸味，他彎身打開電視。

伊蘭的聲音從臥室傳來：「我受不了在早餐前開電視。」

「撥到八八八。」趁電視開機的時候，瑞克說：「無論電視上演什麼都想看。」

「我現在什麼也不想撥。」伊蘭說。

「那就撥到三。」他說。

「我就說了不想撥，你還叫我撥到三。如果我不想撥，那我最不想撥的就是三了啊！因為三會讓人有想撥心情機的渴望，而此時此刻我最不想要的就是這種渴望；我只想坐在床上盯著地板。」她尖聲說道，語氣透著蕭瑟的寒意。她的精神委靡下來，整個人頹然不動，直覺產生的沉重感與無力感鋪天蓋地籠罩住她。

他把電視音量調高，友善巴斯特的聲音轟隆隆地充滿整個房間。「呵呵，各位，今日氣象提要的時間到了。獴科衛星回報，近午時分輻射塵格外強烈，午後漸趨緩和，所以打算冒險出門的鄉親父老……」

伊蘭從他身旁冒出來，長長的睡衣輕飄飄拖在地上。她關掉電視機。「好，我放棄；我撥。你要什麼我就撥什麼，銷魂的快感也行——我的心情差到連這都願意忍受。管它的，有差嗎？」

「我來幫我們兩個撥。」瑞克說著帶她回到臥室。在她的控制台前，他撥了五九四——心悅誠服以夫為天。在他自己的控制台前，他撥到別開生面、煥然一新的工作態度，儘管他根本不需要。用不著仰賴潘菲德的人工大腦刺激，這本來就是他一貫的看待工作之道。

由於費了點時間和太太鬥嘴，他匆匆吃過早餐，全副武裝準備外出，包括戴上他的埃阿斯型防輻射下體護具。他要先去樓頂上的草地，草地有遮雨棚遮蔽，他的電動羊在那裡「吃草」。這隻幾可亂真的金屬綿羊有模有樣、心滿意足地大嚼特嚼，蒙蔽這棟大樓的其他住戶。

無疑的，別家的動物有些也是電子迴路打造的假貨，他當然沒有刺探打聽，一如他的鄰居也不會來問他那隻綿羊的底細。這是再無禮不過的了。比起問一個人的牙齒、頭髮或內臟是不是真的，問別人「你的綿羊是不是真的」還更觸犯禮儀的大忌。

早晨的空氣中瀰漫著灰濛濛的輻射微粒，遮蔽了太陽，撲鼻而來，繚繞不去；他不由自主吸著受到污染的致命空氣。唔，這樣形容未免太過了點。他心裡一邊想，一邊上樓來到他那塊草地。草地連同下面那戶大得過分的住家都歸他所有。世界終戰遺留的威力削弱了。熬不過輻射塵的人幾年前就已嗚呼哀哉，現在的輻射塵比較弱，面對的又是強壯的倖存者，充其量只能在神智和基因特徵上搞破壞。儘管有防輻射下體護具，輻射塵無疑還是會降落在他身上、滲透進體內，只要他一天不移民，輻射塵的髒手就每天一點一點染指他。目前為止，每月一次的健康檢查都證實他很正常，是個在法律容許範圍內可繁殖下一代的正常人。然而，任何一個月，舊金山警察局的醫生都可能宣布不同的檢查結果。在無所不在的輻射塵污染下，正常人創造的特殊分子持續不斷地冒出來。海報、電視廣告和政府的垃圾郵件目前的宣導口號是：「不移民就退化！操之在你！」說得對極了。瑞克一邊想，一邊打開通往他小牧場的門，朝他的電動羊走去。他暗自想著：但我不能移民，因為我的工作。

隔壁草地的主人、同一棟樓的鄰居比爾・巴柏向他打招呼。像瑞克一樣，他也是西裝筆挺準備上班，出門前先來查看一下他的動物。

巴柏眉開眼笑地宣布道：「我的馬懷孕了。」他指著他那匹高大的佩爾什馬；馬兒站在那裡傻愣愣地發呆。「你說怎麼樣？」

「我說你就快有兩匹馬了。」瑞克說。現在，他來到他的綿羊身邊。它趴在那裡嚼啊嚼的，雙眼警覺地緊盯他，等著看有沒有燕麥片可吃。這台號稱綿羊的機器裝了燕麥反應迴路，看到這種穀片就會一骨碌煞有介事地踱過來。「誰讓牠懷孕的？」他問巴柏：「一陣風？」

「我買了一些最高品質的種馬精液，加州那邊有。」巴柏告訴他：「透過我在州立畜牧業委員會的人脈。你不記得上週他們的督察來看茱蒂了嗎？他們迫不及待想看到牠生小馬；牠是數一數二的優生馬。」巴柏深情款款地摸著馬兒脖子，馬也朝他歪過頭來。

「想過把你的馬賣了嗎？」瑞克問。他求上帝許他一匹馬。事實上，許他什麼動物都好。擁有、保養一隻假貨只會讓人越來越沮喪。然而，考量到社會地位，在養不起真貨的情況下，他又不得不養隻假的。所以他別無選擇，只能繼續裝下去。就算他自己不在乎，還有他太太呢，而伊蘭確實在乎。非常在乎。

巴柏說：「賣掉我的馬是不道德的。」

「那就把馬寶寶賣了吧。擁有兩隻動物比一隻都沒有還要不道德。」

巴柏不解地說：「你這話是什麼意思？很多人都有兩隻動物啊，甚至三、四隻。還有像佛萊德．沃許朋那樣的，就是我弟弟工作的那家海藻加工廠的老闆，他有五隻耶！你沒看昨天《紀事報》上那篇寫他鴨子的文章？牠應該是西岸最重、最大的一隻紅面番鴨了。」這位仁兄的眼睛迷濛起來，想像著擁有那樣的一件所有物，越想越出神。

翻翻大衣口袋，瑞克找出他那本看了又看、翻到皺掉的《雪梨氏動物禽鳥型錄》一月號。他看看索引，找到幼馬（見：馬匹後代），全國公定價立刻映入眼簾。「我可以用五千塊跟雪梨氏買一隻佩爾什馬的幼馬。」他大聲說。

「不，你不能。」巴柏說：「再看一次目錄，斜體字代表他們沒有現貨，但如果他們有，那就是這個價格沒錯。」

「假設……」瑞克說：「我每月付你五百塊，付十個月，就是表定價格的全額。」

巴柏同情地說：「狄卡德，馬的事情你不懂；雪梨氏沒有佩爾什幼馬現貨是有理由的。沒人會脫手佩爾什馬，即使是表定價格。牠們太稀有了，就連相對比較劣等的也是。」他靠在他們的共用欄杆上，探過身來搭配著手勢說：「我養茱蒂三年了，這段時間，我都沒看過一匹牠這種等級的佩爾什母馬。為了得到牠，我專程飛去加拿大，親自開車載牠回來，確保牠不會被人偷走。在科羅拉多州或懷俄明州，你帶著這樣的一隻動物到哪裡，都會有人要幹掉你搶走牠。你知道為什麼嗎？因為在世界終戰之前就名副其實只剩幾百……」

「可是你有兩匹馬，我卻一匹也沒有。」瑞克插嘴道：「這違反了摩瑟教整個的基本教義和道德結構。」

「你有你的綿羊啊；見鬼了，在你的個人生活中，你可以追隨攀升的精神，在握住共感箱的兩根握把時，你可以光榮地前進。話說，要是你沒有那邊那隻老綿羊，我就會覺得你的話還有點道理。的確，要是我有兩隻動物，而你一隻也沒有，我就是個阻礙你和摩瑟合而為一的幫兇。但這棟大樓裡的每戶人家……我們瞧瞧，五十來戶吧，照我估計，每三戶一家……我們家家戶戶都養了動物，不管養的是哪一種。葛夫松那兒有隻雞。」他朝北邊比了比。「奧克斯和他太太有隻夜裡會吠叫的大紅狗。」他想了想。「我想艾德．史密斯的家裡有隻貓，至少他說有啦，沒人看過就是了，說不定他是唬人的。」

瑞克過去他的綿羊那裡，彎下身來，在濃密的白色羊毛間摸來找去（起碼羊毛是真的），直到找到他要找的東西——這台機械裝置的隱藏控制面板。在巴柏的注視之下，他啪一聲把蓋子打開，露出底下的面板。「看到了嗎？」他對巴柏說：「你現在明白我為什麼那麼想要你的馬寶寶了？」

巴柏頓了一下之後說：「可憐的傢伙，你養的一直是隻假羊？」

「不。」瑞克說著重新關上電動羊的面板蓋。他起身站直，轉過來面對他的鄰居。「我本來有一隻真羊。岳父移民時爽快地送給了我們。接下來，過了一年左右，記得那次我帶牠去看獸醫嗎？那天早晨，我出來發現牠倒向一邊起不來，當時你也在這裡。」

「你扶牠站起來。」巴柏點著頭回憶道：「是了，你成功把牠扶起來，但牠走個一、兩分鐘就又倒下去。」

瑞克說：「綿羊有各種怪毛病。或者換一種說法，綿羊會得的病很多，但症狀總是一樣。牠爬不起來，你沒辦法判斷病情多嚴重，是扭到腳了，還是染上破傷風快死了。我那隻就是這樣死的，破傷風。」

「在這裡染上的？」巴柏說：「在樓頂？」

「都是乾草堆害的。」瑞克解釋道：「就那麼一次，我沒把捆乾草的鐵絲拆乾淨，只不過漏了一條，格魯喬——那隻羊叫這個名字——刮傷了，就這樣染上破傷風。我帶牠去看獸醫，但牠還是死了。我想了想，最後只好打給一家製作人造動物的店鋪。我給他們看格魯喬的照片，他們就做了這一隻。」他指指那隻斜倚著的仿造動物，「它還是一個勁兒嚼啊嚼，也還是提高警覺在看有沒有燕麥片。「做工一流。我把它當真的一樣，投入一樣的時間和精神去照顧。不過……」他聳聳肩。

「不過就是不一樣。」巴柏幫他把話說完。

「但也差不多了。照顧起來的感覺一樣，你得像照顧真羊一樣看好它。因為它會故障，如此一來就會搞得這棟樓裡人盡皆知。我送修過六次，多半都是小問題，但萬一被任何人看到——比方說有一次是錄音帶斷掉或不知怎樣短路了，它咩咩叫個不停，一聽就知道是機器故障。」他補充道：「運送專車上寫的當然是『某某動物醫院』之類的，而且司機一身白衣，穿得就像獸醫一樣。」他突然瞄一眼手表，想起了時間。「我得去上班了。」他對巴柏說：「晚上見。」

他動身朝他的車走去，巴柏連忙叫住他。「嗯，我不會跟大樓裡的任何人說的。」

瑞克頓了一下，正要開口道謝，但伊蘭剛剛一直在說的憂鬱情緒旋即落上他的肩頭，於是他說：「我不知道，說不定反正也沒差。」

「可是他們會鄙視你。不是所有人，但有些人會。你也知道世人對不養一隻動物的觀感，他們認為那不道德，而且很冷血。我是說，技術上來講，現在不像世界終戰剛過那時候，沒養動物已經不再是一種罪過，但那種氣氛還在。」

「老天爺。」瑞克伸出空蕩蕩的雙手，比了個乞求的手勢，徒勞無益地說：「我也很想有隻動物。我一直設法要買一隻。但就憑我的薪水，憑一個市政府僱員賺的錢……」他心想，要是我的工作再走運一次，就像兩年前，我在一個月內抓了四個仿生人。他想著，要是那時候我知道格魯喬會死……但那是發生在破傷風之前的事，在那根兩英寸長、像針一樣、用來捆乾草的破鐵絲橫生枝節之前……

「你可以買隻貓啊。」巴柏提議道：「貓很便宜；看一下你的《雪梨氏》吧。」

瑞克黯然道：「我不要居家寵物。我要我本來有的，大隻的動物。綿羊啦，牛啦，公的母的都行，再不然像你一樣，養一匹馬，如果我有錢的話。」他知道，將五個仿生人除役的賞金就夠了。一個一千，遠超過原來的薪水。然後呢，我就可以從某個地方，從某個人手上，找到我要的東西，就算《雪梨氏動物禽鳥型錄》上的字是斜體。五千元……可是，他想著，首先要有五個仿生人從哪個殖民星球來到地球，但這可不在我的掌控之中。我不能叫它們其中的五個來這裡，就算我能，世界各地也還有其他賞金殺手和別的警察局合作。仿生人必須落腳在北加州，而這一區的資深賞金殺手戴維・霍頓得要先退休或嗝屁才行。

「買隻蟋蟀吧。」巴柏耍嘴皮道：「或者買隻老鼠。欸，只要二十五元，你就可以買到一隻成鼠，整隻都長好了的唷。」

瑞克說：「你的馬也會死，像格魯喬一樣，無預警就死了。說不定今天傍晚下班回家，你就看到牠躺在那裡，像昆蟲一樣四腳朝天。如你所說，像隻蟋蟀。」他邁步走開，手裡抓著車鑰匙。

「如果冒犯到你很抱歉。」巴柏緊張地說。

瑞克・狄卡德一語不發，一把拉開他的懸浮車車門。他跟他的鄰居沒什麼話好說了。他的心思在工作上，在眼前的一天上。

2

在一棟巨大衰敗、住過數千人但已人去樓空的建築裡，孤零零的一架電視機對著無人的房間推銷它的商品。

在世界終戰之前，這座無主廢墟也曾有人管理維護。這裡是舊金山郊區，搭一小段單軌捷運就到了，整座半島曾是生意盎然，像滿樹都是鳥兒一樣嘈雜，沸騰著意見與怨言。如今，守護這裡的眾屋主要麼已經死了，要麼就移居到某個殖民星球去了。多數屬於前者；不管美國國防部的預測有多樂觀，也不管國防部底下的科學研究單位「蘭德公司」有多自鳴得意，這終究是一場慘烈的戰爭。事實上，蘭德公司就離這裡不遠。如同那些屋主，這家公司也溜之大吉，顯然是永遠不會回來了，不過沒人想念它。

更有甚者，如今也沒人記得當初為何開戰，或者到底是誰打贏了——如果有贏家的話。污染了大半個星球表面的輻射塵，既不是來自任何一個國家，亦不是出自任何人的手筆。即便是戰時的敵方，也不會謀畫出這種東西。說也奇怪，一開始死的是貓頭鷹。當時的場面看起來甚至有點滑稽，胖乎乎、毛絨絨的白色鳥兒橫七豎八倒在地上，院子裡、街道上，到處都是。但就和牠們生前一樣，這些趁夜裡出來活動的貓頭鷹沒有引起注意。中世紀的瘟疫也是這樣大展身手，一口氣死了一堆老鼠，只不過這次的瘟疫是從天而降。

當然，在貓頭鷹之後，接著是其他鳥類。但到了這時，大家已經察覺事有蹊蹺，也明白事態嚴重。戰前就略有殖民計畫在進行，這下子太陽不再照耀在地球上，殖民計畫進入全新的階段。為此，「合成自由鬥士」這種作戰武器被改造了一番。由於能在外太空運作，這種人型機器（嚴格來說，是「有機仿生人」）成為殖民計畫的得力助手。依據聯合國憲章，每位移民都會自動獲得一部仿生人，型號任選。到了二〇一九年，型號種類已經超乎想像，多如美國一九六〇年代的汽車種類。

這就是移民最終的動力來源：仿生人奴僕是胡蘿蔔，輻射落塵是棍子。聯合國讓移民變得很容易，讓留下來變得不可能——就算有可能也很困難。逗留在地球上，意味著你隨時可能被歸類為違禁生物，對人類的純正血統構成威脅。一旦被貶為特殊分子，就算接受節育，還是會被排除在人類歷史之外。事實上，你就不再被視為人類的一分子。然而，到處都有人拒絕移民，箇中緣由連當事人都莫名所以，說不出個道理。照理說，只要是正常人都應該移民了才對。或許，就算地球已經不像樣了，它還是我們熟悉的老地方，令人流連不去。又或許，那些留下來的人以為輻射塵最終總會落盡。無論如何，成千上萬的人留下來了，多數聚居在都會地區，互相見得著面，靠彼此的存在取暖。這些還算是神智相對正常的人。除了他們之外，也偶有可疑的怪人，偏要留在荒僻的郊區。

一邊在浴室刮鬍子、一邊聽著客廳電視機吵鬧不休的約翰．伊西多爾，就是其中之一。

他是在戰後初期誤打誤撞到了這裡。在那段險惡的日子裡，說真的沒人知道自己在做什麼。被戰爭分散的人口四處流離，一開始暫時占據了某一區，接著又換到另一區。那時，落塵還很零星而飄忽不定，有些州幾乎是乾乾淨淨，有些州則是污染個徹底。離鄉背井的群眾隨落塵移動。舊金山半島南部一開始沒有落塵，因而有大量人口在此落腳。落塵大駕光臨之後，有些人死了，剩下的人離開了，約翰．伊西多爾則留了下來。

電視機吶喊道：「……重現南北戰爭之前南方各州的美好歲月！既可當成貼身

傭人，下田也不會喊累，客製化人型機器人為您獨一無二的需求專門設計，一抵達殖民星就交到您手中，零費用，裝配齊，完全按照您從地球出發之前的具體要求，這個忠心耿耿、不惹麻煩的夥伴，在這場人類近代史上最勇敢的大冒險中，將提供……」

不知道我上班會不會遲到，伊西多爾邊刮鬍子邊想。他沒有時鐘，一般都靠電視機得知時間，但今天顯然是太空拓荒紀念日。無論如何，電視上說這是成立新美國的第五（或第六）週年紀念，也就是美國在火星大殖民的紀念日。他的電視機有點問題，只能收到戰爭以來全國都能接收的頻道。而位於華盛頓、勵行殖民計畫的政府，正是節目唯一贊助商，因此伊西多爾不得不聽這些東西。

「我們來聽聽瑪姬．克魯曼太太怎麼說。」電視播報員對約翰．伊西多爾喊話：「克魯曼太太最近剛移民到火星，她在新紐約的直播現場有話要說。克魯曼太太，和受到污染的地球相比，妳在一個充滿無限可能的世界，新生活過得怎麼樣呢？」一陣停頓之後，傳來一個中年婦女又累又乾的聲音：「我想我們一家三口感受最深的就是『尊嚴』。」播報員問道：「尊嚴嗎？克魯曼太太。」現在是新紐約人的克魯曼太太答道：「是的，很難解釋。在動盪的日子裡，有一個可靠的傭人……我覺得很放心。」

「還在地球的時候，克魯曼太太，咳咳，以前妳是不是也擔心自己被歸類為特殊分子？」

「喔，我先生和我擔心死了。當然，幸好一移民之後，我們就再也不用擔心了。」

約翰．伊西多爾自嘲地想：我不必移民也不用擔心啊。事到如今，他已經當了一年多的特殊分子，而且不只是就他身上帶有的畸形基因而言。更慘的是，他沒有通過智力測驗最低標準，他成了所謂的「雞頭人」。三個星球的人都鄙視他。然而，儘管如此，他還是活下來了。他有工作，他為一家假動物維修廠開運送專車。汎內斯寵物醫院和它那陰沉、詭異的老闆漢尼拔．斯洛特接受他，把他當人看，這一點他銘感在心。Mors certa, vita incerta[1]。斯洛特先生不時就會這麼說。伊西多爾雖然聽過幾次，但他對這話的意思也只猜得到幾分。畢竟，一個雞頭人要是能懂拉丁

---

1 生非長久，死乃必然。

文，那他就不是雞頭人了——斯洛特先生聽了這番推論也覺很有道理，更何況比伊西多爾笨一大截的雞頭人比比皆是。他們什麼工作也做不了，只能待在美其名曰「美國特殊技能學院」的觀護所。無論如何，依慣例反正是得把「特殊」二字擠進去。

「克魯曼太太，就算成天戴著昂貴但簡陋的防輻射下體護具……」電視播報員在說：「妳先生也不覺得受到保護嗎？」

「我先生……」克魯曼太太正要回話，伊西多爾已經刮完鬍子，邁步到客廳關掉電視。

一片死寂，從木器和牆壁冒了出來，惡狠狠地全力重擊他，彷彿一座巨型風車產生的風力。它從地板升起，從鋪滿整個地板的灰色破地毯浮現；它從廚房裡全壞或半壞的設備釋放出來，從伊西多爾住到這裡以來就不曾用過的故障機器掙脫出來；從客廳那盞無用的立燈流洩而出；從點綴著蒼蠅的天花板默默降下，和它自己合而為一。事實上，死寂從他視線範圍內的所有物品中現身，就彷彿「它」一心要取代所有摸得著的事物。於是乎，它不只襲擊他的耳，也入侵他的眼。當他站在沒有動靜的電視機前，那份死寂不只看得見，也以它自己的方式活著。它是活的！之前他就常常感覺到它凌厲的攻勢，它來得毫不客氣，顯然迫不及待。這世界的死寂不再收斂一絲一毫，尤其當它實際上已經大獲全勝的時候。

他想著，那麼，留在地球上的其他人，是否也有同樣的空洞感受？還是說，只有他這種特殊分子才感覺得到？這份怪異感受是他那毀損的知覺器官製造出來的怪胎嗎？有意思，伊西多爾暗想。但他又能跟誰比對求證？他獨居在這棟衰敗隱蔽、有著上千戶無人空屋的大樓裡。像其他所有建築一樣，這一棟也只是日復一日衰敗下去，成為更廢的廢墟。到最後，這棟大樓裡的一切都會廢在一起，變得面目模糊、難分彼此，只剩布丁一般的廢渣，在每一戶空屋裡堆到天花板。而且，在那之後，沒人照管的大樓本身也會面目全非，被無所不在的輻射塵掩埋。到那時，他自然也會死。有意思。他獨自站在他的破客廳裡，伴著沒心沒肺、無孔不入、橫行霸道的世界級死寂，玩味著自己的死期。

重新把電視打開說不定比較好，但那些廣告讓他心生畏懼。目標受眾是留下來的正常人，無數廣告不斷提醒他，特殊分子沒人要、沒有用，可就算他想也不能移民。所以，聽它幹麼？他煩躁地自問。去它的。操它的移民。我希望那裡也發生戰爭。理論上來講，這也不無可能。然後那裡就變得像地球一樣，每個移民都變成特殊分子。

好了，他想著，我要去上班了。他伸手握住門把，打開門迎面就是陰暗的梯廳。他稍微瞥了一眼，看到外面空空蕩蕩的，便又把手縮了回來。「它」就在外面等著他。那股滲透到他家裡的力量。他覺得它蠢蠢欲動，不肯罷休。天啊。他想了想，重新關上門。他還沒準備好要步上那段叩叩響的階梯，走到空無一隻動物的樓頂。沿路只有他爬樓梯的回音。空洞的回音。他暗忖：是時候抓住握把了。他二話不說穿過客廳，來到黑色共感箱前。

他啟動共感箱，電源照例傳來淡淡的負離子味。他急切地吸著，精神為之一振。接著，映像管亮了起來，顯示的畫面像是微弱的電視機影像。亂七八糟的色彩、線條和結構形成一幅拼貼畫，除非抓住握把，否則這幅畫面什麼也不是。於是，他深呼吸一口氣，鎮定一下，抓住了那對握把。

畫面成形了。那幅眾所皆知的景象躍入眼簾。枯黃的貧瘠山坡上，一簇簇白骨似的枯草斜向沒有太陽的朦朧天際。形單影隻的一道身影舉步維艱地爬上山坡，輪廓依稀有著人的形狀。是個老人，披著一件單調呆板、勉強遮身的袍子，赤裸得猶如空蕩蕩的無情蒼穹。這人是維爾博．摩瑟，他拖著沉重的腳步走在前頭。約翰．伊西多爾抓著握把，感覺到他所置身的客廳漸漸淡出，破舊的家具和牆壁化於無形，他不再感覺到那一切的存在，而是像之前每一次一樣，他覺得自己進入到那片風景裡，來到灰蒼蒼的山坡與天空之間。這時，他不再是看著那名老者攀上山坡。現在，是他拖著自己的雙腳，在那些熟悉的鬆動石頭之間找尋立足點。他的腳下感覺到一樣的崎嶇、粗糙與疼痛。他再次嗅到天空中刺鼻的霧霾——不是地球的天空，而是外太空的某處，本來遙不可及，透過共感機卻近在咫尺。

一如往常，他莫名所以就穿越過去了，身、心、靈都與維爾博．摩瑟合而為一。如同此刻正抓著握把的每個人，不管是在地球這裡，還是在殖民星球上。他對其他人感同身受，融入他們的思緒，在他自己的腦袋裡聽到眾人的嘈雜。他們和他關心著同一件事。他們的集體意念集中在山坡上，專注在對攀升的渴求上。這種渴求一點一滴慢慢成形，速度慢到幾乎無法察覺，但確實在那裡。再高一點，他想著。石頭從他腳下簌簌滾落。今天比昨天高，而明天……他——萬眾合為一體的維爾博．摩瑟——抬頭望一望前頭的斜坡。看不到盡頭，太遠了，但總會抵達的。

一顆石頭朝他擲了過來，擊中他的手臂。很痛。他半轉過身，另一顆石頭與他擦身而過，沒打中他，直接撞上地面，撞擊的聲響嚇了他一跳。是誰？他納悶著，目光搜尋對他施以酷刑的人。長久以來的宿敵在他視線邊緣現身，它或他們一路跟著他爬上山坡。直到山頂，他們也還會在那裡。

他想起山頂——地勢突然變得平坦，不再是上坡，路程的後半段開始。他都爬了多少次了？一次又一次混在一起，過去與未來糊成一片，他所經歷過的和即將要經歷的彼此交融，最終只剩這個當下。他站定不動稍事休息，揉揉石頭在他手臂上留下的傷口。天啊，他疲憊地想。這怎麼公平呢？我何以這般孤零零地在這裡，被我甚至看不見的東西折磨？緊接著，在他的腦海裡，其他人集體的嘈雜聲打破了孤獨的錯覺。

他心想：你們也感覺到了。那些聲音回應道：是的，我們的左手臂被擊中，痛死了。他說：好吧，我們最好重新上路。他繼續走，其他人也立刻伴著他前進。

以前不是這樣的。他想起來了。在詛咒降臨之前，在人生中更早、更快樂的歲月裡。他的養父母法蘭克・摩瑟和蔻菈・摩瑟，發現他在充了氣的橡皮艇裡，漂流在新英格蘭沿岸……抑或是在墨西哥的坦比哥港一帶？現在他不記得情況了。童年很美好。他愛所有生靈，尤其是動物。事實上，他曾經能夠讓動物死而復生，變得像之前一樣活蹦亂跳。無論那裡是哪裡，反正他和鳥獸蟲魚生活在一起。現在，就連那裡是地球還是某個殖民世界，他都不復記憶。但他記得那些惡煞，因為他們逮捕他，基於他是比其他特殊分子還特殊的怪胎，而一切從此變了樣。

讓時間倒流、讓死者復活的特異功能受到當地法律禁止；他們在他十六歲時就跟他說得清清楚楚。他在殘存的森林裡又祕密進行了一年，但有個他從沒見過、也不曾聽過的老女人告發他。未經他父母的同意，那些惡煞就轟掉他腦袋裡長的瘤。他們用放射鈷消滅那顆獨一無二的瘤。從此他落入一個不同的世界，一個他從沒想過竟然存在的世界，一個滿是屍體和骨骸的坑洞。他掙扎了好多年，亟欲從那裡掙脫。對他來講最重要的生物，像是驢子，又尤其是蟾蜍，消失了，滅絕了。只剩腐爛的殘骸，這裡一顆沒有眼睛的頭顱，那裡一隻殘缺的手。最後，有一隻來赴死的鳥兒告訴他這是哪裡。他落入「墳界」了。除非四周那些骨骸重新變回生靈，否則他出不去。他和其他生物的循環機制合為一體了。他們活不過來，他就不能重獲新生。

如今他也不知道那段死亡週期延續了多久。基本上什麼事也沒發生，所以時間變得無法丈量。但最後，骨頭重新長出肉來，空洞的眼窩重新填滿，新的眼睛能看了，復活的喙子與嘴巴開始啼的啼，吠的吠，叫春的叫春。有可能他成功了，說不定他腦袋裡那顆超能力瘤終於長回來了。也或許並非拜他之賜，很可能只是一個自然的過程。無論如何，他不再陷落。他開始攀升，和其他人一起。他早就看不見他們了。他發覺自己顯然是獨自爬著坡。但他們其實還在，他們還是伴著他。說也奇怪，他內心感覺得到他們的存在。

伊西多爾抓著握把站在那裡，感覺自己和其他所有生靈合而為一。接著，他心不甘情不願地放開手。一如往常，總要結束的，何況石頭擊中他手臂的地方很痛，還流血了。

他放開握把查看手臂，接著步履蹣跚地來到家中浴室清洗傷口。這不是頭一次他在和摩瑟合一時受傷，應該也不會是最後一次。有人死在山頂上，尤其是老人，尤其是在酷刑熱烈展開的時候。不知道我能不能再次挺過那一段。他一邊擦拭傷口，一邊暗想。有可能突然心跳停止。他想著：如果我住在城裡，住在那些有醫生和電擊器待命的大樓裡，可能比較好吧。在這裡，孤身一人在這種地方，太冒險了。

但他知道自己情願冒這種風險。他向來如此。如同多數人，甚至是那些孱弱的老人。

他用面紙擦擦受傷的手臂。

他聽到遠方隱約傳來電視機的聲音。

還有別人在這棟樓裡。他不敢置信，狂亂地想著：不是我的電視，我那台關掉了，而且我能感覺到地板的震動。是從下面傳來，而且完全是在另一層樓！

我再也不是孤孤單單一個人在這裡了。他明白過來。有別的居民搬進來，占據了其中一戶荒廢的空屋，而且近得能讓我聽到。一定是二樓或三樓，不可能更遠。他飛快地轉著腦筋：想想看，有新鄰居搬進來的時候要怎麼做？打個招呼、借點東西，是這樣嗎？他想不出來。他從沒碰過這種事。無論是在這裡或別處，大家只會搬出去，移民到別的地方，從來沒人搬進來。他想好了。要送東西給他們。例如一杯水。牛奶又更好。對，就是牛奶，或者麵粉，再不然一顆雞蛋。不過……確切說來，是送這些東西的人造替代品。

看看他的冰箱——壓縮機早就不動了。他找到一塊疑似是奶油的東西。他拿著它，興奮地出發下樓，心臟怦怦跳。他明白到：我必須保持冷靜，不能讓他知道我是雞頭人。要是被發現，他就不會跟我說話了。老是這樣。莫名其妙。到底為什麼？

他匆忙下樓。

3

上班途中，瑞克·狄卡德就像無數人一樣，在舊金山一家大型寵物店前逗留了一下，沿著那排展示動物徘徊。櫥窗有一條街那麼長，正中央的透明塑膠保溫籠裡關了一隻鴕鳥，鳥兒迎視他的目光。根據籠子旁邊貼的說明牌，這隻鳥剛從克里夫蘭的動物園送達，牠是整個西岸唯一的一隻鴕鳥。瑞克看看牠，然後悶悶不樂地望著標價好一會兒，最後繼續沿著倫巴底街朝警察局走去。他發現自己上班遲到了十五分鐘。

他才剛打開辦公室門，上級長官就叫住他：「九點半，到戴維·霍頓的辦公室見我。」他的頂頭上司是哈利·布萊恩特探長，紅頭髮、招風耳，穿著邋遢，但明察秋毫，什麼都逃不過他的法眼。探長一邊說話，一邊匆匆翻著一疊夾在寫字板上的文件。「霍頓人在錫安山醫院，脊椎被雷射光射穿了。」他說著走了開去：「他至少要在那裡住上一個月，直到他們能弄到那種新型的有機塑膠椎骨，幫他固定好為止。」

「怎麼了？」瑞克不寒而慄地問道。局裡一等一的賞金殺手昨天還好好的，一天忙完之後，照例開著他的懸浮車呼嘯而去，直奔擁擠的諾布山高級住宅區，回到他住的大樓。

布萊恩特回過頭來，喃喃說著九點半戴維辦公室見什麼的，自顧自走了，留下瑞克一人站在那裡。

瑞克走進自己的辦公室，聽到背後傳來祕書安・馬斯登的聲音：「狄卡德先生，你知道霍頓先生怎麼了吧？他中槍了。」她尾隨他走進那間滯悶的密閉辦公室，把空氣清淨機打開。

「是喔。」他心不在焉地回應。

「一定是其中一部羅森企業新上市的仿生人，這一型聰明絕頂。」馬斯登小姐說：「你讀了他們公司的產品手冊和規格表沒有？他們現在用的連鎖六型人造大腦，可以選擇的組成零件多達兩兆，神經傳導路徑則有一千萬種。」她壓低聲音。「今天一早的視訊你沒接。魏爾德小姐告訴我，總機準九點接通的。」

「外面打進來的？」瑞克問道。

馬斯登小姐說：「布萊恩特先生打出去的，打到俄羅斯的全球警察聯盟，問他們要不要對羅森企業的東方代表正式提出書面投訴。」

「哈利還是想把連鎖六型逐出市場？」他不意外。自從二〇二〇年八月，連鎖六型的規格和性能表一發布，多數負責追捕脫逃仿生人的警察機構就一直在抗議。他說：「我們沒轍，俄羅斯警方也沒轍啊。」就法律層面而言，連鎖六型人造大腦的製造商按照殖民法規營運，他們的母工廠在火星。「我們最好接受現實，這些新產品就是存在。」他說：「每次有更先進的人造大腦發明出來都是這樣。我記得蘇德曼的人在二〇一八年展示舊型T-14的時候，大家也是哇哇叫。全西半球的警察局一片譁然，說是在非法入侵的情況下，沒有一個測試系統偵測得到它的存在。事實上，有一段時間也真是如此。」他還記得，五十多部T-14仿生人經由各種管道來到地球，有些過了整整一年也沒偵測到。但接下來，俄羅斯的巴夫洛夫研究院設計出孚卡系統，之後沒有一部T-14仿生人能通過這項測試，至少目前已知是沒有。

「想知道俄羅斯警方怎麼說嗎？」馬斯登小姐問道。「這我也知道唷！」她那面色橘黃、長滿雀斑的臉亮了起來。

瑞克說：「我會從哈利．布萊恩特口裡聽到。」他覺得厭煩。辦公室八卦令他倒胃口，因為謠言總是比真相還真。他坐到辦公桌前，刻意在抽屜裡摸來找去，直到馬斯登小姐識相離開。

他從抽屜拿出一只老舊發皺的牛皮紙信封，身子往後一靠，他那風格穩重的椅子隨之一斜。他摸著信封裡的內容物，直到摸出他要的東西——現有的連鎖六型綜合資料。

讀了一下就證實馬斯登小姐所言不虛。連鎖六型的組成零件確實多達兩兆，外加一千萬種大腦活動組合任君選擇。搭載這種腦部構造的仿生人，可以在〇．四五秒之內擺出十四種基本反應姿勢的任何一種。嗯哼，沒有一種智力測驗逮得到這樣的一個仿生人。話說回來，打從一九七〇年代以來，除了那些原始、粗糙的型號，智力測驗根本派不上用場。

瑞克想著，就智力而言，連鎖六型仿生人還勝過某些等級的人類呢。換言之，大致上，從實用主義的角度看來，裝了連鎖六型人造大腦的仿生人演化程度已經超越一大部分（但較劣等）的人類，這可不是蓋的，無論結果是好是壞。反正有時候，僕人比主子還聰明。但新的評量標準也發明出來了，比方說孚卡共感測試系統。無論一個仿生人的智力多麼過人，都無法理解摩瑟教追隨者例行的集體共感體驗。對他和其他每一個人而言，那是一種得來全不費工夫的體驗，連弱智雞頭人亦然。

仿生人面對共感測試的時候，究竟為什麼會無助地彈來扭去？大家多少都想過這個問題，他也不例外。所謂的同情共感顯然只存在於人類群體之中，但智力就不然了。在各種界門綱目科屬種的生物身上，都會發現某種程度的智力，包括蛛形綱動物在內。別的不說，共感力至少需要健全的群性才能發揮。像蜘蛛這種獨來獨往的生物，就算有這種能力也沒用。事實上，共感力只會害牠生存不下去。有了共感力，牠就會對獵物求生的渴望感同身受。如此一來，所有的掠食動物，甚至是貓科這種高度進化的哺乳類，就都要挨餓了。

他一度斷定，共感力必定僅限於草食動物，或者不知為何竟能捨棄肉類的雜食動物。因為這種同情共感的天賦最終會模糊獵人與獵物、贏家和手下敗將的界線，就如同與摩瑟合為一體時，每個人都一起攀升，而當這個過程來到最後，大家則又一起落入蕭瑟的墳界。說來奇怪，這就像是一種生物保險，但它也是一把雙面刃。只要一部分人覺得喜悅，那所有人都會嘗到那份喜悅感。然而，倘若任何一個人在受苦，其餘人也別想置身其外。像人類這樣的群居動物可以藉此活得更好，貓頭鷹或眼鏡蛇要是這樣就完蛋了。

人型機器人顯然是獨來獨往的掠食者。

瑞克．狄卡德寧可這樣看待它們。如此一來，他的工作才站得住腳，將仿生人除役（亦即殺掉）才不違反摩瑟定下的金科玉律。共感箱剛出現在地球上的那一年，摩瑟說了：「唯有惡煞可殺。」而在摩瑟教發展成一套完整的神學理論時，關於「惡煞」的概念也在不知不覺間成形。根據摩瑟教，舉步維艱向上爬的老人已是衣不蔽體，壞到骨子裡的惡煞竟還去扯他襤褸的袍子。但這個惡煞到底是誰或什麼東西，從來就不甚清楚。摩瑟信徒不明就裡地「感覺」到邪惡。換言之，摩瑟信徒高興把誰當成惡煞全憑自由心證。對瑞克．狄卡德來講，脫逃的人型機器人殺了自己的主子，智力超越許多人類，不把動物看在眼裡，不具備同情共感的天賦能力，不會為其他生靈的成功高興，也不會為其他生靈的挫敗悲傷——對他來講，這就是惡煞的化身。

說到動物，他又想起在寵物店看到的鴕鳥。他暫時推開連鎖六型人造大腦的資料，捏了一撮西登斯夫人牌 3＆4 號鼻菸，反覆思量。接著，他看看手表，發現自己還有時間。他拿起桌上型視訊機話筒，對馬斯登小姐說：「幫我接薩特街的快樂狗寵物店。」

「好的，老大。」馬斯登小姐說著翻開她的電話簿。

瑞克暗忖：那隻鴕鳥不可能真的要賣那麼多錢，像古早時候的汽車買賣，他們預計你會拿舊貨來抵價。

「快樂狗寵物店。」一個男人的聲音說。一張快樂的小臉在瑞克的視訊螢幕浮現。他還聽到那頭動物鬧嚷的聲音。

「你們櫥窗展示的那隻鴕鳥……」瑞克一邊說，一邊把玩著面前桌上的陶瓷菸灰缸。「頭期款要多少？」

「我看看。」那名動物銷售員說著伸手摸索紙和筆。「總價的三分之一。」他算了算。「先生，我能請教您是否打算拿什麼來折抵？」

瑞克謹慎地說：「我……還沒決定。」

「假設是三十個月分期付款，以很低、很低的利率來算，一個月六趴好了。」銷售員說：「扣掉合理的頭期款，您每個月要付……」

「你們算便宜一點。」瑞克說：「砍掉兩千塊，我就不拿什麼東西來折抵了。我付現。」他盤算著，趁著戴維．霍頓不能出任務，說不定能賺一大票，就看接下來這個月要出多少任務了。

「先生，我們開出來的價格已經比表定價格低一千塊了。查一下您的《雪梨氏》型錄吧，我等你。先生，我要您親眼看看，我們的價格很公道。」

天啊。瑞克暗想：他們態度很硬。然而，就查一下吧，他還是從大衣口袋摸出那本折起來的型錄，翻到「鴕鳥：公母／老幼／病健／新舊」，查看價格。

「新的、公的、年輕、強健。」銷售員告訴他：「要價三萬元。」他也拿出了他的《雪梨氏》型錄。「我們比表定價格足足少了一千元整。那麼，您的頭期款……」

「我考慮考慮再打給你。」瑞克說著就要掛斷視訊機。

「先生尊姓大名？」銷售員機警地問。

「法蘭克．麥瑞威爾。」瑞克答道。

「麥瑞威爾先生，您的地址呢？以防萬一您打來時我不在。」

他編了個地址，把視訊機的話筒掛回去，想著：那麼貴，還是有人買，有些人就是有這種錢。他又拿起話筒，厲聲說：「給我一條外線，馬斯登小姐。還有，不要偷聽，這是機密。」他瞪視她。

「好的，老大。」馬斯登小姐說：「撥吧。」說完她就切斷自己那條線，留他獨對外面的世界。

他憑記憶撥了號，打給他買人造羊的那間假動物店。一個穿得像獸醫的男人在視訊機小螢幕上浮現。男人自稱道：「麥克雷醫生。」

「我是狄卡德。電動駝鳥一隻要多少？」

「喔，我敢說我們可以給你八百塊不到的價格。你想多快送到？我們得專門為你做一隻，很少有人打來訂……」

「我晚點再跟你談。」瑞克打斷他，瞄了一眼手表，看到時間已經九點半了。「再見。」他匆匆掛掉話筒，起身離開，不一會兒就站在布萊恩特探長的辦公室門前。他經過布萊恩特的接線員（美女一個，一頭及腰的銀髮編成辮子），接著又經過探長的祕書（一個來自侏羅紀公園的古董級怪獸，冰冷、狡猾，像是在墳界陰魂不散的千年老妖），兩個女人都沒理他，他也不多廢話，逕自打開內門，朝他那忙著講電話的主管點點頭，坐了下來，拿出他順手帶過來的連鎖六型資料。趁布萊恩特探長還在說話，他把資料重讀一遍。

他覺得很沮喪。然而，照理說，戴維突然不能工作，他應該要有那麼點幸災樂禍才對。

4

或許是擔心步上戴維的後塵吧，瑞克．狄卡德猜想，聰明到能射傷他的仿生人也可能撂倒我。但這似乎並不是他心情沮喪的原因。

「我看到你帶那個新型人造大腦的資料來了。」布萊恩特探長說著掛斷視訊機。瑞克說：「是啊，我聽到相關傳言了。事關多少仿生人？目前戴維逮到幾個了？」

「至少八個。」布萊恩特查看他的寫字板，說：「戴維逮到兩個。」

「剩下的六個也在北加州這裡？」

「就我們所知確實如此。戴維是這麼認為的。我剛剛就是在和他通話。我手上有他收在抽屜裡的筆記。他說他知道的都在這裡。」布萊恩特拍拍那疊筆記。目前他似乎沒有要把筆記交給瑞克的意思。不知道為什麼，他繼續自己翻看著，不時皺皺眉頭、舔舔嘴唇。

「我手上沒有任務。」瑞克主動提議：「可以代戴維出勤。」

布萊恩特若有所思地說：「戴維用修正版孚卡系統測出他懷疑的對象。你知道……不管怎樣，你必須知道，這套系統並不是專門針對這種新型人造大腦。現有系統都不是。我們能用的只有三年前卡波夫修正過的孚卡系統。」他停頓一下，想了一想。「戴維認為它很準。或許是吧。但在你去抓那六個之前，我建議……」他又拍拍那疊筆記。「飛去西雅圖，和羅森企業的人談談，請他們提供幾種搭載了新型連鎖六號大腦的樣本。」

「然後用孚卡系統試試它們。」瑞克說。

「說來容易。」布萊恩特喃喃自語道。

「你說什麼？」

布萊恩特說：「我想我會親自和羅森企業談一談，趁你還在路上的時候。」他接著默默打量了一下瑞克。最後，他悶哼一聲，咬咬指甲，終於決定要說什麼。「我會跟他們談混合測試的可能性，把幾個真人混到新型仿生人當中，但你不會知道是哪幾個，這由我和製造商一起決定。你到那裡的時候，一切都應該安排好了。」他突然一臉嚴肅地指著瑞克。「這是你第一次以資深賞金殺手的身分出勤。戴維懂很多，他經驗老道。」

「我也是啊。」瑞克緊繃地說。

「你接的任務都是從戴維手上分過去的，向來是由他決定好哪個分給你、哪個留給自己。但現在你要除掉六個他本想自己動手的，其中一個還先發制人撂倒他。就是這一個。」布萊恩特把筆記反過來給瑞克看。「麥克斯・帕洛可夫——不管怎樣，它是以這個名字自稱。」布萊恩特說：「這整份名單都是建立在戴維的判斷之上，但就算假設戴維是對的，修正版孚卡系統也只測試過前三個，包括戴維除役的兩個和這個帕洛可夫。戴維正在操作系統的時候，帕洛可夫就出手了。」

「這就證明戴維是對的。」瑞克說。否則他就不會被攻擊，因為帕洛可夫沒道理攻擊他。

「你出發去西雅圖吧。」布萊恩特說：「先不要告訴他們，我來處理。」他站了起來，嚴肅地對著瑞克。「到了那裡，你使用孚卡系統的時候，要是有個人類沒能通過……」

「怎麼可能有這種事。」瑞克說。

「幾星期前有一天，我跟戴維談過一樣的問題，他也覺得不可能。但我這裡有俄羅斯警方發的通知，全球警察聯盟親自發的，已經發遍全地球外加殖民星球了。列寧格勒有一群精神科醫生向全球警察聯盟請願。他們想將最新、最精確、用來判別仿生人的人格分析工具，運用在一群精挑細選的人格分裂症和精神分裂症患者身上。換言之，就是要拿孚卡系統來用用看，用在那些所謂『情感鈍化』的人身上。這事你聽說過吧。」

瑞克說：「孚卡系統測的就是這個啊。」

「那你就知道他們的顧慮了。」

「打從我們首度和偽裝成人類的仿生人交手以來，這個問題一直都存在。從陸瑞．卡波夫八年前寫的那篇〈精神分裂症患者非衰退期之共感障礙〉，你就知道警方普遍的共識。卡波夫拿人類精神病患鈍化的共感力，和一個表面上類似但基本上……」

布萊恩特冷不防插嘴道：「列寧格勒的精神科醫生認為，有一小部分人類沒辦法通過孚卡系統的測驗。要是你以警方的標準去測試，他們就會被你判定為人型機器人。但你是錯的，不過到那時他們也都死了。」現在，他沉默下來，等瑞克回應。

瑞克說：「但那些人全都……」

「全都在精神病院。」布萊恩特附和道：「他們不可能在外面趴趴走，卻沒被發現是神經病。當然，除非他們最近才剛突然崩潰，身邊還沒人注意到，但這也是有可能的。」

「百萬分之一的機率。」瑞克說。但他明白布萊恩特的意思。

「戴維擔心的是這種連鎖六型進階機種的出現。」布萊恩特繼續說：「如你所知，羅森企業向我們保證，用標準的人格測試就能測出連鎖六型。我們信了他們的話。但現在一如所料，我們被迫要自己判定。這就是你在西雅圖要做的。明白了吧？弄不好兩邊都可能出錯。要是你測不出人型機器人，那我們就沒有可靠的工具，也就永遠別想找到逃掉的那幾個。要是你誤測真人，把真人當成仿生人……」布萊恩特對他冷笑。「情況就尷尬了。儘管沒人會走漏消息，尤其是羅森企業那邊。事實上，我們也可以一直擺爛下去，雖然我們勢必要通知全球警察聯盟，然後他們會通知列寧格勒。最後，消息就會從媒體爆出來。雖然到了那時，我們可能已經研發出一套更好的系統。」他拿起話筒。「你要出發了嗎？開公務車去吧。你自己到我們的燃料站補充燃料。」

瑞克站起來說：「戴維．霍頓的筆記可以讓我帶走嗎？我想在路上看。」

布萊恩特說：「等你在西雅圖試過你的系統再說吧。」瑞克．狄卡德注意到，他的語氣無情得耐人尋味。

把局裡的公務懸浮車降落在羅森企業大樓樓頂時，他看到有個年輕女孩在等他。一頭黑髮，身形苗條，戴著巨大的新型防塵面罩。她朝他的車子接近，兩手插在她那鮮豔的條紋長大衣口袋裡，尖尖的小臉寫滿不悅。

「怎麼了嗎？」瑞克說著從停好的車子裡走了下來。

女孩拐彎抹角地說：「喔，我不知道，可能是你們在電話上的態度吧。算了，不重要。」她唐突地伸出手，他不假思索地握住她的手。「我是瑞秋．羅森，你是狄卡德先生吧。」

「這件事不是我的主意。」他說。

「對，布萊恩特探長說了。但你是舊金山警察局的官方代表，貴局可不認為敝公司的產品有益大眾。」她的目光從兩排黑色長睫毛底下射過來，打量著他。那兩排睫毛說不定是假的。

瑞克說：「人型機器人就像任何一種機器，可能前一秒還有好處，下一秒就構成危害，如果有好處就不是我們的問題。」

「但如果構成危害，你們就會介入。」瑞秋．羅森說：「狄卡德先生，聽說你是賞金殺手，是真的嗎？」

他聳聳肩，勉為其難地點點頭。

「你隨隨便便就能把仿生人當成無生物。」女孩說：「所以你能像他們說的那樣，把仿生人『除役』。」

「妳幫我把樣本挑好了嗎？」他說：「我想……」他話沒說完，突然一眼看到他們的動物。

他也知道，一家這麼強大的企業，當然養得起這些動物。顯然，他心裡多少有數，如今親眼目睹，也果不其然湧起了強烈的渴望。他默默從女孩身邊走開，朝最近的獸欄走去。他已經能聞到牠們的味道。不同動物的各種味道。牠們或坐或站，還有一隻看似浣熊的動物在睡覺。

他這輩子只在電視上的3D電影看過，從沒親眼見識到浣熊的本尊。不知道為什麼，輻射塵對浣熊的重創直追鳥兒，如今鳥兒幾乎是一隻都不剩了。他反射動作般拿出那本翻了又翻的《雪梨氏》型錄，看了看浣熊和牠所有的品項。表定價格自然是以斜體呈現。就跟佩爾什馬一樣，不管什麼價碼，市面上都買不到。《雪梨氏》型錄只列出最後一次浣熊交易價。那可是個天文數字。

「牠叫比爾。」女孩從他身後說：「浣熊比爾。我們去年才向一家附屬企業買來的。」她指了指他後面，他這才看到那幾位武裝保全站在那裡，擎著他們的機關槍，是那種史考達小型速射輕機槍。打從他的車子落地，保全的眼睛就緊盯他不放。他心想，我的車有局裡的標記，擺明了是警車啊。

「一家製造仿生人的大廠，卻把餘錢投資在活生生的動物上。」他若有所思地說。

「來看我們的貓頭鷹吧。」瑞秋．羅森說：「這邊走，我把牠叫醒給你看。」她開始朝遠處的一個小籠子走去。籠子中間立著一根枯樹枝。

他正想開口說：這世上哪來的貓頭鷹，至少就我們所知是沒有。雪梨氏，他想著，他們的型錄就說貓頭鷹絕種了。整本型錄任你怎麼翻前翻後，貓頭鷹都伴著一個小小的「絕」字，千真萬確，意思就是絕種。趁著女孩走在他前頭，他確認了一下，沒錯，而且雪梨氏從不出錯。他暗想：我們都知道他們從不出錯，要不然還有什麼是可靠的？

「是人造的。」他恍然大悟道，內心頓時大失所望。

「不是。」她微微一笑。他看到她有一口整齊的小白牙，和她的黑頭髮黑眼睛形成強烈的對比。

「但雪梨氏的列表上……」他說著把型錄給她看，想向她證明。

女孩說：「我們不是向雪梨氏或任何動物商購買。我們所有的交易都是透過私人管道。我們付的價格也不公開。」她補充道：「此外我們也有自己的博物學家，他們現在就在加拿大工作。相對來講，那裡還算是有大片森林保留了下來。無論如何，對小動物來說夠了，偶爾也有鳥兒的蹤影。」

貓頭鷹在牠的棲木上打瞌睡。瑞克站在那裡注視良久，心裡千頭萬緒地想著戰爭，想著貓頭鷹紛紛從天上墜落的日子，回憶起他的童年，各個物種接連滅絕，報紙天天報個沒完。一天早上是狐狸，第二天是美洲獾，直到有一天，世人不再去讀那無休無止的動物訃聞。

他也想到自己多想養一隻真正的動物，邊想邊不禁恨起他那隻電動假羊，尤其他還把它當成真的來照顧，來放在心上。真是反客為主。他想著：它不知道我存在，就像那些仿生人，它沒有能力去領略他人的存在。電動動物和仿生人之間的相似，以前他從沒想過。此時他反覆思量，電動動物可說是劣等版的仿生人，一種相當低階的機器人。或者，反過來看，仿生人也可說是高級進階版的人造動物。但兩種觀點都讓他反感。

「如果出售這隻貓頭鷹……」他問瑞秋．羅森：「你們要賣多少？頭期款多少？」

「牠是非賣品。」她打量著他，表情混合著同情與得意——或者在他感覺是這樣。「就算我們要賣，你也不可能付得起。府上養什麼動物？」

「綿羊。」他說：「一隻薩福克黑面母羊。」

「嗯，那你該高興啦。」

「我是很高興。」他回應道：「只是我一直很想養隻貓頭鷹，甚至在牠們全都死光之前，我就想養了。」他改口道：「也不是全都死光啦，至少還有你們這一隻。」

「為了周全起見，我們要再找一隻，來和史奎皮交配，以防萬一。」她指了指那隻在棲木上打瞌睡的貓頭鷹，牠稍微睜開眼睛一下又回去打盹，黃色的眼縫隨之闔上，胸口也明顯起伏了一下，彷彿這隻貓頭鷹在半夢半醒之間嘆了口氣。

一開始的欽佩與欣羨過後，眼前畫面只讓他看了心酸。他別開目光，說道：

「我想現在就去做測試。我們可以下樓了嗎？」

「我叔叔接了你老闆的電話，現在他應該已經……」

「你們是一家人？」瑞克插嘴道：「這麼大的一家企業是家族企業？」

瑞秋自顧自繼續說：「艾爾登叔叔現在應該已經準備好仿生人組和對照組了，所以，我們走吧。」她邁開步伐，雙手又粗暴地插回大衣口袋裡，頭也不回地朝電梯走去。他頓時一肚子火，猶豫了一下才終於跟上她。

他們一起下樓時，他問道：「妳是看我哪裡不順眼？」

她想了想，一副她到現在也沒想通的樣子。「這個嘛……」她說：「你，一個小小的警察局僱員，現在的地位卻很特殊。懂我意思嗎？」她斜著眼睛，充滿惡意地瞟他一眼。

「你們目前的產品，有多少型號搭載了連鎖六型？」他問。

「全部都是。」瑞秋說。

「我確定孚卡系統會對付它們。」

「要是孚卡系統對付不了，我們就得把所有的連鎖六型從市面上回收。」她的黑眼睛燃起熊熊怒火。下降中的電梯停了下來，電梯門打開，她怒視他道：「就因為你們警察局連這點小事都辦不好，偵測不到區區幾部出狀況的連鎖六型……」

一個短小精悍、上了年紀的男人走上前，伸出了手。像是最近的一切發生得太快了，他滿面愁容地說：「我是艾爾登．羅森。」他一邊和瑞克握手，一邊解釋道：「聽著，狄卡德先生，你知道我們的產品不在地球生產製作，對吧？我們沒辦法只是撥個電話給工廠，要他們提供各種不同的機種過來；不是我們不想或無意跟你們配合。總而言之，我盡力了。」他舉起左手，顫巍巍地順了順稀疏的頭髮。

瑞克指了指自己的公事包，說道：「我準備好了。」羅森家族這位長輩戒慎惶恐的態度鼓舞了他的自信。瑞克訝異地發覺：他們怕我，包括瑞秋．羅森在內。我說不定可以迫使他們放棄製作連鎖六型。可想而知，在接下來一小時內，我所做的事足以影響他們的企業結構，並決定羅森企業在美國本地、俄羅斯乃至於火星的未來。

羅森家族的兩位成員憂心忡忡地端詳他。他感覺得到他們虛有其表，而他戳破了他們。經濟的蕭條、死寂與冷清隨著他的大駕光臨而來。他想著：這些人掌握太多的權力。這家公司被視為全宇宙的產業核心之一。事實上，仿生人的生產製作與殖民大業環環相扣，要是一邊垮了，另一邊也去日無多。羅森企業對此自然心知肚明。打從接到哈利・布萊恩特的電話，艾爾登・羅森就顯然意識到了這個危機。

兩位羅森家族的成員帶領他，沿著一條燈火通明的寬敞走道走去。瑞克說：「換作是我就不會太擔心。」他自己倒是暗暗覺得滿意。此時此刻比他記憶中任何一刻都更令他滿意。無論如何，他們很快就會知道他的測試裝備行不行。他指出：「如果你們對孚卡系統沒有信心，貴公司或許應該研發其他的測試辦法。也可以說有部分責任是落在你們頭上。喔，謝了。」

羅森叔姪帶他從走道轉進一個時髦、寬敞的隔間，裡頭鋪了地毯，有檯燈，有沙發，還有現代感的小邊桌，上面放著最新的雜誌……他注意到，居然有二月號的《雪梨氏》型錄，他自己都還沒看過。事實上，二月號要過三天才會上市。羅森企業顯然和雪梨氏有私交。

他不悅地拿起那份刊物。「這是欺騙大眾吧。不該有人搶先得知最新的價碼。」事實上，這可能違反聯邦法律。他努力回想相關條文，可惜想不起來。「我要把這本帶走。」他說著打開他的公事包，把那份刊物丟了進去。

一陣沉默過後，艾爾登疲憊地說：「聽著，長官，我們並未策略性地搶先取得……」

「我不是什麼長官。」瑞克說：「我是賞金殺手。」他從打開來的公事包裡拿出孚卡系統，兀自在旁邊的一張玫瑰木咖啡桌前坐下，開始組裝那稍嫌簡陋的測試裝備。「你們可以請第一位受試者進來了。」他對艾爾登．羅森說，後者現在看起來是前所未有地憔悴。

「我想看。」瑞秋說著也自行坐了下來。「我從沒實際看過共感測試操作狀況。你那些東西到底在測量些什麼？」

瑞克舉起那塊扁平的吸盤，吸盤的電線長得拖地。他說：「這一個，測量臉部的微血管擴張。我們都知道，那是一種自律神經的基本反應，也就是在面對道德上令人震驚的刺激時，所謂的『羞恥』或『臉紅』反應。如同皮膚導電率、呼吸速率和心跳率一般，不受意志控制。」他給她看另一個裝備：是一支光束燈。「這個會記錄眼部肌肉的縮張。與臉紅現象同步，一般會有細微但可辨的……」

「而仿生人不會有這些反應。」瑞秋說。

「對，用來當作刺激的問題不會引發它們這些反應，雖然這些反應潛存在生物身上。」

瑞秋說：「試我一試。」

「試妳幹麼？」瑞克不解地說。

艾爾登．羅森提高音量，以蒼老沙啞的嗓音說：「我們選了她當你的第一個實驗對象。她也有可能是仿生人。我們希望你分得出來。」他慢慢坐了下來，行動遲緩而笨拙。接著他掏出一根菸，把菸點燃，目不轉睛地看著。

5

細小的白色光束平穩地射進瑞秋．羅森的左眼，拖著電線的吸盤貼在她的臉頰上。她看起來很冷靜。

瑞克．狄卡德找個位置坐好，以便看清孚卡測試裝備兩個儀表顯示的度數。他說：「我會陳述幾種情境。妳要盡快做出反應。當然，我會計時。」

「而我的口頭回應當然是不算數。」瑞秋．羅森冷冷地說：「只有眼部肌肉和血管擴張反應會被你當成指標。但我還是會回答；我想接受這些考驗，然後……」她話鋒一轉：「來吧，狄卡德先生。」

瑞克挑了問題三，說道：「妳在生日那天收到一個小牛皮皮夾。」兩個儀表的指針立刻越過綠色區，進入紅色區。指針先是劇烈晃動，接著穩定下來。

「我不會接受。」她說：「而且我會把送禮的人呈報給警方。」

草草寫下筆記之後，瑞克跳到孚卡人格量表上的第八個問題：「妳有個小兒子，他給妳看他收藏的蝴蝶，還給妳看他用來殺昆蟲的毒氣瓶。」

「我會帶他去看醫生。」瑞秋說得很小聲，但語氣堅定。兩個儀表再次有了反應，但這次指針沒跑那麼遠。他也對此做了筆記。

「妳坐在那裡看電視……」他繼續：「突然妳發現妳的手腕上有隻黃蜂在爬。」

瑞秋說：「我會打死牠。」儀表這次幾乎沒有反應，指針只微弱地抖了一下。他記錄下來，謹慎地繼續下個問題。

「妳在一本雜誌上，看到一個裸女的滿版彩色照片。」他頓了一下。

瑞秋酸道：「這是要測驗我是不是仿生人，還是要測驗我是不是同性戀？」儀表沒有反應。

他繼續說：「妳先生很愛那張照片。」儀表還是沒有反應。他補充道：「那個裸女趴在一大張很漂亮的熊皮地毯上。」儀表依舊一動也不動，他暗想：這是仿生人的反應。她──或「它」──專注在其他的訊息上，沒能掌握到關鍵訊息，亦即從動物屍體上剝下來的皮。「妳先生把照片掛在他書房的牆壁上。」他說完了。指針這次移動了。

「我絕對不會允許。」瑞秋說。

「好。」他點點頭說：「現在，假想一下，妳在讀一本戰前寫的小說，書中人物去舊金山漁人碼頭玩。他們餓了，走進一家海鮮餐廳，其中一人點了龍蝦，主廚當著他們的面把龍蝦丟進一鍋滾水裡。」

「喔，天啊。」瑞秋說：「太可怕了！戰前的人真的會這樣嗎？壞透了！你是說活生生的龍蝦？」然而，儀表沒有動靜。她的反應表面上正確，但卻是裝出來的。

他說：「妳在一個依舊綠意盎然的區域，租了一棟山中小屋，木質粗糙的松木蓋的，屋裡有一座大壁爐。」

「嗯。」瑞秋不耐地點頭道。

「有人在牆上掛了古地圖和柯立與艾維平版印刷公司的複製畫，壁爐上方掛了一顆鹿頭，是頂著一對漂亮鹿角的雄鹿。跟妳一起去的人很欣賞小屋的布置，你們全體決定……」

瑞秋說：「那顆鹿頭不行。」然而，儀表上的指針停在綠色區的範圍內。

「妳懷孕了。」瑞克繼續：「對方承諾要娶妳，但卻和別的女人跑了，那女的還是妳最要好的朋友。妳把孩子墮掉，然後……」

「我絕對不會墮胎。」瑞秋說：「何況你也沒辦法墮胎。那是死罪，而且警方向來抓得很緊。」這次，兩個儀表的指針都猛然跳到紅色區。

「妳怎麼知道？」瑞克好奇問道：「妳怎麼知道想墮胎有多難？」

「大家都知道啊。」瑞秋答道。

「聽妳的口氣，好像妳親身經歷過似的。」他密切注意指針的動向；指針還是彈得很遠。「再來一個問題。妳和一個男人在交往，他邀妳去他家。在他家裡，他給了妳一杯飲料。妳拿著玻璃杯站在那裡，一眼看到他的臥房，裝飾得很漂亮，貼了鬥牛的海報，妳走進去看個清楚。他跟著妳進去，關上了房門，伸手抱住妳，他說……」

瑞秋打斷他道：「鬥牛海報是什麼？」

「通常是很大張的彩繪圖，畫面中會有一個拿著披風的鬥牛士，還有一隻設法要頂傷他的牛。」他不解地問道：「妳幾歲？」她的歲數也可能是個因素。

「我十八。」瑞秋說：「好，所以這個男的關上門抱住我。他說了什麼？」

瑞克說：「妳知道鬥牛的結局是什麼？」

「我猜會有人受傷吧。」

「結局永遠都是那頭牛被殺掉。」他等了一等，盯著兩根指針。指針只是抖個不停，就這樣。沒有什麼真正的反應。「最後一個問題分兩個部分。」他說：「妳在看電視上播的老電影，一部戰前的電影。演的是一場正在進行中的宴會，賓客大啖生蠔。」

「噁！」瑞秋說。指針迅速彈了過去。

「主菜有水煮狗肉鑲飯。」指針這次沒彈那麼遠，不像生蠔的反應那麼大。「對妳來說，生蠔比起水煮狗肉更可以接受嗎？顯然不是。」他放下他的筆，收起光束燈，將吸盤從她臉頰上取下，向她——或「它」——宣布道：「妳是仿生人。測驗到此為止。」艾爾登．羅森如坐針氈、憂心忡忡地望著他。老先生又氣又急，臉部頓時僵硬扭曲。瑞克說：「我說的沒錯吧？」叔姪兩人都不作答，他平心而論道：「聽著，我們雙方的利益沒有衝突，孚卡系統能不能發揮功能對你我同等重要。」

羅森老先生說：「她不是仿生人。」

「我不信。」瑞克說。

「他騙你幹麼？」瑞秋氣勢洶洶地說：「就算要騙你，也該騙你說我是仿生人沒錯，讓你以為你的系統很完美。」

「我要妳去做骨髓分析。」瑞克對她說：「從組織構造上判定妳是不是仿生人，如此一來就能有一個最終的定論。誠然，骨髓抽起來很慢也很痛，但……」

「依法沒人能逼我做骨髓檢驗。」瑞秋說：「法律上規定得很清楚，那叫『自證己罪』。再說，不管怎麼樣，活人的檢驗曠日費時，可不像拿除役的仿生人殘骸做檢驗那麼簡單。你之所以能到處做你那該死的孚卡人格測驗，是因為有那些特殊分子。他們必須持續受驗，因為政府要隨時掌握他們的狀況，你們警方就藉機拿孚卡系統大驗特驗。不過，你說對一件事，測驗到此為止。」她起身走開，手扠腰背對他而站。

「問題不在於骨髓分析合法不合法。」艾爾登．羅森沙啞地說：「而在於你的共感測驗在我姪女身上失敗了。我可以解釋她為什麼會出現仿生人可能有的反應。瑞秋在沙朗德三號太空船上出生長大，在她十八年的人生中，有十四年都靠庫存影片和其他九位成年機組員提供的資訊來認識地球。後來，如你所知，那艘前往比鄰星的太空船飛了六分之一的路途就打道回府，要不是這樣瑞秋永遠也見不到地球——或者至少要到她年紀更大才會見到。」

「你本來會把我除役。」瑞秋回過頭來說：「在警方的搜捕行動中，我只怕小命不保。四年前到這裡的時候，我就知道了；這不是第一次有人拿孚卡系統來考我。」

事實上，我難得離開這棟大樓。太冒險了，因為你們警方設一堆路障，出動大隊人馬進行臨檢，抓未歸類的特殊分子。」

「以及仿生人。」艾爾登．羅森補充道：「儘管大眾應該是不知情，因為照理說，一般人並不知道有仿生人來到地球，混在我們當中。」

「我不認為它們混在我們當中。」瑞克說：「我認為這裡和俄羅斯的各級警察單位已經把它們全抓光了。現在的人口這麼少，人人遲早都會碰到臨檢。」至少理論上是這樣。

「上級給你的指示是什麼？」艾爾登．羅森問道：「如果檢驗結果是你把真人當成仿生人的話？」

「那是局裡要操心的事。」他開始把測驗裝備收回公事包。羅森叔姪默默看著。他補充道：「顯然，上級叫我取消進一步的測驗，如同我現在正在做的。只要失誤一次，再測就沒有意義。」他啪一聲把公事包闔起來。

「我們大可隱瞞真相。」瑞秋說：「沒人逼我們坦白說你誤判了。其他九個我們選好的實驗對象也一樣。」她激動地比手畫腳。「不管結果是哪一種，我們只要附和就可以了。」

瑞克說：「我大可堅持要事先拿到名單。裝在封緘信封裡，事後再拿我的測驗結果來比對，一定會有吻合的地方。」然而，他現在明白：自己是不會拿到什麼名單的。布萊恩特是對的。感謝老天，幸好我沒根據這套系統到處亂抓人。

「是，你大可這麼做。」艾爾登．羅森說。他看瑞秋一眼，後者點了點頭。「我們討論過這種可能性。」艾爾登接著勉為其難地說道。

「問題的根源……」瑞克說：「全在於你們的經營方法。羅森先生，沒人逼迫貴公司把人型機器人開發到……」

「殖民星球的客戶要什麼，我們就開發什麼。」艾爾登．羅森說：「我們遵循歷久不衰的企業經營法則。就算敝公司不做這些更進階的人型機種，其他同行也會做。研發連鎖六型人造大腦時，我們很清楚自己所冒的風險。但在這一型的仿生人上市之前，你們的孚卡系統就已經很失敗了。倘若你沒測出連鎖六型是仿生人，如果你把它當成真人——但剛剛並不是這種情況。」他的語氣益發尖銳、強硬。「貴局乃至於其他的警察局，非常可能、極有可能會除掉一個共感力發展不全的真人，就如同我這位無辜的姪女。狄卡德先生，你的立場極其不道德，我們的立場可不然。」

瑞克一針見血地說：「換言之，我不會有機會檢驗連鎖六型，你們這些傢伙先把這個人格有缺陷的女孩子丟給我。」他暗自想著：我的測驗就這麼毀了，我不該來的，但現在為時已晚，大勢已去。

瑞秋．羅森這時轉過來面向他，微微一笑，語氣平靜而理性地說：「你中計了，狄卡德先生。」

即使到了這個節骨眼，他還想不透自己怎麼會掉進羅森企業的圈套，而且這麼容易就掉進去。專業好手。他明白到：一家這麼龐大的企業，經驗老道又足智多謀，而艾爾登．羅森和瑞秋．羅森是這整個企業的代言人。顯然，他錯在把他們當成普通人。他不會再犯這種錯誤。

「你老闆布萊恩特先生恐怕很難理解，怎麼測驗還沒開始，你的裝備就失效了。」艾爾登．羅森說著指了指天花板，瑞克順著看過去，看到了監視器。他在對付羅森叔姪上犯的嚴重失誤被錄下來了。艾爾登．羅森說：「我想，對我們大家來說正確的做法，就是坐下來一起想辦法。」他殷勤地作勢請他坐下。「狄卡德先生，你用不著焦慮。連鎖六型的仿生人是個既存的事實，我們羅森企業在此認了，我想你現在也該認了。」我想

瑞秋傾身對著瑞克，說道：「想養貓頭鷹嗎？」

「我看我永遠也別想。」但他明白她的意思；他知道羅森企業想做什麼交易。他前所未有地緊張起來。那份緊張在他全身上下好整以暇地爆開。意識到事情的發展，他感覺自己徹底被那份緊張占據。

艾爾登．羅森說：「可是貓頭鷹是你想要的東西。」他探詢地看了看他的姪女。「我不認為他知道……」

「他當然知道。」瑞秋反駁道：「他很清楚這一席話的目的。對吧？狄卡德先生？」她再次朝他傾過身去，這次靠得更近。他能聞到一股淡淡的香水味，感覺如沐暖風。「你只差臨門一腳，狄卡德先生，你就快得到你的貓頭鷹了。」她對艾爾登．羅森說：「他是賞金殺手，記得嗎？所以他靠賞金過活，而不是靠他的薪水。是這樣吧？狄卡德先生？」

他點頭。

「這次有多少仿生人脫逃？」瑞秋探詢道。

他隨即答道：「本來有八個。有兩個已經除役了，是別人幹的，不是我。」

「你抓一個仿生人賺多少？」瑞秋問。

他聳聳肩說：「不一定。」

瑞秋說：「要是沒有你能執行的測驗，你就沒辦法辨識仿生人。要是沒辦法辨識仿生人，你就休想拿到什麼賞金。所以，如果必須捨棄孚卡系統……」

瑞克說：「會有新的系統起而代之。以前就汰換過。」準確來說，汰換過三次。但話說回來，更現代化的分析儀器總是早就準備好了，舊系統和新系統之間向來是無縫接軌。可是這次不一樣。

瑞秋附和道：「當然，孚卡系統最終一定會遭到淘汰。不過不是現在，我們對它偵測連鎖六型的效果很滿意，也希望你能在這個前提之下，繼續你那邪門的特殊工作。」瑞秋雙臂交抱，身體前後搖晃，密切注視著他，想要看穿他的心思。

「告訴他，他可以擁有他的貓頭鷹。」艾爾登．羅森沙啞地說。

「你可以擁有那隻貓頭鷹。」瑞秋一邊說，一邊繼續打量他。「就是樓頂那隻。史奎皮。但如果能弄到一隻公的，我們就要拿牠來交配。牠所有的後代都是我們的，這一點請你務必了解。」

瑞克說：「牠的後代歸誰由我分配。」

「不行。」瑞秋立刻反對道。在她身後的艾爾登．羅森也搖頭，支持她的立場。「那樣的話，你就獨占貓頭鷹的唯一血統了。而且，還有一個條件。你不能讓任何人繼承你的貓頭鷹。你死了，那玩意兒就重歸我們企業所有。」

「這條件聽起來……」瑞克說：「像是在歡迎你們來把我殺了，好立刻奪回貓頭鷹。我是不會同意的，太危險了。」

「你是賞金殺手。」瑞秋說：「你很會用雷射槍。事實上，你身上現在就有一把。如果連自己都保護不了，你要怎麼把剩下那六個連鎖六型仿生人除役？它們可是比葛洛茲企業的舊款W-4聰明多了。」

「但我是獵殺它們的獵人。」他說：「要是有了這條把貓頭鷹物歸原主的條款，我自己就變成了獵物。」他可不想被人跟蹤。他看過仿生人遭到跟蹤時的反應。即使是仿生人，也會產生某些明顯的變化。

瑞秋說：「好，這一點我們讓步。你可以把貓頭鷹留給你的繼承人，但我們堅持要拿到全部的後代。如果你不同意，那就回舊金山去，向貴局上級坦承，孚卡系統分不清真人和仿生人，至少在你的操作之下不能。接著你就準備換工作吧。」

「給我一點時間。」瑞克說。

「好。」瑞秋說：「這房間很舒服，你就待在這裡好好想想吧。」她看看她的手表。

「半小時。」艾爾登．羅森說。他和瑞秋魚貫朝房門走去，兩人一語不發。瑞克明白，他們已經把想說的說完了，剩下的就看他了。

叔姪倆出去到外面，瑞秋正要把身後的門關上時，瑞克坦率直言：「你們很完美地設計了我，錄下我失誤的過程。你們知道我的工作全靠孚卡系統。而且你們還擁有那隻天殺的貓頭鷹。」

「親愛的，那玩意兒是你的。」瑞秋說：「記得嗎？我們會把你家的地址綁在牠腳上，把牠空運到舊金山，你下班回家就會收到。」

那玩意兒。他心想：她一直叫牠「那玩意兒」，而不是「那隻鳥兒」。他說：「等一下。」

瑞秋停在門口，說：「你決定好了？」

「我想再問妳一個孚卡量表上的問題。」他說著打開公事包：「回來坐下吧。」

瑞秋看她叔叔一眼，他點點頭，她勉為其難地回來坐下，質問道：「要幹麼？」

她不悅地挑了挑眉毛，彷彿意識到危機。他注意到她全身緊繃，並專業地把他的觀察記錄下來。

他旋即把光束燈對著她的右眼一照，吸盤也再次貼上她的臉頰。瑞秋僵硬地直視光束，依舊是一副不悅到極點的表情。瑞克一邊摸索孚卡系統的表格，一邊說：「我的公事包很棒吧？局裡的公物。」

「嗯。」瑞秋漠不關心地說。

「嬰兒皮。」瑞克說著摸摸公事包的黑色皮革表面。「百分之百真人皮。」他看到兩個儀表的指針狂奔，但那是一陣停頓過後的事。是有反應沒錯，但來得太慢。應該瞬間立刻有反應才對，不該有一秒的延遲。「謝了，羅森小姐。」他說著重新把裝備收好。他的複驗有了結論。「完成了。」

「你要走了？」瑞秋問。

「是。」他說：「我滿意了。」

瑞秋謹慎探問道：「那另外九個實驗對象呢？」

「測妳一個就夠了。」他答道：「結果相當準確，足以推斷這套系統顯然還是有效。」艾爾登・羅森頹然靠在房門口，瑞克對他說：「她知道嗎？」有時候它們自己都不知道，因為它們的假記憶在製作時經過反覆的測試，誤以為這樣就能改變受測時的反應。

艾爾登・羅森說：「不知道。我們把她的程式設計得很完善。但我想她最後還是起疑了。」他對女孩說：「他要求再測一次的時候，妳就猜到了？」

瑞秋臉色慘白，僵硬地點了點頭。

「不用怕他。」艾爾登・羅森告訴她：「妳並不是非法逃到地球的仿生人。妳是羅森企業的財產，是我們向準移民推銷用的展示品。」他朝女孩走過去，把手按在她肩膀上安撫她；女孩被他一碰嚇得縮了一下。

「他說得對。」瑞克說：「我不會把妳除役的，羅森小姐，再會。」他開始朝門口走去，接著停了一下，對他倆說道：「那隻貓頭鷹是真的嗎？」

瑞秋很快瞄羅森老先生一眼。

「反正他要走了。」艾爾登・羅森說：「無所謂；貓頭鷹是假的。這世上沒有貓頭鷹。」

「嗯。」瑞克低喃一聲，木然地步出房門，踏上走道。他倆目送他，一句話也沒說。沒什麼好說的了。瑞克暗自想著：所以，仿生人最大的製造商就是這樣營運的。狡猾，而且是他前所未見的狡猾法。一種稀奇古怪錯綜複雜的新人格類型。難怪執法單位搞不定連鎖六型。

連鎖六型。現在可讓他給碰上了。瑞秋。他明白了：她一定是一部連鎖六型。生平第一次，我就這麼看著它們其中一員。還差點讓它們給得逞。差那麼一點點，孚卡系統——我們用來偵測它們的唯一辦法——就失靈了。在保護自家產品這方面，羅森企業做得很漂亮。無論如何，至少他們是盡力了。

他仔細一想，在完成任務之前，他還有其他六個要面對。

他要拿到賞金。一分不少。

假設他能活下來的話……

6

電視機轟然作響。步下這棟無人大樓蒙塵的樓梯，約翰．伊西多爾來到樓下。現在，他聽出友善巴斯特熟悉的聲音了。他樂呵呵地對著全世界的廣大聽眾滔滔不絕。

「呵呵，各位，照過來照過來！明日氣象提要的時間到了。首先是美國東岸。獴科衛星回報，近午時分輻射塵格外強烈，午後漸趨緩和，所以打算冒險出門的鄉親父老，就等到下午囉，嗯？說到等待，距離我獨家大爆料的時間只剩十小時！快快呼朋引伴來收看！我要揭露驚人消息。話說，你們可能以為只是老掉牙的……」

伊西多爾一敲門，屋裡的電視聲立刻沒了。不只變得悄然無聲，而是徹底不存在，被他的敲門聲嚇得躲進墳墓裡了。

他感覺到關起的門後有生命的存在，不是只有那台電視機而已。他豎起耳朵、全神貫注，除非是他想像出來的，否則就真有一絲縈繞不去、噤聲不語的恐懼，來自一個迴避他的人、一個為了躲他而一溜煙跑遠的人。

他呼喚道：「嗨，我住樓上，聽到你的電視聲。我們見個面，好嗎？」他等著、聽著。沒有聲音，沒有動靜。他的話沒有打動那個人。「我帶了一塊奶油給你。」他湊近那扇厚重的門說話，盡力讓他的聲音穿過去。「我叫約翰．伊西多爾，我為著名的獸醫漢尼拔．斯洛特先生工作。你一定聽過他。我的名聲很好；我有正當職業。我為斯洛特先生開貨車。」

門稍稍開了一條縫，他看到屋裡有個破碎、歪斜、畏縮的人影。一個躲躲藏藏、遮遮掩掩的女孩緊抓著門不放，像是要靠這扇門支撐她的身體。恐懼讓她看起來病懨懨的。她的身體線條怕得都扭曲了，像是有人惡狠狠地把她打碎，再胡亂拼湊回去。她試圖要擠出笑容，一雙銅鈴大眼卻始終眼神呆滯。

他恍然大悟道：「妳以為沒人住在這棟大樓。妳以為這裡是一座廢墟。」

女孩點頭，悄聲說道：「對。」

伊西多爾說：「可是有鄰居很棒啊。見鬼了，妳來之前，我一個鄰居也沒有。」天曉得，那可不好玩。

「你是唯一的一個？」女孩問：「在這棟大樓，除了我之外？」現在她似乎沒那麼膽怯了。她挺直身體，伸手順了順她的黑髮。這時，他看到她雖然嬌小，但身材很好，黑色的長睫毛襯得一雙眼睛很漂亮。訪客來得意外，女孩除了睡褲就沒穿別的。他的目光越過她，看到後面亂七八糟的房間。打開來的行李箱散落各處，裡面的東西有些倒在髒亂的地板上。但這是自然的，她才剛來不久。

「我是除了妳之外唯一的一個。」伊西多爾說：「而且，我不會打擾妳。」他覺得很沮喪。他基於戰前老派禮儀帶來的見面禮沒被接受。事實上，女孩甚至根本沒注意到，又或許她不知道奶油是用來幹麼的。他直覺感到女孩很困惑。她束手無策、倉惶失措地漂在恐懼的漩渦中。現在，那份恐懼漸漸退潮。「老好人巴斯特。」他試圖讓她放鬆道：「妳喜歡他？我每天早上都看他的節目，每天晚上回家之後也看。我邊吃晚餐邊看，接著再看他的深夜節目，一直看到上床睡覺為止。至少在我家電視壞掉之前是這樣啦。」

「誰是……」女孩話到嘴邊又吞了回去。她氣急敗壞地狠咬嘴唇，顯然很氣自己。

「友善巴斯特。」他解釋道。他覺得很奇怪，這女孩竟然沒聽過全地球最令人拍案叫絕的電視喜劇。「妳從哪裡來的？」他好奇問道。

「這不重要吧。」她很快抬頭瞄他一眼。不知在他身上看到了什麼，她整個人明顯放鬆下來。「我很樂意有人作伴。」她說：「要等我安頓好之後。現在當然是不行。」

「為什麼不行？」他不解地問。這女孩的一切都讓他摸不著頭腦。他心想：或許我一個人住在這裡太久了，變得怪怪的。大家都說雞頭人是怪胎。想到這裡，他更沮喪了。「我可以幫妳整理行李。」他大膽提議道。現在，那扇門硬生生當著他的面關上了。「還有妳的家具。」

女孩說：「我沒有家具。這些東西……」她指指身後的房間。「本來就在這裡。」

「這些都不能用了。」伊西多爾說。他一眼就看出來，椅子、地毯、桌子，一件件腐爛殆盡。它們是時間暴力的受害者，是被遺棄的犧牲品，彼此互相爛成一團。這戶空屋長年無人居住。一切的一切都已爛個徹底。他無法想像她怎麼會以為這種環境能住人。「聽著。」他熱心地說：「如果我們在整棟大樓找一找，說不定能找到一些沒這麼爛的東西給妳用。這裡拿一座檯燈、那裡弄一張桌子來之類的。」

「我會去找。」女孩說：「我自己去。謝了。」

「妳要自己一個人走進那些空屋？」他難以置信。

「有何不可？」她又緊張地打了個寒顫，臉上一副意識到自己說錯話的表情。伊西多爾說：「我試過一次。結果我兩手空空直接回家，躲回自己的地方。那些無人空屋裡……成千上萬戶，滿是前人的私人物品，家族合照啦，衣服啦。死掉的人什麼也帶不走，移民的人什麼也不想帶走。除了我那戶住家之外，這棟大樓徹底變廢渣了。」

「廢渣？」她聽不懂。

「廢渣就是沒用的東西，像是垃圾郵件，或是你用完最後一根火柴之後的火柴盒，又或是口香糖的包裝紙和昨天的舊報紙。沒人在的時候，廢渣會自體繁殖。舉例來說，如果妳上床睡覺前在屋裡留下任何廢渣，第二天一覺醒來就會變成兩倍。廢渣總是越變越多。」

「了解。」女孩懷疑地打量他，不知道要不要相信他，不確定他是不是認真的。

「所謂『廢渣第一定律』。」他說：「無用廢渣驅逐有用好物，就像格勒善定律說的劣幣驅逐良幣，而且這些空屋裡沒有人和廢渣對抗……」

「所以廢渣大獲全勝。」女孩把他的話說完。她點了點頭。「現在我明白了。」

「妳在這裡的家……」他說：「妳挑的這戶空屋，太廢渣了，沒辦法住人。我們可以亡羊補牢。就像我說的，我們可以去其他空屋搜刮。但是……」他突然住口。

「但是什麼？」

伊西多爾說：「我們沒辦法反敗為勝。」

「為何？」女孩步入梯廳，關上身後的門，雙手不自在地在她那高聳的小胸部前交叉。她面對他，很想弄明白。或者在他感覺起來是這樣，至少她有在聽了。

「沒人能戰勝廢渣。」他說：「就算戰勝，也只是一時半刻。就像在我家，在無用廢渣和有用好物之間，我多少創造出一種平衡。目前是這樣啦，但到了最後，我總會死，或是離開。廢渣就又會大獲全勝。這是全宇宙共通的定律。全宇宙都在朝徹底絕對化為廢渣的最終狀態邁進。」他補充道：「當然，除了維爾博．摩瑟的攀升之外。」

女孩打量他。「我看不出來這兩者有什麼關聯。」

「這就是摩瑟教的重點所在啊！」他再次覺得不解。「妳不參加大融合嗎？妳沒有共感箱嗎？」

女孩停頓一下之後，小心翼翼地說：「我沒把我的帶來。我以為在這裡可以找到一個。」

「可是共感箱是……是……」他興奮得結巴起來。「是最私人的物品了啊！它是身體的延伸，是妳觸及其他人類的方法。有了它，妳就不再孤單。但不用我說，妳一定知道，每個人都知道。摩瑟甚至讓人喜歡我……」他趕緊住口，但來不及了。他已經說溜嘴了。從她的表情，從她臉上閃過的一絲反感，他看得出來她知道了。

「我差點就通過智力測驗了。」他壓低嗓音，顫抖地說：「我沒有那麼特殊，只是輕度而已，不像妳看過的某些人那麼嚴重。但摩瑟並不在乎……」

「依我之見，那可謂是摩瑟教的重大缺失。」她的語氣乾淨俐落且無情無緒。他明白到，她純粹只是陳述事實。她就是這樣看待雞頭人的，事實如此。

「我想我還是上樓好了。」他說著邁步走開。那塊奶油緊握在他手裡，被他握得又濕又軟。

女孩目送他，臉上依舊無情無緒。接著，她開口叫他：「等一等。」

他轉身說：「為什麼？」

「我會需要你。像你說的，幫我從其他空屋弄來像樣的家具。」她朝他走去。她赤裸的上半身光滑又苗條，沒有一丁點贅肉。「你什麼時候下班回家？你可以到時候再來幫我。」

伊西多爾說：「妳或許可以幫我們倆煮晚餐？如果我帶食材回來？」

「不行。我有太多事要做了。」女孩草草回絕，他注意到了。雖然不明白，但他感覺到她的草率敷衍了。現在，她一開始的恐懼煙消雲散，轉而流露出不同的態度，奇怪的態度。他黯然想著：是一種冷淡的感覺，就像從無人地帶吹來的一陣寒風，事實上，就像憑空冒出來似的，不是她做了什麼或說了什麼，而在於她沒做、沒說的。「改天吧。」女孩說著朝她的住家大門退回去。

「妳知道我的名字了吧？」他急切地說：「約翰．伊西多爾，我的工作是……」

「你說過你的工作是什麼了。」她在門口暫停了一下，邊推開門邊說：「有個了不起的人，叫什麼漢尼拔．斯洛特的，我確定他只存在於你的想像之中。我的名字是……」她回到屋子裡，漠然地看了他最後一眼，猶豫道：「我是瑞秋．羅森。」

「羅森企業的？」他問：「全宇宙最大的殖民計畫人型機器人製造商？」

她臉上瞬間掃過一抹複雜的表情，稍縱即逝。「不是。」她說：「聽都沒聽過，我不知道什麼羅森企業。我看又是你的雞頭人腦袋想像出來的吧。約翰．伊西多爾和他的私人專屬共感箱。可憐的伊西多爾先生。」

「可是妳的姓氏……」

「我的名字是普莉絲．史達頓。」女孩說：「這是我冠了夫姓以後的名字。我都用這個名字。除了普莉絲，我沒用過其他名字。你可以叫我普莉絲。」她想了想，又說：「不，你最好叫我史達頓小姐。因為我們不算真的認識，至少我不認識你。」

門在她身後關上，他發現自己孤零零地杵在蒙塵的陰暗梯廳裡。

7

好吧，就這樣。約翰．伊西多爾抓著那塊軟掉的奶油，杵在那裡想著：或許她會改變主意，讓我改口叫她普莉絲。如果我能帶個戰前的蔬菜罐頭回來，說不定她也會重新考慮晚餐的事。

但她可能不會煮飯吧，他突然想到。沒關係，我來好了，我來為我們倆煮晚餐。我先煮給她看，以後她想煮就知道怎麼煮了。等我示範給她看之後，她可能就會想煮了。就我所知，絕大多數的女人都愛煮飯，連她這種年輕小姐也不例外。那是本能。

他爬上昏暗的樓梯，回到自己的住處。

就算動作快一點，他也會遲到。斯洛特先生一定會大發雷霆，但那又怎樣？他一邊穿上他的白色工作袍，一邊想：她真的跟世界脫節欸。舉例來說，她從沒聽過友善巴斯特。這怎麼可能呢？巴斯特可是現存最重要的人類，當然，除了維爾博．

摩瑟之外啦，但摩瑟……他反覆尋思，摩瑟不是人類，祂顯然是來自星際的一個原型實體，是宇宙模板加諸在我們文化上的一個人物。至少我聽到的說法是這樣，比方斯洛特先生就是這樣說的，而漢尼拔・斯洛特應該很清楚真相。

奇怪的是她報上的名字前後不一。他想了又想。她可能需要幫助。他自問：我能給她什麼幫助嗎？我這種特殊分子雞頭人懂什麼？我不能結婚，不能移民，輻塵最後會要了我的命。我能幫她才有鬼。

他穿好制服準備妥當，走出家裡爬上樓頂，他那台破爛不堪的二手懸浮車停在那裡。

一小時後，開著公務車，他接了當天第一隻故障的動物。是隻電動貓。它趴在貨車後車廂的防塵塑膠外出籠裡，起伏不定地喘著大氣。簡直跟真的一樣。伊西多爾一邊觀察，一邊朝汎內斯寵物醫院開回去。這家費心取了個假名的小公司，在市況艱辛、競爭激烈的假動物維修業僅能勉強立足。

那隻貓苦苦哀嚎。

哇！伊西多爾暗想：它聽起來真的像快死了。或許它那用了十年的電池電力不足。或許它的整套電路系統正循序漸進一一燒毀。這修起來可是大工程，汎內斯寵物醫院的維修工米爾特．波羅葛夫有得忙了。而我沒給飼主估價單，伊西多爾悶悶不樂地想到。那傢伙只是把貓塞給我，說它在夜裡開始不對勁，然後我猜他就匆忙趕去上班了。無論如何，短暫的交談戛然而止，貓主人開著他帥氣的新型客製化懸浮車直衝天際，那傢伙就這樣成了他們的新客戶。

伊西多爾對那隻貓咪說：「你能撐到我們抵達店裡嗎？」貓咪繼續喘氣。「我會在路上幫你充電。」伊西多爾做了這個決定。他把車降落在最近的一個空樓頂上，沒熄火臨停在那裡。他爬進後車廂，打開防塵塑膠外出籠。外出籠搭配上他的白袍和車身上的名字，完美營造出一個真獸醫抓起一隻真動物的假象。

那台電動機械裝置披著一身以假亂真的灰色皮毛，發出咕嚕聲口吐白沫，眼珠子目光呆滯，金屬上下顎緊咬在一起。伊西多爾總是覺得很不可思議。這些假動物還內建疾病程式。他現在抱在大腿上的這台機器，當初在製作時就設定好了，只要有哪個重要零件出錯，整部機器就會顯得像是生病了，而不像是壞掉了。要是我就會上當。伊西多爾一邊想，一邊在人造肚皮的假毛底下摸索隱藏的控制面板，以及快速充電用的電池接頭。以這種類型的假動物來說，這一隻的面板滿小塊的。但不管是面板還是充電接頭，他都找不到，而且他不能耗太久，機器就快整台當掉了。他考量著，如果真有哪裡短路了，線路正因短路燒掉，那麼或許我該試著拔掉電池纜線，這台機器就會關閉，但不會造成進一步的損壞。等到了店裡，米爾特可以重新幫它充電。

他熟練地沿著假脊椎骨摸索。纜線應該在這一帶。做工真他媽的精細，仿造得完美無瑕。就算湊上去仔細查看，纜線也不明顯。一定是車匠與木匠有限公司的產品——要價較高，但瞧瞧他們的好手藝。

他放棄了。假貓不再運作。如果這玩意兒真的是電線短路了，那短路的問題顯然已經波及到電源供應和基本動力傳動系統。他悲觀地想：那可要花上好一筆錢了。嗯，那傢伙顯然沒乖乖做一年三次的保養，有保養就有差。飼主或許會嘗到慘痛的教訓吧。

他爬回駕駛座，打到爬升檔，再次飛上天際，繼續朝維修中心飛回去。

無論如何，他不用再聽那台機器令人神經緊張的喘息聲了。他可以放鬆下來。

他想著：說來有趣，即使理智上知道那是假的，傳動系統和電源燒掉的聲音還是讓我的胃揪在一起。他苦澀地想：但願我找得到別的工作。要是我能通過智力測驗，就不用做這種不光采的工作，忍受伴隨而來的精神折磨。相形之下，假動物的假痛苦就不會困擾米爾特·波羅葛夫或他們的老闆漢尼拔·斯洛特。或許，當你像我一樣循演進的歷程退化回去，當你成了特殊分子，陷入墳界的泥淖……咳咳，還是別想了。他最鬱悶的時刻，就是拿他目前的腦力和之前相比。每一天，他的腦力和體力都在退化。他和地球上成千上萬的特殊分子，全都在逐步化為灰燼，變成活生生的廢渣。

為了尋求陪伴，他打開貨車的收音機，轉到友善巴斯特的廣播頻道。他的廣播節目和電視節目一樣，一天連續播放二十三小時，不間斷傳送溫暖，額外的一小時是一段祝禱結語、十分鐘的靜默，再接著一段祝禱開場白。

「很高興再次邀請妳到節目中。」友善巴斯特在說：「我想想，艾曼達，上次和妳抬槓已經是整整兩天前的事了。新片開始拍了嗎？親愛的？」

「喔，我昨天本來有一部要拍，但他們要我從七點開始……」

「一大早七點？」友善巴斯特插嘴道。

「素啊，沒錯，巴斯特，就素一大早七點！」艾曼達．華納發出她那出了名的笑聲，笑法和巴斯特頗有異曲同工之妙。艾曼達．華納和其他幾位美麗、高雅、胸部堅挺、來自不明國家的外國女子，外加幾個所謂的搞笑藝人，組成了巴斯特節目的固定班底。像艾曼達．華納這樣的女性，既沒拍過電影，也沒演過舞台劇，她們光輝燦爛又離奇的藝界人生，就在巴斯特永無止境的節目上度過。伊西多爾認真算過一次，她們一星期出現高達七十小時。

友善巴斯特怎麼有時間又錄電視節目，又錄廣播節目？伊西多爾想不透。艾曼達．華納又怎麼有時間年復一年、月復一月每隔一天就當節目來賓？他們怎麼有辦法聊個沒完？話題從不重複，至少就他所知沒有重複過。他們總是妙語如珠、饒富新意，而且未經彩排。艾曼達的頭髮閃著光澤，眼睛和牙齒也都閃閃發亮。她從來不會累，從沒顯露過疲態，總是機智回嘴。巴斯特連珠砲般的笑話、俏皮話和處處機鋒的言論，從來不會讓她應接不暇。友善巴斯特的電視和廣播節目透過衛星全球播送，也播送給殖民星球上的移民。他們試過把訊號傳到比鄰星，以備人類的殖民版圖擴張到那裡。沙朗德三號如果抵達了它的目的地，船上的成員就會發現友善巴斯特的節目在等著他們。他們會很高興。

但友善巴斯特有一件事讓約翰・伊西多爾煩心，那就是他會以相當巧妙的方式，幾乎是神不知鬼不覺地諷刺揶揄共感箱。不只一次，而是很多次。事實上，他正在這麼做。

「沒有石頭砸傷我。」巴斯特口沫橫飛地對著艾曼達・華納說道：「還有，如果要我爬上那片山坡，那我要帶幾罐百威啤酒上去！」現場觀眾大笑，伊西多爾聽到零星的掌聲。「我要在山頂上播放我精心策畫的大爆料，就是從現在算起十小時之後要進行的大爆料！」

「還有我，親愛的！」艾曼達搭腔道：「帶我一起去！我跟你一起，要素他們對我們丟俗頭，我保護你！」觀眾再次哄堂大笑，約翰・伊西多爾覺得不能理解，這番話氣得他後頸發熱。友善巴斯特為什麼老愛調侃摩瑟教？而且其他人好像都不覺得困擾，就連聯合國也默許似的。美國和俄羅斯警方不是公開說摩瑟教降低了犯罪率，因為它讓民眾更關心鄰人的困境嗎？聯合國祕書長提圖斯・柯爾寧自己就好幾次說道：人類需要更多的共感力。巴斯特可能是嫉妒吧，伊西多爾推敲著。沒錯，這樣就說得通了，他和維爾博・摩瑟是競爭對手。但話說回來，是要競爭什麼？

我們的心智。伊西多爾判定：他們要爭奪對我們的思想控制。一邊是共感箱，一邊是巴斯特的笑聲和即席搞笑。他決定：我得跟漢尼拔·斯洛特說，問他是不是這樣，他一定知道。

把貨車在汎內斯寵物醫院樓頂停妥之後，他就匆匆拎起塑膠籠，帶著那隻一動也不動的假貓，直奔漢尼拔·斯洛特的辦公室。他進門之後，斯洛特先生從零件庫存清單上抬起眼來。皺紋在他那形容枯槁、滿面風霜的臉上一圈圈泛開，像是被擾動的水面。漢尼拔·斯洛特雖然不是特殊分子，但已老得無法移民，注定要在地球上苟延殘喘度過餘生。這些年來，在輻射塵的侵蝕之下，他的五官灰敗，他的思想灰暗，整個人瘦了一圈，兩條腿細得都走不穩了。他透過積了厚厚一層落塵的眼鏡看世界。不知道為什麼，他從來不擦他的眼鏡。就彷彿他放棄了，他接受了輻射塵，而輻射塵從很久之前就開始動工，要把他埋掉。輻射塵已經模糊了他的視線，在他所剩不多的歲月裡，輻射塵還會侵蝕他的其他感官，直到最後只剩他那鳥鳴一般的嗓音。再接著，就連他的嗓音也會灰飛煙滅。

「你手裡拿的是什麼？」斯洛特先生問。

「一隻電源短路的貓。」伊西多爾把籠子放在他老闆文件四散的桌上。

「幹麼給我看？」斯洛特質問道。「拿下去店裡給米爾特啊。」然而，他反射動作地打開籠門，戳了戳那隻假動物。從前他也當過維修工，還是很優秀的一位。

伊西多爾說：「我認為友善巴斯特和摩瑟教在爭我們的思想控制權。」

「若是如此，巴斯特目前勝出。」斯洛特說著查看起那隻貓。

「他現在是贏了。」伊西多爾說：「但他最後會輸的。」

斯洛特抬頭直視他：「何以見得？」

「因為維爾博．摩瑟不斷重生。他是不朽的。他從山頂上被打下來，落入墳界，可是他一定會復活，我們也都跟著他一起，所以我們也是不朽的。」他很高興自己說得這麼順，在斯洛特先生面前他通常都結結巴巴。

斯洛特先生說：「巴斯特也是不朽的，就跟摩瑟一樣，沒有差別。」

「他怎麼會是不朽的？他是一介凡人。」

「我不知道。」斯洛特說：「但事實如此。當然，他們從沒承認過。」

「這就是為什麼友善巴斯特一天能做四十六小時的節目嗎？」

「沒錯。」斯洛特說。

「那艾曼達・華納和其他那些女的呢？」

「她們也是不朽的。」

「她們是從其他宇宙來的高等生物嗎？」

「這一點我從來沒辦法斷定。」斯洛特先生一邊說，一邊還在查看那隻貓。現在他把他那蒙塵的眼鏡脫下來了，直接用眼睛看著貓咪半張的嘴。「不像我對維爾博・摩瑟的事那麼有把握。」他說這後半句話的聲音幾乎聽不見，說完便接著咒罵了一陣。在伊西多爾感覺起來，那一長串的咒罵像是持續了足足一分鐘。最後，斯洛特說：「這隻貓不是假的。我知道有時候會出這種錯。牠是真的死了。」他盯著貓咪的屍體，又罵起髒話。

身材魁梧、皮膚粗糙的米爾特・波羅葛夫圍著髒兮兮的藍色帆布圍裙，出現在辦公室門口，問道：「怎麼了？」一看見那隻貓，他走進辦公室，把牠拎了起來。

斯洛特說：「這個雞頭人把牠帶回來的。」他從來不曾在伊西多爾面前用這個字眼。

「如果牠還活著，我們可以送牠去真的獸醫那裡。」米爾特說：「不知道牠值多少錢。誰身上有《雪梨氏》型錄嗎？」

「你你你……你的保險沒沒沒……沒有包含這個嗎？」伊西多爾問斯洛特。他兩腿發軟，感覺這房間變成一片暗紅色，還布滿綠色的斑點。

「有。」斯洛特最後有點齜牙咧嘴地說：「我只是覺得可惜，這世上又少掉一隻活生生的動物了。你分不出真假嗎？伊西多爾，你看不出差別嗎？」

「我以為……」伊西多爾好不容易才擠出話來：「牠是做得很好的產品，好到把我耍得團團轉。我是說，牠就像是活的，做得那麼好……」

「我不認為伊西多爾看得出差別。」米爾特和善地說：「對他來講，不分真假，反正會動的都是活的。他說不定還試過要搶救牠。」他對伊西多爾說：「你做了什麼？幫牠充電？還是找牠哪裡短路？」

「是……」伊西多爾承認道。

「牠說不定已經病入膏肓，反正是沒救了。」米爾特說：「饒了這個雞頭人吧，漢尼拔，他說的有道理，假動物現在都做得跟真的一樣，新型機種還裝了那些疾病電路。而真正的動物是會死的，這是養牠們的風險之一。我們只是不習慣這種事，因為我們看到的都是假動物。」

「天殺的可惜。」斯洛特說。

「根據摩摩摩……摩瑟，所……所有生物都會復活。」伊西多爾說：「對動動……動物來講也……也一樣，我是說，我們都跟祂一起攀升，死……」

「你去跟這隻貓的飼主講。」斯洛特先生說。

不確定他老闆是不是認真的，伊西多爾說：「一定要我去講嗎？可是視訊電話都是你打。」他對打視訊電話很恐懼，尤其是要打給陌生人，對他來講根本不可能。斯洛特先生當然知道。

「別為難他了。」米爾特說：「我來打。」他伸手去拿話筒。「他的號碼幾號？」

「我收在哪裡了……」伊西多爾在他的工作袍口袋裡摸索。

斯洛特說：「我要這個雞頭人打。」

「我不……不能用視訊機。」伊西多爾推託道。他的心臟狂跳。「因為我身上很多毛，又醜又髒又駝背又暴牙，頭髮都白了。而且，輻射讓我很難受，我想我就快死了。」

米爾特微微一笑，對斯洛特說：「我想換作是我也不敢用視訊電話。好了，伊西多爾，要是你不給我飼主的號碼，我就不能打電話，那你就得打了。」他親切地伸出手。

「讓這個雞頭人打。」斯洛特說：「否則我就開除他。」他沒看伊西多爾，也沒看米爾特，只是氣呼呼地瞪視前方。

「喔，得了吧！」米爾特抗議道。

伊西多爾說：「我不……不喜歡人家叫……叫我雞頭人。我是說，輻射塵也對你的外表造成很大的傷害，雖然可能沒……沒像我這樣傷到腦子。」我被開除了，他明白到，因為我不能打電話。接著，突然間，他想起貓主人上班去了，沒人在家。「我……我想我可以打給他。」他說著拿出寫有飼主資料的標籤。

「看到沒？」斯洛特先生對米爾特說：「如果非做不可，他還是做得到。」

伊西多爾坐到視訊機前，手裡握著話筒，開始撥號。

「是啊。」米爾特說：「但你不該逼他打，而且他說對了，你受到落塵的傷害，你他媽的就快瞎了，不出幾年你也會聾掉。」

斯洛特說：「你還不是一樣，波羅葛夫，你的膚色跟狗屎一樣。」

視訊螢幕上浮現一張臉，是一名表情有點警戒的中歐女性，頭髮緊緊盤成一個髻。「你好？」她說。

「皮……皮爾森太太嗎？」伊西多爾滿懷恐懼地說，他自然沒想到飼主有個太太待在家裡。「我想跟妳談……談你你你……你們的……」他中斷一下，揉揉他抽筋的下巴。「你們的貓。」

「喔，對了，你把何瑞修接走了。」皮爾森太太說：「結果是肺炎嗎？我先生是這樣想的。」

伊西多爾說：「你們的貓死了。」

「喔，我的老天。」

「我們會換一隻新的給你們。」他說：「我們有保險。」他瞄一眼斯洛特先生，後者似乎贊同。「敝公司的老闆漢尼拔．斯洛特先生會……」他支支吾吾道：「會親自……」

「不！」斯洛特說：「我們會按照《雪梨氏》的表定價格，開給他們一張支票。」

「……會親自把新貓送到府上。」伊西多爾聽到自己說。開啟了一段他本來無法忍受的對話，他發現自己無法抽身了。他說的話自有一套邏輯，他順著邏輯說下去，停也停不住，非得說到最後不可。斯洛特先生和米爾特．波羅葛夫都在瞪他，他還越說越來勁：「把你們要的貓咪條件告訴我，花色、性別、品種，例如曼島貓、波斯貓、阿比西尼亞貓……」

「何瑞修死了。」皮爾森太太說。

「他得了肺炎。」伊西多爾說：「在送醫途中死了。我們的資深獸醫漢尼拔．斯洛特醫生表示，到了這個地步已經沒救了。但皮爾森太太，我們要換一隻新的給你們，這豈不是可喜可賀？我說的對嗎？」

皮爾森太太眼眶泛淚，說：「何瑞修是隻獨一無二的貓。牠以前……牠小時候會站起來，望著我們，像是有話要問，我們從不明白牠要問什麼，或許現在牠知道答案了。」眼裡又湧現淚水。「我想我們最終都會知道答案的。」

伊西多爾靈機一動。「還是換隻一模一樣的電動複製貓給你們？我們可以找車匠與木匠有限公司做一隻做工一流的，每一個細節都忠實呈現原本那隻動物，永遠……」

「喔，別鬧了！」皮爾森太太抗議道：「你在說什麼？別跟我先生說，千萬別對艾德提起，否則他會氣瘋掉。他愛何瑞修勝過他養過的任何一隻貓，他可是從小就養貓。」

米爾特從伊西多爾手中接過話筒，對皮爾森太太說：「我們可以按照《雪梨氏》的價碼開支票給你們，或者如同伊西多爾先生的提議，我們可以幫你們挑一隻新貓。我們很遺憾你們的貓死了，但一如伊西多爾所言，你們的貓染上了肺炎，肺炎幾乎向來都會致命。」他語氣專業地結束談話。在汎內斯寵物醫院的三個人當中，米爾特最擅長商務電話的應對了。

「我沒辦法跟我先生說。」皮爾森太太說。

「沒關係，女士。」米爾特露出有點為難的表情，說：「我們會打給他。可以請妳提供他上班地點的電話號碼嗎？」他伸手摸索紙筆，斯洛特先生連忙遞給他。

「聽著。」皮爾森太太現在似乎平復過來了，她說：「或許剛剛那位先生說的對。或許我應該委託你們做一台何瑞修的電動替代品，但不要讓艾德知道。複製品有辦法真實到我先生看不出來嗎？」

米爾特遲疑地說：「如果那是妳要的。但根據我們的經驗，飼主本人從來不會受騙，頂多只能騙過旁人，例如左鄰右舍。妳知道，如果妳靠近一隻假動物，靠得很近的話……」

「就肢體接觸而言，艾德從不靠近何瑞修，即使他很愛牠。我才是照料何瑞修日常起居的人，像是清牠的貓砂盆之類的。我想我願意試試假動物這個選項。如果行不通，你們再找一隻新貓來替代何瑞修。我只是不想讓我先生知道，我不認為他受得了。這也是他為什麼不靠近何瑞修；他就是怕有這一天。何瑞修生病的時候——如你們所說，在牠染上肺炎的時候，艾德驚慌到無法面對。這就是為什麼我們等了這麼久才聯絡你們，拖太久了……在你們打來之前，我就知道。我心知肚明。」她點點頭，現在她的眼淚控制住了。「做一隻假的要多久？」

米爾特試著說明：「我們可以在十天之內準備好。我們會趁妳先生上班時送過去。」他結束談話，道了再會，掛上話筒。「他不出五秒鐘就會知道。」他對斯洛特先生說：「但這是她要的。」

「深愛寵物的飼主都會崩潰。」斯洛特鬱悶地說：「我很慶幸我們通常不必扯上真的動物。你知道真的獸醫成天都得打這種電話嗎？」他凝視著約翰・伊西多爾。「就某方面來說，你也沒那麼笨嘛，伊西多爾。你剛剛處理得還滿好的啊，雖然米爾特得接手介入。」

「他做得很好。」米爾特說：「天啊，這種事還真棘手。」他拎起死掉的何瑞修。「我把牠拿下去到店裡；阿漢，你打給車匠與木匠，叫他們的師傅過來量尺寸和拍照。我不要讓他們把牠帶走。我想親自比較複製品。」

「我想我會讓伊西多爾跟他們說。」斯洛特先生決定道：「這件事是他起的頭；應付完皮爾森太太之後，他應該能應付車匠與木匠。」

米爾特對伊西多爾說：「只要別讓他們把原本這隻帶走就好。」他舉起何瑞修。「他們會想帶走，因為這樣他們的工作就容易多了。你的態度要堅定。」

「唔。」伊西多爾眨著眼睛說：「好，或許我應該現在就打，趁牠還沒開始腐爛。屍體會腐爛對吧？」他覺得躍躍欲試。

8

把局裡的改良版高速懸浮車停在舊金山倫巴底街警察局樓頂之後，賞金殺手瑞克·狄卡德拎著公事包，下樓到哈利·布萊恩特的辦公室。

他的上級靠在椅子上，捏了一撮特一號鼻菸，說道：「你也太早回來了吧。」

「你派我去做的事，我已經做好啦。」瑞克面對辦公桌坐下來，放下他的公事包。他發覺到，自己累了。回來之後，他緩過神來才發覺。他不確定自己能否振作精神，迎接等在眼前的任務。「戴維怎麼樣了？」他問：「復原到我可以和他談談的程度了嗎？在我去處理第一個仿生人之前，我想先和他談談。」

布萊恩特說：「你要優先處理帕洛可夫，就是用雷射槍射中戴維的那一個。最好先把他除掉，因為他已經知道自己在名單上。」

「不先跟戴維談談？」

布萊恩特伸手拿來一張半透明的薄紙，紙上字跡模糊，大概是第三層或第四層的複寫紙。「帕洛可夫在城裡找到一份收垃圾的工作，成了清潔工。」

「這種工作不是特殊分子在做的嗎？」

「帕洛可夫就是在模仿特殊分子，他裝成退化得很嚴重的蟻頭人。戴維就是這樣被騙過去的，帕洛可夫的外觀和言行舉止顯然太像蟻頭人，戴維才會輕忽。你現在對孚卡系統有把握嗎？百分之百確定？從西雅圖那邊的情況看來……」

「我確定。」瑞克簡短地說，沒再多做解釋。

布萊恩特說：「那我就相信你，但我們連一丁點的差錯都不能有。」

「追捕仿生人向來不能有差錯，這次也一樣。」

「連鎖六型不一樣。」

「我已經找到一個。」瑞克說：「戴維找到兩個，如果把帕洛可夫算進去就是三個。好，我今天先把帕洛可夫除役，或許明後天再跟戴維談談。」他伸手去拿那張複寫紙，上面是仿生人帕洛可夫的詳細資料。

「還有一件事。」布萊恩特說：「全球警察聯盟派了一位俄羅斯警察過來，他在路上了。你在西雅圖的時候，我接到他的電話。他在俄羅斯航空的運輸火箭上，過一小時左右會在這裡的公共起降場降落。他的名字是桑鐸．卡多利。」

「他來幹麼？」全球警察聯盟幾乎不曾派人來舊金山。

「全球警察聯盟對連鎖六型很感興趣，他們想派一個他們的人跟你一起行動。基本上是觀察員，如果幫得上忙，他也會幫你。由你決定他能不能派上用場、什麼時候派上用場，但我已經准他跟著你了。」

「賞金怎麼辦？」瑞克說。

「你不必跟他分。」布萊恩特低聲笑道。

「我只是覺得如果要分就不公平了。」他一點也不想跟全球警察聯盟來的渾球分他贏得的賞金。他研究了一下帕洛可夫的單子，上面描述了這個男人——更確切地說是這個仿生人——的特徵，以及他目前的住址和公司所在地：灣區清潔公司吉瑞林蔭大道辦事處。

「想等俄羅斯的條子過來這裡，再去把帕洛可夫除役嗎？」布萊恩特問道。

瑞克惱怒地說：「我向來是獨自行動。當然，還是要看你的決定啦。你怎麼說，我就怎麼做。但我大可現在就去解決帕洛可夫，不必等卡多利到這裡。」

「你自己去吧。」布萊恩特決定道：「接下來是一位叫做盧芭・露芙特的小姐，你那裡也有她的單子，到時再讓卡多利參一腳。」

瑞克把資料單都塞進他的公事包，離開他主管的辦公室，再次登上樓頂去取他停在那裡的懸浮車。他拍拍自己的雷射槍，自言自語道：現在，咱們去會一會帕洛可夫吧。

瑞克停在灣區清潔公司的辦公大樓，展開他追捕仿生人帕洛可夫的首波行動。

他對一臉嚴肅、頭髮灰白的櫃台小姐說道：「我在找貴公司的一位員工。」清潔公司的大樓讓他看得嘆為觀止，又大又現代化，容納了為數眾多的高階職員。長毛地毯、昂貴的原木辦公桌，在在提醒他廢棄物清理業從戰爭時期以來儼然成為地球上最重要的產業。整個星球都在化為垃圾，為了讓殘留的人口住得下去，垃圾不時就得清一清……否則就像友善巴斯特說的，地球最後不是被埋在輻射塵底下，而是被廢渣掩蓋。

「找艾克斯先生。」櫃台小姐告訴他：「他是人事經理。」她指了指一張看似氣派但並非實木的仿橡木桌，桌前坐著一名小個子眼鏡男，神經緊繃地埋首於成堆的文件當中。

瑞克亮出他的員警識別證。「貴公司員工帕洛可夫現在人在哪裡？在家還是在上工？」

艾克斯先生不情不願地查看了一下他的紀錄，說道：「帕洛可夫應該在上工。在我們的戴利城分廠，把懸浮車壓扁丟到舊金山灣。不過……」人事經理又進一步查看了最新的登記資料，接著拿起視訊機，撥了內線電話給這棟樓裡的某個人。「他不在。」他結束談話，掛上話筒，對瑞克說：「帕洛可夫今天無故曠職。長官，他做了什麼？」

「要是他出現了，別跟他說我來這裡打聽他。」瑞克說：「明白嗎？」

「好，我明白。」艾克斯悶悶不樂地說，彷彿他過問警方事務被打臉了。

開著改良版的公務懸浮車，瑞克接著飛到帕洛可夫在田德隆區的住處大樓。我們永遠也別想抓到他了。他暗自想著：他們——布萊恩特和霍頓——拖太久了。布萊恩特不該叫我去西雅圖。他應該昨晚就呼叫我去追捕帕洛可夫，若是跟戴維．霍頓同時接到呼叫又更好。

什麼鬼地方。他一邊觀察，一邊走過樓頂來到電梯。廢棄的獸欄積了幾個月的落塵，其中一個籠子裡有一隻壞掉的假動物，是隻假雞。他搭電梯下來到帕洛可夫那層樓，發現梯廳黯淡無光，像是一個地下洞窟。他用他的A級電力密封式光束警燈照亮梯廳，再把罩子看了一遍。已經用孚卡系統測試過帕洛可夫，這個步驟就可以略過了。他可以直接摧毀這個仿生人。

最好是從外面這裡解決他。他決定了。他把他的槍箱放在地上打開，拿出一支潘菲德不定向電波發射器，按下全身僵硬鍵。透過發射器金屬外殼發送的抵銷電波則只對準他自己，保護他不受電波影響。

他一邊關掉發射器，一邊暗想：現在他們全都僵住不動了，這一帶的每個人，真人和仿生人皆然，除了我之外。我要做的只是走進去，用雷射槍射他。當然，前提是他在屋裡，而他是不可能會在的。

他用能夠分析並解開各式鎖頭的無限鑰匙打開門，緊握手裡的雷射槍，走進帕洛可夫的住屋。

沒有帕洛可夫的蹤影，只有半毀的家具。眼前是個廢渣與腐物之地。事實上，這裡沒有一件私人物品，迎接他的是無人認領的廢棄物，帕洛可夫住進來前這些東西就已經在這裡，帕洛可夫離開後還會繼續留在這裡，丟給下一位住戶——如果還有下一位的話。

我就知道。他暗自想著：好吧，一千塊賞金就這麼飛了，可能一路飛到南極圈去。不在我的管轄範圍內，另一間警局的另一位賞金殺手會把帕洛可夫除役，領走我的賞金。我想也只能繼續去追捕下一位了，其他仿生人不像帕洛可夫已經有了防備；接下來是盧芭．露芙特。

再次回到樓頂的懸浮車上，他打電話向哈利．布萊恩特報告。「帕洛可夫這裡沒有斬獲。他可能在射傷戴維之後就逃跑了吧。」他看看手表。「要我去起降場接卡多利嗎？這樣可以節省時間，我急著去逮露芙特小姐。」他已經把她的單子在面前展開，細細研讀。

「好主意。」布萊恩特說：「只不過卡多利已經到了。他說他的俄羅斯航空飛行船照例提早抵達。你等一下。」他們在他看不見的畫面外開了個小會。「他會飛過去，到你現在的位置跟你碰面。」布萊恩特回到螢幕上。「趁這段時間讀一下露芙特小姐的資料吧。」

「歌劇演唱家。據稱來自德國。目前隸屬於舊金山歌劇團。」他反射動作地點點頭，心思全在單子上。「一定有副好歌喉，才能這麼快打通門路。好，我在這裡等卡多利。」他把他的位置報給布萊恩特，說完掛斷電話。

瑞克讀著讀著，做出了決定：我裝成歌劇迷好了。我尤其想看她演出《唐・喬凡尼》裡的唐納・安娜。在我個人的收藏裡，我有昔日一些偉大女高音的專輯，像是伊莉莎白・舒瓦茲柯芙、珞特・雷曼和麗莎・德拉・卡薩。如此一來，在我設定孚卡裝備的時候，我們就有話題了。

他的車用電話響了。他拿起話筒。

警局的接線員說：「狄卡德先生，西雅圖那邊打來找你，布萊恩特先生說直接接給你聽。是羅森企業打來的。」

「好。」瑞克說完等著，納悶地想：他們要幹麼？在他看來，羅森企業已經證實是個麻煩，而且之後無疑還會是個麻煩，無論他們想幹麼。

瑞秋・羅森的臉出現在小螢幕上。「你好啊，狄卡德長官。」她的語氣聽來一團和氣，他不禁集中了注意力。「你現在忙嗎？方便說話嗎？」

「說吧。」他說。

「針對脫逃的連鎖六型，敝集團討論過你這邊的情況。憑我們對連鎖六型的了解，我們覺得如果有我們的人跟你合作，你會進行得比較順利。」

「怎麼個合作法？」
「這個嘛，就是在你去找它們的時候，我們會派一個人跟著你。」
「為什麼？你們能幫什麼忙？」
瑞秋說：「有人類接近時，連鎖六型會很警覺，但如果是另一個連鎖六型去接觸……」
「具體來說，妳是指妳本人。」
「是。」她一臉正經地點點頭。
「我已經有太多幫手了。」
「但我真的認為你需要我。」
「我很懷疑。我考慮考慮再打給妳。」他暗自想著：或許在遙遠的未來的某一天，或者更有可能根本沒有這一天。最好我會需要瑞秋．羅森亦步亦趨地跟著我。
「你不是認真的。」瑞秋說：「你永遠也不會打給我。你不明白非法脫逃的連鎖六型有多精。你不明白你的任務有多不可能。我們覺得欠你這個人情，因為……你知道，因為我們所做的事。」
「我會好好考慮。」他作勢掛斷電話。

「沒有我，在你逮到它們之前，它們其中之一就會先幹掉你。」瑞秋說。

「再見。」他說完就掛斷。這是什麼世界？他自問，仿生人打電話給賞金殺手，說要幫忙？他回撥給警局接線生，交代道：「不要再把任何來自西雅圖的電話接給我。」

「好的，狄卡德先生。卡多利先生到你那裡了嗎？」

「我還在等。他最好快點，因為我不會在這裡待太久。」他再次掛斷電話。

他繼續回去讀盧芭・露芙特的資料單，此時一輛懸浮計程車盤旋而下，降落在幾碼外的樓頂上。車上下來一名面紅耳赤、一臉福態的男子，明顯是五十開外的年紀，身穿一件厚重、威風的俄國風軍裝長大衣。他笑容滿面地伸出手，靠近狄卡德的座車。

「狄卡德先生嗎？」這名俄羅斯男子操著斯拉夫口音問道：「舊金山警察局的賞金殺手？」計程車升上天，男子心不在焉地目送空車離去。「我是桑鐸・卡多利。」男子說完逕自開了車門，擠到瑞克旁邊。

瑞克和卡多利握手時，注意到這位全球警察聯盟派來的代表帶著一把罕見的雷射槍，他從未見過這種型號。

「喔，這把槍嗎？」卡多利說：「有意思吧？」他從腰際的槍套上取出槍來。「我從火星弄來的。」

「我還以為這世上沒有我不知道的槍呢。」瑞克說：「就連那些在殖民星球製作、使用的也不例外。」

「這是我們自己做的。」卡多利笑得像聖誕老公公，紅咚咚的臉上滿是驕傲的神色。「你喜歡嗎？就功能而言，它不一樣的地方在這裡，拿著。」他把槍遞給瑞克，瑞克基於多年的經驗，專業地檢視那把槍。

瑞克問：「哪裡不一樣？」他看不出差別。

「扣下扳機。」

瑞克往上瞄準，對著車窗外扣下扳機。什麼也沒有。沒有光束發射出來。他困惑地轉頭面向卡多利。

卡多利愉快地說：「扳機的電路不在那上頭，而在我身上。你明白嗎？」他張開他的手，露出一個小零件。「而且，在一定的範圍之內，我也可以控制它的方向，不管它瞄準的是哪裡。」

「你不是帕洛可夫，你是卡多利。」瑞克說。

「我想你說反了吧？你有點糊塗了。」

「我是說，你是那個仿生人帕洛可夫，你不是俄羅斯警方的人。」瑞克用他的腳趾踩下車底板上的緊急按鈕。

「我的雷射槍為什麼沒發射呢？」卡多利／帕洛可夫一邊說，一邊按著他掌心那個微型發射瞄準裝置。

「是正弦波。」瑞克說：「抵銷雷射射線，把雷射光束變成一般的光線。」

「這下子，我不得不扭斷你那細得跟鉛筆一樣的脖子了。」仿生人丟下裝置，嘶吼一聲，伸出雙手勒住瑞克的喉嚨。

仿生人的手掐進瑞克的喉嚨，瑞克從肩上的槍套發射他那把依法配給的老式手槍。點三八手槍的子彈擊中仿生人的頭部，打爆了它的腦盒。負責讓它運作的連鎖六型人造大腦碎成片片，一陣狂風呼嘯而過吹進車內，碎片像是輻射塵般撲到瑞克身上。被除役的仿生人遺體往後一倒，撞上車門再彈回來，重重撞上他。他百般掙扎，想把顫動的仿生人遺體推開。

終於，他顫抖著伸手去拿車用電話，打回局裡，說道：「可以幫我報告一下嗎？告訴哈利．布萊恩特，帕洛可夫搞定。」

「『帕洛可夫搞定』，這樣講他就聽得懂了，是嗎？」

「是。」瑞克說完掛斷電話，暗自想著：我的老天，還真是千鈞一髮。我一定是對瑞秋・羅森的警告反應過度了。我和她唱反調，結果差點要了我的命；但我搞定帕洛可夫了。他的腎上腺漸漸不再把腎上腺素打進血管，他的心跳恢復正常，呼吸變得沒那麼急促，但他還是在發抖。他告訴自己：無論如何，現在一千塊錢入袋，所以終歸是值得的。而且，我的反應比戴維・霍頓還快。然而，不容否認，正是因為有戴維的前車之鑒，我才能做好準備。戴維可是沒有得到任何預警。

他再次拿起話筒，打了一通電話回家給伊蘭，同時點了一根菸。他的手漸漸不抖了。

歷經她所預告的六小時憂鬱自責，他太太表情沉重的臉浮現在視訊螢幕上。

「喔，瑞克啊。」

「我出門前幫妳撥的五九四號怎麼了？心悅誠服……」

「我重新撥過了。你一走我就撥了。你打來幹麼？」她的聲音死氣沉沉。「我很累。我對一切都不抱希望了，對我們的婚姻……還有你可能被仿生人殺掉……你打來就是要跟我說這個嗎？瑞克，你在仿生人手上？」背景裡，友善巴斯特的喧鬧聲轟然作響，蓋過她說的話。他看到她的嘴巴在動，但只聽到電視機的聲音。

「聽著。」他插嘴道：「妳聽得到我嗎？我有目標了。一種新型的仿生人，顯然除了我之外沒人能對付。我已經除役了一個，所以有一千塊入袋。妳知道等我全部搞定能拿多少嗎？」

伊蘭視而不見地望著他，點頭道：「喔。」

「我都還沒說耶！」他現在看出來了，她憂鬱到什麼都聽不進去的地步。他是在對牛彈琴。「晚上見。」他苦澀地結束談話，掛上話筒。去她的，他暗自啐道。我賭上性命是為了什麼？她才不在乎我們養不養得起一隻鴕鳥；她什麼也不在乎。兩年前我們考慮過離婚，早知道那時我就把她給甩了。他提醒自己：我現在還是可以這麼做的。

他一邊盤算，一邊彎下身，收拾起車子底板上皺巴巴的那些紙張，其中包括盧芭·露芙特的資料單。他告訴自己：別想得到支持，比起我太太，仿生人還更有活力和求生欲，她什麼也不能給我。

這又讓他想起瑞秋·羅森來了。他想通了，關於連鎖六型對人類的心防，她給的忠告是對的。假如不用分她一毛賞金，或許可以用她一用。

與卡多利／帕洛可夫的交手大大改變了他的想法。

他啟動懸浮車的引擎，一溜煙直衝天際，往舊的戰爭紀念歌劇院駛去。根據戴維．霍頓的筆記，今天的這個時候，他可以在那裡找到盧芭．露芙特。

現在，他也對她產生遐想了。有些女仿生人在他看來算是漂亮，他發覺自己受到其中幾個的外貌吸引。那種感覺很奇怪，理智上知道它們是機器，但情感上無論如何還是會起漣漪。

比方說瑞秋．羅森。不，他想了想，她太瘦了，根本就沒發育，尤其是胸部。身材像個小孩，又扁又塌。他可以有更好的選擇。單子上說盧芭．露芙特幾歲來著？他一邊開車，一邊拿出已經皺成一團的紙條，找到她所謂的「年齡」。單子上說：二十八歲。以仿生人來說，根據外表來判斷是唯一有用的標準。

瑞克想著：我略懂一點歌劇是件好事，這是另一個我勝過戴維的地方，我比他有文化。

讓瑞秋來幫我之前，我要試著自己再逮一隻。他決定了。如果事實證明露芙特小姐格外棘手……但他直覺她不會那麼棘手，帕洛可夫才是難對付的一個，其他幾個並不知道自己被盯上了，他們會像推骨牌一樣，一個接一個被他幹掉。

他朝歌劇院華麗而寬闊的樓頂走下去，一邊高聲唱起一連串詠嘆調組曲，當中夾雜著他即興發明的仿義大利文字句。就算手邊沒有潘菲德心情機，他的興致也好到看什麼都很樂觀，內心充滿如饑似渴、躍躍欲試的期待。

9

以鋼鐵和石材打造的舊歌劇院歷久不衰，空間大如鯨魚肚。瑞克．狄卡德發現有一組人馬在彩排，回音陣陣，聽來吵鬧而稍嫌凌亂。進去之後，他聽出是哪一齣劇碼了——莫札特的《魔笛》，第一幕的最後幾場戲。摩羅的嘍囉們（換言之就是合唱團）快了一小節開始唱歌，蓋過了魔鈴的簡單旋律。

好樣的。《魔笛》是他的心頭好。他舒舒服服地坐在二樓前排座位，似乎沒人注意到他。現在，一身華麗鳥羽的巴巴吉諾加入帕蜜娜的行列，唱出瑞克每每想起就會熱淚盈眶的詞句。

勇者若是
尋得此鈴
即可輕易

咳咳，瑞克心想，在真實人生中，才不存在這種能讓你輕而易舉消滅敵人的魔鈴。太可惜了。而且，寫完《魔笛》不久，三十幾歲的莫札特就得腎臟病死了，落個埋在窮人亂葬崗的下場。

想到這裡，他不禁納悶，對於並不存在的未來，對於已經來到盡頭的短暫生命，莫札特有沒有一絲預感？瑞克一邊看著彩排，一邊想：或許我的時間也快用盡了。彩排會結束。表演會結束。演唱者會死。這支樂曲的最後一份樂譜終將被摧毀，不管是被什麼摧毀。「莫札特」的大名終將消逝。輻射塵會大獲全勝。就算不是在這個星球，也是在另一個星球。我們可以躲一陣子。就像仿生人可以躲我一陣子，多活個幾天。但我會抓到它們，再不然其他賞金殺手也會逮到它們。他發覺，就某方面而言，自己是「熵」的一環，是這整個終極毀滅過程的一分子。羅森企業是製作者，我是毀滅者。無論如何，在他們眼裡一定是這樣。

舞台上，巴巴吉諾正和帕蜜娜彼此對話，他回過神來聽。

巴巴吉諾：「孩子，我們現在該說什麼？」

帕蜜娜：「實話。我們說實話就對了。」

瑞克靠上前，定睛細看帕蜜娜。她身穿厚重、盤繞的長袍，頭巾垂到肩膀和臉龐。他再檢查一次資料單，接著心滿意足地往後靠。現在，我已經看到我的第三個連鎖六型仿生人了。他知道這位就是盧芭．露芙特。有點諷刺，因為她飾演的角色需要豐沛的情感。然而，不管她有多麼生動活潑和美若天仙，一個脫逃的仿生人是不會說實話的。無論如何，至少她不會坦白自己的真實身分。

舞台上的盧芭．露芙特唱起歌來了。她的歌聲令他驚豔。即使和他收藏的名歌劇家老唱片相比，她的音質也毫不遜色。他必須承認，羅森企業把她做得很好。眼前所見和耳裡所聞，再次喚起他永恆的使命。我是個毀滅者，她的功能越完善，她的歌唱得越好，我的角色就越重要。如果仿生人做得不夠合格，像是德蘭企業的舊

1 「熵」（entropy）為物理學上的概念，指所有秩序退化失序之傾向。

型q-40，這世上就什麼問題也沒有，我的技能也就沒人需要了。他自問：不知道我什麼時候該下手？可能越快越好。彩排一結束，當她回到更衣室的時候。

這一幕結束，彩排暫時告一段落。指揮以英文、法文和德文宣布一小時半之後再繼續，說完就走了。樂手們留下樂器，也離開了。瑞克站起來，朝後台更衣室走去。他跟在這一大群人後面，慢慢走、慢慢想。速戰速決比較好，我會盡量縮短和她談話以及測試她的時間，只要一確定就……但技術上來講，要到測驗過之後才能確定。他暗忖：說不定戴維對她的猜測是錯的。希望如此。但他很懷疑。他的專業本能已經嗅出端倪了。而他還沒誤判過，憑著他在局裡多年的經驗。

他攔住一名臨時演員，問露芙特小姐的更衣室在哪裡。這位演員的妝髮和服飾都弄成古埃及持矛手的樣子，他伸手指了指。瑞克來到他指示的那扇門前，看到門上有張墨水筆寫就的紙條，紙上寫著「露芙特小姐私人更衣室」。他敲敲門。

「請進。」

他開門入內。女子坐在化妝台前，一本被翻了又翻的布面精裝樂譜攤在她膝蓋上，樂譜上到處是原子筆做的筆記。除了頭巾之外，她還穿著戲服，妝也沒卸。頭巾擱在一旁頭巾架上。「有事嗎？」她抬起頭來說。舞台妝誇大了她的眼睛。一雙褐色大眼毫不退怯地定睛注視他。「你也看得出來，我很忙。」她的英文說得不帶一點口音。

瑞克說：「妳不輸舒瓦茲柯芙。」

「你是誰？」她的語氣冷淡而拘謹。他已經在太多仿生人身上見識過這種冷淡。它們全都一個樣，頭腦一流、能力很強，但也都冷若冰霜。他不喜歡這種冷淡。然而，若是沒有這種冷淡，他就沒辦法辨認出它們來。

「我是舊金山警察局派來的。」他說。

「哦？」那雙目光如炬的銅鈴大眼閃都沒閃一下，絲毫不作反應。「那你來這裡有什麼事呢？」說也奇怪，她的語氣似乎親切了起來。

他兀自在一旁的椅子上坐下，打開他的公事包。「我被派來為妳做一次標準的人格測試。只要幾分鐘就好。」

「一定要嗎？」她朝那一大本布面樂譜比了比。「我有很多事要做。」現在，她開始流露憂慮的神色了。

「一定要。」他拿出孚卡裝備，開始設定。

「智力測驗？」

「不。共感力測驗。」

「我得戴上我的眼鏡。」她伸手打開梳妝台的一格抽屜。

「如果妳不戴眼鏡也能看樂譜，那妳就能做這個測驗。我會給妳看一些圖片，問妳幾個問題，同時……」他起身走向她，彎身把感應吸盤貼到她濃妝豔抹的臉上。「還有這個光束。」他說著調整光束燈的角度。「就這樣。」

「你們以為我是仿生人？是嗎？」她的聲音微弱到幾乎聽不見。「我不是仿生人。我沒去過火星。我連看都沒看過仿生人！」她的長睫毛不由自主地抖動。他看出她想盡力表現冷靜。「你們得到我們的卡司裡有仿生人的線報是嗎？我很樂意幫你忙。如果我是仿生人，你想我會樂意幫忙你嗎？」

「仿生人不會在乎其他仿生人的死活。」他說：「這是其中一個我們會找的跡象。」

「那你一定是個仿生人。」露芙特小姐說。

他不禁頓了一下，注視著她。

「因為……」她繼續說：「你的工作是把它們殺了，不是嗎？你就是它們說的……」她努力回想。

「賞金殺手。」瑞克說：「但我不是仿生人。」

「你要給我做的測驗，你自己做過嗎？」現在，她的聲音恢復了。

「做過。」他點頭道：「很久很久之前，我剛到局裡上任的時候。」

「說不定那是你的假記憶。仿生人有時候不是裝了滿腦子的假記憶嗎？」

瑞克說：「我的上級知道測驗結果。那是強制要做的測驗。」

「說不定曾經有個長得像你的人類，然後你在某年某月的某一天殺了他。你取代了他的位置，而你的上級並不知情。」她露出微笑，像是在請他承認。

「我們開始測驗吧。」他說著拿出題目卷。

「你先接受測驗，我就接受測驗。」盧芭・露芙特說。

他再次停頓下來，注視著她。

「這樣不是比較公平嗎？」她問。「而且我也可以相信你。我不知道。你感覺起來很怪。不近人情又怪裡怪氣的。」她打了一陣哆嗦，接著又露出微笑，滿懷希望地看著他。

「操作孚卡系統需要相當的經驗，妳做不來的。現在，請妳聽仔細了。這些問題針對的是妳可能置身其中的情境，我要妳陳述自己的反應，也就是妳會怎麼做。

而且，我要妳盡快做出反應。其中一個我會記錄的要點，就是時間上的延遲，如有半點延遲的話。」他選出第一個問題。「妳正坐著看電視，突然發現手腕上有一隻黃蜂在爬。」他看看手表，計算秒數，同時查看那一對儀表。

「黃蜂是什麼？」盧芭・露芙特問道。

「一種會螫人的飛蟲。」

「喔，這麼神奇。」她一副天真無邪的樣子，睜大她那雙銅鈴大眼，就彷彿他向她揭示了天地萬物最大的奧祕。「牠們還存在嗎？我從沒見過一隻黃蜂。」

「牠們因為輻射塵已經死光了。妳真的不知道黃蜂是什麼嗎？黃蜂還存在的時候，妳一定已經出生了，那才不過……」

「告訴我德文是什麼。」

他絞盡腦汁想黃蜂的德文，但他想不出來。「妳的英文好得很。」他惱怒地說。

「我的口音很完美。」她糾正他道：「一定要的，為了角色的緣故，為了普賽爾、華爾頓和佛漢・威廉士[2]，但我的字彙量並不多。」她難為情地瞥他一眼。

「Wespe。」他想起德文是什麼了。

「啊，是了，Wespe啊！」她笑道：「那剛剛的問題是什麼？我已經忘了。」

「我們試別題吧。」現在已經不可能得到一個有意義的反應了。「妳在看電視上播的老電影，一部戰前的電影。演的是一場正在進行中的宴會，主菜……」他跳過問題的第一部分。「有水煮狗肉鑲飯。」

「沒人會殺狗吃狗肉。」盧芭·露芙特說：「牠們很貴欸！但我猜一定是隻機器狗，人造的，對嗎？但機器狗是電線和馬達做的，不能拿來吃。」

「我說了是戰前。」他咬牙切齒道。

「戰前我還沒出生啊。」

「但妳看過電視上的老電影吧！」

「這部電影是在菲律賓拍的嗎？」

「為什麼是菲律賓？」

「因為菲律賓人在過去會吃水煮狗肉鑲飯。」盧芭·露芙特說：「我記得我讀過。」

2 Purcell、Walton、Vaughn Williams 皆為英國作曲家。

「但妳的反應是什麼？」他說：「我要的是妳在社會、情感和道德層面的反應。」

「對電影的反應嗎？」她想了想。「我會轉去看友善巴斯特。」

「那妳為什麼要轉台？」

「這……」她激動地說：「誰想看一部菲律賓的老電影啊？菲律賓除了巴丹死亡行軍還有什麼？你會想看這種東西嗎？」她氣沖沖地瞪視他，儀表上指針狂轉。

頓了一下之後，他小心翼翼地說：「妳租了一棟山中小屋。」

「嗯哼。」她點點頭。「繼續啊，我在聽。」

「在一個依舊綠意盎然的區域。」

「綠什麼？」她用手圈住一邊耳朵。「我沒聽過這個詞。」

「就是有花草樹木生長的地方。小屋是木質粗糙的松木蓋的，屋裡有一座大壁爐。有人在牆上掛了古地圖和柯立與艾維平版印刷公司的複製畫，壁爐上方掛了一顆鹿頭，是頂著一對漂亮鹿角的雄鹿。跟妳一起去的人欣賞小屋的布置……」

「我不懂『柯立』『艾維』和『布置』。」盧芭．露芙特說。然而，她似乎很努力在推敲這些詞彙。「等等，有了！」她熱切地舉起手。「就像剛剛那個飯，加了狗肉的那個飯。『柯立』就是『咖哩飯』的『咖哩』，德文是Curry。」

他怎麼也猜不透，盧芭．露芙特的語義迷霧是不是在故布疑陣。暗自考量一番之後，他決定試試另一個問題；不然還能怎麼辦？「妳和一個男人在交往。」他說：「他邀妳去他家。妳在他家的時候……」

「喔，不。」盧芭．露芙特打斷他道：「我根本不會去。這一題很好答。」

「這不是問題所在！」

「你問錯問題了嗎？但是我聽懂了啊，為什麼我聽懂的問題不是問題？照理說，我不是應該要聽懂才對嗎？」她緊張得發抖，揉了揉臉頰，把吸盤弄掉了。吸盤掉到地上滑開，滾到她的梳妝台底下。「喔，天啊。」她喃喃說著彎身去撿，頓時傳來嘶的一聲，是衣服裂開的聲音。她那身製作精巧的戲服裂開了。

「我來。」他說著把她挪到一旁，自己跪下來在梳妝台底下摸索，直到找到吸盤。

站起身之後，他發現自己正對著一根雷射槍管。

「您的問題……」盧芭．露芙特以正式的口吻俐落地說道：「開始涉及情色。我就猜到一定會這樣。你不是警察局派來的。」

「妳可以看我的識別證。」他把手伸向大衣口袋。他看見自己的手發起抖來，就像面對帕洛可夫的時候。

「你要是膽敢把手伸進去，我就斃了你。」盧芭・露芙特說。

「妳不管怎樣都會斃了我。」他不禁要想，如果他等到瑞秋・羅森過來，事情會怎麼樣？算了，多想無益。

「給我多看一些你的問題。」她伸出手，他不情願地把題目卷交給她。「『妳在一本雜誌上，看到一個裸女的滿版彩色照片。』好了，這一題也是。『妳懷孕了，對方承諾要娶妳，但卻和別的女人跑了，那女的還是妳最要好的朋友。』你的問題有明顯的模式可循。我要報警。」她的雷射槍還是指著他。她穿過房間，拿起視訊機話筒，打給接線生。「幫我接舊金山警察局。」她說：「我要報案。」

瑞克鬆了一口氣說：「妳這是最好的做法了。」然而，他也覺得奇怪，盧芭・露芙特怎麼會決定聯絡警局，而不一槍斃了他？等巡邏員警一到，他就勝券在握，而她則是一點機會都沒有了。

他判定她一定以為自己是真人。她顯然不知道自己是假貨。

盧芭始終謹慎地拿槍對著他，幾分鐘後，一名制服員警抵達了，除了一身復古的藍色制服，還有配槍和警徽。「好了。」他立刻對盧芭說：「把那玩意收起來。」

她放下雷射槍，他拿起她的雷射槍來查看，看它有沒有上膛。「所以，這裡出了什麼事？」他問她。她還來不及回答，警員就轉向瑞克，質問道：「你是誰？」

盧芭．露芙特說：「他跑進我的更衣室；我這輩子從沒見過這個人。他假裝在談什麼題目卷之類的，說是要問我問題。我覺得沒關係就答應了，接著他開始問我一些猥褻的問題。」

「讓我看看你的證件。」制服員警伸出手，對瑞克說。

瑞克拿出證件說：「我是局裡的賞金殺手。」

「我認識所有的賞金殺手。」制服員警一邊查看瑞克的證件，一邊說：「你是舊金山警局的？」

「我的頂頭上司是哈利．布萊恩特探長。」瑞克說：「我接手處理戴維．霍頓的案子，因為戴維現在進了醫院。」

「我剛剛說了，所有的賞金殺手我都認識。」制服員警說：「我可從沒聽過你。」

他把瑞克的證件還給他。

「你可以打給布萊恩特探長。」瑞克說。

「根本就沒有什麼布萊恩特探長。」制服員警說。

瑞克恍然大悟。「你也是仿生人。」他對制服員警說：「跟露芙特小姐一樣。」他走向視訊機，自己拿起話筒。「我要打回局裡。」他在想這兩個仿生人什麼時候會阻止他。

制服員警說：「號碼是……」

「我知道號碼。」瑞克撥號，旋即聯絡上警局總機接線生。他說：「幫我轉給布萊恩特探長。」

「請問是哪位？」

「我是瑞克．狄卡德。」他站在那裡等著。與此同時，在房間的另一邊，制服員警正在為盧芭．露芙特做筆錄。兩人都沒注意他。

一陣停頓過後，哈利．布萊恩特的臉出現在螢幕上。他問瑞克：「什麼事？」

「有一點小麻煩。」瑞克說：「戴維名單上的其中一個打到局裡，叫了一個所謂的制服員警過來。我似乎沒辦法證明自己是誰，他說他認識局裡所有的賞金殺手，而他聽都沒聽過我。」他補充道：「他也沒聽過你。」

布萊恩特說：「讓我跟他說。」

「布萊恩特探長要跟你說話。」瑞克遞出視訊機話筒。制服員警停下手邊的工作，過來接過話筒。

「喂，我是一線巡邏員警克拉姆斯。」制服員警語氣輕快地報上大名，接著是一陣停頓。「喂？」他聽了聽，又說了幾次「喂」，等了一下，接著轉向瑞克。「沒人在線上啊，螢幕上也沒人。」他指了指視訊機螢幕，瑞克看到上面沒有東西。

瑞克從制服員警手中接過話筒，說：「布萊恩特先生？」他也聽了聽、等了等，結果什麼都沒有。「我再撥一次。」他掛斷電話，等了一下，接著再重播那組熟悉的號碼。電話鈴響了，但沒人接聽；鈴聲響了又響。

「我試試。」員警克拉姆斯說著從瑞克手裡拿走話筒。「你一定撥錯了。」他一邊撥號，一邊說：「號碼是八四二……」

「我知道號碼。」瑞克說。

「我是一線巡邏員警克拉姆斯。」制服員警對著話筒說：「局裡有沒有一位布萊恩特探長？」一陣短暫的停頓。「這樣啊，那有沒有一位名叫瑞克·狄卡德的賞金殺手？」又是一陣停頓。「你確定嗎？他會不會最近才……喔，了解，好，謝了。不，情況在我掌握之中。」員警克拉姆斯掛斷電話，轉向瑞克。

「他剛剛在線上。」瑞克說：「我跟他聯絡上了，他說要親自跟你說。一定是視訊機的問題。一定是連到一半突然斷線了。你沒看到嗎？布萊恩特的臉出現在螢幕上，然後又不見了。」他覺得一頭霧水。

員警克拉姆斯說：「我這裡有露芙特小姐的筆錄。狄卡德先生，我們去局裡一趟吧，以便辦理相關手續。」

「好吧。」瑞克說。對盧芭．露芙特，他則說：「我很快就會回來。妳的測試還沒完。」

「他是變態。」盧芭．露芙特對員警克拉姆斯說：「讓我心裡發毛。」她一陣哆嗦。

「你們在排練哪一齣歌劇？」員警克拉姆斯問她。

「《魔笛》。」瑞克說。

「我沒問你，我在問她。」制服員警不悅地瞥他一眼。

「我急著去警局。」瑞克說：「到了那裡，一切就應該清楚了。」他抓著公事包，開始朝更衣室的門走去。

「先搜身再說。」員警克拉姆斯動作靈巧地搜他的身，搜出瑞克的警用手槍和雷射槍，把兩件武器都沒收了。聞了聞手槍槍口之後，他說：「這一把才剛發射過。」

「我才剛除役了一個仿生人。」瑞克說：「殘骸還在我車上，就在樓頂。」

「好。」員警克拉姆斯說：「我們上去瞧瞧。」

他倆走出更衣室，露芙特小姐跟到門口。「他不會再回來了吧？長官，我是真的很害怕，這個人超怪的。」

「如果樓頂有他殺掉的某個人的屍體，那他就不會再回來了。」克拉姆斯邊說邊推了瑞克一把。他倆走向前，一起搭上電梯，來到歌劇院的樓頂。

打開瑞克的車門之後，員警克拉姆斯默默查看帕洛可夫的遺體。

「仿生人。」瑞克說：「我被派去逮他。差點上了他的當，他假裝成……」

「他們會在局裡為你做筆錄。」員警克拉姆斯打斷瑞克，把瑞克推到他停在一旁、沒有記號的警車那裡，接著透過警用無線電叫人來取帕洛可夫。「好了，狄卡德。」他掛電無線電，說道：「咱們走吧。」

兩人雙雙上了車，巡邏車從樓頂呼嘯上天，往南飛去。

事有蹊蹺。瑞克注意到，員警克拉姆斯把車開往不對的方向。

「警察局在北邊。」瑞克說：「在倫巴底街上。」

「那是舊警察局。」員警克拉姆斯說：「新的在密遜街。舊大樓太破了，早就成了廢墟，好多年不用了。你上一次被抓去警察局已經是那麼久之前了嗎？」

「帶我去倫巴底街。」瑞克說。他現在全都明白了。仿生人之間合作得天衣無縫，這就是它們合作的成果。他活不過這段車程。戴維是差點完蛋，而他是真的完了。當然，戴維之前可能也是這種下場。

「那小妞挺正的。」員警克拉姆斯說：「當然啦，穿著那身戲服是看不出身材，但我敢說她的身材辣得很。」

瑞克說：「你就跟我坦白承認你是仿生人吧。」

「為什麼？我又不是仿生人。你是不是成天到處濫殺無辜，然後告訴自己說他們都是仿生人？我看得出來露芙特小姐為什麼要害怕了。她向我們通報真是做對了。」

「那就帶我去倫巴底街的警察局。」

「我剛剛說了……」

「去一下要不了三分鐘。」瑞克說：「我要親眼看一看。每天早上我都去那裡報到，我倒要看看那裡是不是像你說的成了廢墟。」

「搞不好你是仿生人啊。」員警克拉姆斯說：「裝了假記憶。他們不是都會給仿生人安裝假記憶嗎？你想過沒有？」他一邊咧嘴冷笑，一邊繼續往南開。

瑞克意識到自己輸了、失敗了，只得坐回去，無望地等著接下來要發生的事情。無論這些仿生人盤算的是什麼，他現在反正是落入他們手裡了。

但我確實解決了一個。他告訴自己：我解決了帕洛可夫，而戴維解決了兩個。

員警克拉姆斯的警車在密遜街上空盤旋，準備降落。

10

懸浮車降落在密遜街警察局的樓頂。一座座裝飾繁複的巴洛克式尖塔突出天際，結構複雜、風格現代化，瑞克．狄卡德覺得這棟氣派的建築別具魅力，只有一點很不可愛，那就是他從沒見過它。

警用懸浮車落地。幾分鐘後，他們已經在辦理他的到案手續了。

「第三〇四條。」員警克拉姆斯對櫃台的警佐說：「還有第六一二條第四款。我想想，冒用警察身分的話……」

「第四〇六條第七款。」櫃台警佐邊說邊懶洋洋地填表格，一副百無聊賴的模樣。從他的姿態和表情看得出來，這是例行公事，沒什麼大不了的。

「過來這裡。」員警克拉姆斯指引瑞克到一張白色的小桌子前，有一位技術人員在那裡操作著熟悉的設備。克拉姆斯說：「測一下腦波模式，確認你的身分。」

瑞克不客氣地說：「我知道。」以前，在他還是個制服員警時，他自己就帶過很多嫌犯來到像這樣的一張桌子前。「像」這樣的一張，但不是這一張。

他們測了他的腦波，接著帶他來到一個也一樣熟悉的房間。他反射動作地開始收拾自己的東西，準備將貴重物品送交保管。沒道理啊。他暗想：這些人是誰？如果這地方一直都存在，我們為什麼一無所知？他們又為什麼對我們一無所知？兩個平行的警察機構，我們那個和這一個，彼此卻從未接觸過——直到現在，至少就我所知……也或許接觸過。或許這不是第一次交手。真難以置信。他左思右想：這種事居然之前沒有發生過，很久之前就該發生了才對。如果這裡真的是一間警察機構，如它所宣稱的一般……

一個沒穿制服的男人離開他本來站的位置，謹慎而冷靜地朝瑞克．狄卡德走來，好奇地打量他。「這一個怎麼了？」他問員警克拉姆斯。

「殺人嫌犯。」克拉姆斯答道：「我們在他車上找到一具屍體，但他說那是仿生人。我們正在確認，實驗室那邊會做骨髓分析。還有冒用警察身分，裝成賞金殺手，藉此混進一位女演員的更衣室，問她一些具有暗示性的問題。她懷疑他的真實身分，所以打來局裡報案。」克拉姆斯後退一步，說：「長官，接下來就交給您了嗎？」

「好的。」這位沒穿制服的高階警官有一雙藍色的眼睛，鼻子窄小塌扁，嘴唇沒有表情。他看了看瑞克，伸手去拿他的公事包。「狄卡德先生，你這裡面裝了什麼？」

瑞克說：「孚卡人格測試系統的裝備。克拉姆斯先生逮捕我時，我正在對一個可疑分子執行測驗。」他看著這位警官翻他的公事包，把內容物一一拿起來查看。

「我問露芙特小姐的問題，都是孚卡系統制式化的標準問題，就印在……」

「你認識喬治．格里森和菲爾．里奇嗎？」警官問道。

「不認識。」瑞克說。這兩個名字對他來說都沒有意義。

「他們是北加州的賞金殺手。兩位都隸屬於本局。你在這裡或許會碰到他們。狄卡德先生，你是仿生人嗎？我之所以這麼問，是因為我們在過去碰過幾次，脫逃的仿生人裝成別州來的賞金殺手，聲稱來這裡追捕可疑分子。」

瑞克說：「我不是仿生人。你可以對我做孚卡測驗。我之前已經接受過測驗，我不介意再來一次，但我知道結果會是什麼。我可以打給我太太嗎？」

「你有權打一通電話。你寧可打給太太而不打給律師嗎？」

「我要打給我太太。」瑞克說：「她可以幫我找律師。」

這位便衣警官遞給他一枚五十分硬幣，伸手指了指。「視訊機在那裡。」他看著瑞克穿過房間走向視訊機，接著又回去檢查瑞克公事包裡的東西。

瑞克把硬幣投進去，撥了家裡的號碼，接著站在那裡等了彷彿有無限久。一個女人的面孔出現在視訊螢幕上。「喂？」她說。

不是伊蘭。他這輩子從來不曾見過這個女人。

他掛斷視訊機，緩緩走回警官那裡。

「運氣不好？」警官問道。「好吧，你可以再打一通電話。我們在這方面有通融政策。我不能給你機會打給保釋人，因為以你觸犯的罪刑目前是不能保釋的。然而，到了你被提訊的時候……」

「我知道。」瑞克尖銳地說：「我很清楚警方的流程。」

「你的公事包還你。」警官說著把公事包遞給瑞克。「來我辦公室，我要和你多談一談。」他開始帶頭沿著一旁的走道走去，瑞克跟在後面。接著，警官停下腳步轉過身，說道：「我叫嘉藍德。」他伸出手，他倆匆匆握了握手。嘉藍德打開辦公室門，擠到一張整齊的大辦公桌後面，說道：「坐吧。」

瑞克面對辦公桌坐下。

「你說的這個孚卡測驗……」嘉藍德指了指瑞克的公事包，說：「你帶的所有材料……」他在菸斗裡裝滿菸草點燃，吞雲吐霧了一陣。「是用來偵測仿生人的分析工具？」

「那是我們的基礎測驗。」瑞克說：「我們目前唯一採用的一個，能夠分辨新的連鎖六型人造大腦。你沒聽過這套測驗嗎？」

「我聽過幾種用在仿生人身上的人格分析量表，但不包括這個。」他持續密切觀察瑞克。嘉藍德臉部浮腫，瑞克猜不透他在想什麼。「你公事包裡那些字跡模糊的單子……」嘉藍德繼續道：「帕洛可夫、露芙特小姐……你的任務表，下一個是我。」

瑞克瞪大眼睛望著他，接著伸手去摸他的公事包。

不一會兒，那些資料單就攤開在他面前了。瑞克查看著資料單，嘉藍德說的是真的。兩個男人（或者該說是一個男人和一個仿生人）雙雙沉默了一陣，接著嘉藍德清清喉嚨，緊張地咳嗽。

「突然間發現自己是賞金殺手的目標，感覺很不舒服。」他說：「當然，前提是你真的是賞金殺手，狄卡德。」他按下桌上對講機的按鍵，說道：「幫我請一位賞金殺手進來，隨便哪一位都行。好，謝謝你。」他鬆開按鍵。「菲爾．里奇很快就到。」他對瑞克說：「在進行到下一步之前，我要先看看他的名單。」

「你覺得我有可能在他的名單上？」瑞克說。

「有可能。我們很快就會知道了。這麼重大的事情，最好要百分之百確定，不要冒半點風險。這張關於我的任務單……」他指了指那張字跡模糊的單子。「上面沒說我是探長，而是把我的職業誤寫成保險員。其他資料倒是正確無誤，不管是外貌特徵、年齡、個人習慣、住家地址，沒錯，是我。得了，你自己看吧。」他把單子推給瑞克，瑞克拿起來端詳。

辦公室門開了，一名男子出現在門口，看來高高瘦瘦、輪廓分明，戴著一副牛角框眼鏡，留著毛茸茸的山羊鬍。嘉藍德起身，朝瑞克示意。

「菲爾．里奇。瑞克．狄卡德。兩人都是賞金殺手，或許是時候讓你們見面了。」

菲爾．里奇和瑞克握手時說：「你是隸屬於哪一個城市的？」

嘉藍德代瑞克回答：「舊金山。就我們這裡。瞧瞧他的工作排程，下一個是這一位。」他把瑞克在查看的單子遞給菲爾．里奇，單子上有關於他本人的描述。

「什麼鬼。」菲爾．里奇說：「老嘉，這是你欸。」

「還有呢。」嘉藍德說：「他的除役任務名單上也有歌劇演唱家盧芭．露芙特以及帕洛可夫。記得帕洛可夫嗎？他現在死了，這個賞金殺手或仿生人或不管什麼東西殺了他，實驗室那邊正在做骨髓檢驗，看看有沒有任何站得住腳的根據……」

「我和帕洛可夫說過話。」菲爾．里奇說：「那個俄羅斯警方派來的大個子，很像聖誕老人那個？」他一邊想，一邊捻著他那亂糟糟的鬍子。「我認為對他做骨髓檢驗不是個好主意。」

嘉藍德顯然很惱怒地問道：「怎麼說？這是為了排除這位狄卡德先生主張自己無罪的合法根據。否則他就可以說他沒有殺人，只是『把一個仿生人除役了』而已。」

菲爾．里奇說：「帕洛可夫給我的感覺很冷淡。理智得過分又精於算計，距離感很重。」

「很多俄羅斯警察都給人這種感覺。」嘉藍德說話的神態明顯焦躁不安。

「盧芭．露芙特我倒是沒見過。」菲爾．里奇說：「雖然我聽過她的唱片。」他對瑞克說：「你測驗過她了嗎？」

「我才剛開始測驗。」瑞克說：「但我沒能讀到準確的數據，而且她打電話找了制服員警過來，測驗就結束了。」

「那帕洛可夫呢？」菲爾．里奇問。

「我也沒機會測他。」

菲爾．里奇一半是對著他，一半是自言自語地說：「我假設你也還沒機會測試我們這位嘉藍德探長。」

「當然沒有。」嘉藍德插話道。他的臉氣得皺成一團，語氣惡毒而尖銳，嗓子都破了。

「你用的是哪一種測驗系統？」菲爾．里奇問道。

「孚卡量表。」

「沒聽過。」里奇和嘉藍德雙雙陷入沉思，像是在飛快地進行專業分析，不過他倆想的東西不太一樣。「我總說對仿生人而言，最理想的藏身之地就是像全球警察聯盟這樣的大型警察機構。」菲爾．里奇繼續說道：「打從第一次見到帕洛可夫，我就想測他了，但始終找不到藉口，也永遠不會有理由。對野心勃勃的仿生人來說，這就是藏身在警察機構的好處之一。」

嘉藍德探長緩緩站起來，面對菲爾．里奇說道：「你也想測我嗎？」

菲爾．里奇謹慎地笑了一笑，開口要作答，但接著聳了聳肩，默不作聲。雖然嘉藍德已是怒不可遏，菲爾．里奇似乎並不畏懼他的長官。

「我想你還沒搞懂狀況。」嘉藍德說：「這位先生——或這個仿生人——瑞克．狄卡德來自一個虛構、幻想、不存在的警察局，他聲稱那個警察局在倫巴底街的舊址運作。他沒聽過我們，我們也沒聽過他，然而我們雙方似乎是站在同一陣線。他用的是我們沒聽過的測驗系統，他身上的名單列的不是仿生人，而是人類。他已經下手過一次——至少一次，如果盧芭．露芙特沒來得及報案，他可能會殺了她，緊接著就輪到我。」

「嗯哼。」菲爾．里奇說。

「嗯哼！」嘉藍德氣憤地學他說話。現在，他已是一副氣到快爆血管的模樣。

「這就是你要說的嗎？」

對講機響了，一名女性的聲音說：「嘉藍德探長，實驗室那邊把帕洛可夫先生的屍體檢驗報告準備好了。」

「我想我們該聽聽。」菲爾．里奇說。

嘉藍德怒氣沖沖地望著他，接著彎身按下對講機按鍵。「說來聽聽，法蘭琪小姐。」

「骨髓分析顯示帕洛可夫先生是仿生人。」法蘭琪小姐說：「你要一份詳細的……」

「不用，夠了。」嘉藍德坐回他的位子上，一臉嚴肅地望著遠方的牆壁苦思，什麼話都沒對瑞克或菲爾．里奇說。

里奇說：「狄卡德先生，你的孚卡測驗測的是什麼？」

「在各種社會情境之下的共感反應，多半主要和動物有關。」

「我們的可能比較簡單。」里奇說：「脊椎裡頭的頸上神經節反射弧，在仿生人身上比在人類身上需要多幾微秒的時間做出反應。」他伸手到嘉藍德探長的桌上，拿了一疊紙過來，用原子筆畫起草圖。「我們用音訊或閃光，受試者按下一個按鍵，系統就會測出反射弧花了多久產生反應。當然，我們會多測幾次。在仿生人和人類身上，花費的時間都會因人而異，但等到測試過十種反應之後，我們相信手上的線索就挺可靠了。還有，如同你這個帕洛可夫的案子，骨髓分析也是我們的一項依據。」

一陣沉默過後，瑞克說：「你可以測測我，我準備好了。當然，我也想測你一下，如果你不介意。」

「那是自然的。」里奇大方同意，然而，他觀察著嘉藍德探長。「我說了好多年……」里奇咕噥道：「警務人員應該要定期接受波內利反射弧測驗，位階越高的越有必要。我是不是說過？嘉藍德探長？」

「沒錯，你是說過。」嘉藍德說：「而我向來反對，因為這麼做可能打擊局裡的士氣。」

「我想，現在……」里奇說：「你本人可得測一下了，有鑒於帕洛可夫的檢驗結果。」

11

嘉藍德說：「測就測吧。」他伸手戳了一下賞金殺手菲爾．里奇。「但我警告你，測驗結果你不會喜歡的。」

「你知道結果會是什麼嗎？」里奇問道。他面露不快，顯然很訝異。

「我清楚得很。」嘉藍德探長說。

「好。」里奇點頭道：「那我上樓去拿波內利的裝備。」他朝辦公室門邁步走去，打開門，出去到走道上。「我過三、四分鐘就回來。」他對瑞克說，說完就在身後關上了門。

嘉藍德探長伸手到辦公桌右手邊第一格抽屜裡摸索，摸出一把雷射槍。他把槍轉過來，指著瑞克。

「你這麼做也改變不了什麼。」瑞克說：「里奇會送我的屍體去檢驗，就像你們實驗室檢驗帕洛可夫一樣。而且他還是會堅持要對你和他自己做……那叫什麼來著？波內利反射弧測驗？」

雷射槍還是指著他，嘉藍德探長說道：「今天一整天都很衰，尤其是看到員警克拉姆斯帶你進來的時候，我就有不祥的預感，所以我才會介入。」他慢慢放下雷射槍，握著槍坐在那裡，接著聳聳肩，然後把槍放回抽屜。鎖上抽屜之後，他把鑰匙收進口袋。

「我們三人的測驗結果會是什麼？」瑞克問道。

嘉藍德說：「里奇這個天殺的白痴。」

「他不知道？」

「他不知道，他毫不懷疑，他完全狀況外。不然他怎麼會當賞金殺手當得那麼樂，那是人類的職業，不是仿生人該做的事。」嘉藍德朝瑞克的公事包比了比。「其他那些單子，其他幾個你要測試和除役的可疑分子，我全都認識。」他停頓一下，又說：「我們全都是搭同一艘太空船從火星過來的，除了里奇之外，他晚一個星期，在那裡等著安裝他的人造記憶系統。」語畢，他沉默下來。

或者應該說是「它」沉默下來。

瑞克說：「他發現之後會怎麼樣？」

「這我一點頭緒也沒有。」嘉藍德冷淡地說。「理論上來講，情況會很有趣。他可能會殺了我、殺了他自己，八成也會殺了你。他有可能殺個片甲不留，不分人類或仿生人，一律格殺勿論。就我所知，當仿生人安裝了人造記憶系統，深深覺得自己是人類的時候，結局就是這樣。」

「所以，你現在賭很大。」

嘉藍德說：「反正都是賭，地球這個地方甚至不把我們當畜生，我們全部加在一起還比不上一隻蟲子或蝨子，逃到這裡就是在賭。」嘉藍德煩躁地捏著下唇。「如果菲爾·里奇能通過測驗，對你還比較有利。如果只有我沒通過，結果就可想而知。對里奇而言，我只是另一個越快除役越好的仿生人。但他是不會通過測驗的，所以，狄卡德，你的處境也不妙，事實上，你和我的處境不相上下。你知道我哪裡失算了嗎？我不知道帕洛可夫是仿生人。他一定來得比較早，顯然是比我們早來。跟著完全不同的一夥人一起，和我們八竿子打不著。我到的時候，他已經在全球警察聯盟站穩腳跟了。所以我才賭他會通過實驗室的檢驗，早知道就不驗了。當然，克拉姆斯把你帶來也是在賭。」

「我差點栽在帕洛可夫手上。」瑞克說。

「是，他讓人看不透。我不認為他安裝的是和我們同一型的人造大腦，他一定經過加強或改良，反正他的構造改過了，就連我們都不熟悉。而且改得很好，可謂天衣無縫。」

「我打回家的時候，為什麼找不到我太太？」瑞克說。

「我們的視訊線路一概侷限在這裡。撥出去的訊號會回到大樓內部的其他辦公室。這裡是自成一體的一個運作系統，我們與外界隔絕，形成一個封閉的體系。我們知道外面的世界，但外界不知道我們。有時候會有零星的不速之客誤闖這裡，尋求我們的保護。或者像你這樣，被抓到這裡。」他猛然朝辦公室門比了一下。「好了，拚命三郎菲爾．里奇帶著他方便好用的隨身小裝備回來了。他是不是很聰明？他要毀了我和他自己，說不定還有你。」

「你們仿生人在有危險的時候不會彼此掩護？」瑞克說。

嘉藍德暴怒道：「我想你是對的，我們似乎缺乏你們人類具備的某種特性，就我所知那叫做共感力。」

辦公室門開了，菲爾．里奇的輪廓出現在門口，手拿一個拖著電線的裝置。「來吧。」他說完就進來關上門，兀自坐下，把裝置插到插座上。

嘉藍德伸出右手，瞄準里奇。里奇和瑞克・狄卡德立刻從椅子上滾到地上，里奇同時舉起一把雷射槍，一著地就對嘉藍德開槍。

經驗老道又技術精湛的一擊，嘉藍德探長旋即腦袋分家。他的身體往前倒，他的微型雷射槍滾過桌面。屍體在椅子上搖搖欲墜，接著就像一袋雞蛋滑到一邊，摔到地上。

「它忘了這是我的工作。」里奇說著站起來。「我幾乎預測得到一個仿生人要做什麼，我想你也可以。」他把他的雷射槍收起來，好奇地彎下身，檢視他的前上司的遺骸。「我不在的時候，它對你說了什麼？」

「它說它是仿生人，而你……」瑞克沒把話說完，他的腦袋飛快運轉，思前想後過濾著各種選項。最後，他話鋒一轉，說：「你再過幾分鐘就會發現真相。」

「還有呢？」

「還有這棟大樓都被仿生人占領了。」

里奇苦思道：「這就麻煩了，你和我只怕很難逃出去。名義上，我當然有隨時自由進出的權利，也可以帶著囚犯一起走。」他聽了聽，辦公室外沒有動靜。「我猜他們什麼也沒聽到，這裡顯然沒裝監視器……雖然照理說應該要有。」他小心翼翼地用鞋尖蹭了蹭那個仿生人的遺體。「了不起啊，幹我們這行培養出來的超能力，開門之前我就知道他會對我開槍。坦白說，我很訝異他沒趁我在樓上殺了你。」

「只差臨門一腳而已。」瑞克說：「剛才有一半的時間，他都拿著一把實用新型雷射大槍對著我。他考慮要殺了我，但他真正擔心的是你，不是我。」

里奇正色道：「賞金殺手追到哪裡，仿生人就逃到別處。你一定明白，對吧？你得趕緊再回歌劇院，趁還沒人有機會警告盧芭．露芙特之前先逮到『它』——不是女字旁的『她』，而是無生命的『它』。在想到仿生人的時候，你會不會也用『它』來想？」

「以前會。」瑞克說：「在我偶爾還會良心不安的時候。這算是一種自我保護吧，為了完成工作，我把仿生人想成『它』，但我現在不覺得有這個必要了。好了，我要直奔歌劇院了，假如你能把我弄出去的話。」

「假如我們把嘉藍德放在它椅子上坐好。」里奇一邊說，一邊把仿生人的遺體拖回椅子上擺正，挪了挪它的手腳，讓它的姿勢顯得自然一點，只要沒人靠近看，只要沒人進辦公室……菲爾．里奇按下桌上對講機的按鍵，說道：「嘉藍德探長在忙，他要求接下來半小時都不要把電話接給他，他不能受到打擾。」

「好的，里奇先生。」

菲爾．里奇鬆開按鍵，對瑞克說：「我要幫你上手銬。我們還在這棟大樓裡的時候，你就和我銬在一起。一到了天上，我自然會幫你解銬。」他拿出一組手銬，把其中一端扣到瑞克的手腕上，另一端扣住他自己。「來吧，咱們速戰速決。」他挺起胸膛深呼吸一口氣，推開辦公室門。

四面八方都有制服警察或坐或站，執行著他們這天的例行勤務。菲爾．里奇帶著瑞克穿過大廳來到電梯，一路上都沒人抬起頭來或注意他們一下。

他們等電梯時，里奇說：「我怕的是嘉藍德裝了掛點警示器，不過……」他聳聳肩。「如果有裝，警示器現在應該已經響了才對，否則就是劣質品。」

電梯來了。幾個其貌不揚、警察模樣的男男女女下了電梯，踩著響亮的步伐穿過大廳，各自去忙各自的。他們根本沒注意瑞克或菲爾．里奇。

電梯門關閉，只剩他倆之後，里奇問道：「你想你們局裡會不會收我？」他按下樓頂的按鈕，電梯默默爬升。「畢竟再怎麼說，我現在失業了。」

瑞克防備地說道：「我……我不認為有何不可，只不過我們已經有兩位賞金殺手了。」他暗自想著：我不能不告訴他，把他矇在鼓裡非但不道德，而且很殘酷。他暗自打著草稿：里奇先生，你是仿生人。你把我弄出來，這就是你得到的回報。你就是我倆同仇敵愾的東西、我倆致力要摧毀的對象。

「我真的沒辦法接受。」菲爾．里奇說：「不可能啊！過去三年來，我都在仿生人的指揮之下辦事。為什麼我沒有起疑？我是說，我竟然連查都沒查一下。」

「或許沒有那麼久。或許它們最近才滲透進去。」

「它們一直都在啊。打從一開始，嘉藍德就是我的頂頭上司，整整三年的時間。」

「根據它的說法，它們是一群仿生人一起來到地球。」瑞克說：「來了幾個月而已，不到三年那麼久。」

「那就是一度有個真正的嘉藍德存在過。」菲爾．里奇說：「然後在某年某月的某一天被幹掉了。」他那張鯊魚似的瘦臉表情扭曲。「或者……我被植入了假記憶系統。」他想破了頭，怎麼也搞不懂。「或許在這整段時間裡，我只記得有嘉藍德這位上司，可是……」他的表情益發痛苦，不但扭曲還開始抽搐。「只有仿生人才會被安裝假記憶系統啊，他們已經證實在人類身上裝了沒用。」

電梯停住，門滑開了。除了停在那裡的空車之外，一片空盪盪的警察局樓頂起降場在他們面前展開。

「我的車在這。」菲爾．里奇說著解開近處一輛懸浮車的門鎖，匆匆揮手要瑞克上車。他自己則坐上駕駛座發動引擎。不一會兒，他們已經升上天空轉向北邊，朝戰爭紀念歌劇院的方向飛回去。菲爾．里奇心不在焉地憑本能開車，他的心思被一連串越來越灰暗的想法盤據。「聽著，狄卡德。」他突然說：「把盧芭．露芙特除役之後，我要你……」他似乎說不下去，接著聲音沙啞、語氣苦惱地說：「你知道。幫我做波內利測驗，或用你的共感量表，看看我的狀況。」

「這件事我們可以晚點再操心。」瑞克含糊其詞地說。

「你不想測我一測，是嗎？」菲爾．里奇望著他，一眼看穿他的心思。「我猜你知道結果會是什麼。嘉藍德一定跟你說了什麼我不知道的事。」

瑞克說：「就算有我們倆加在一起，要幹掉盧芭．露芙特也不容易。不管怎麼樣，我對付不了她。我們先專心處理這件事。」

「撇開假記憶系統不談，我有一隻動物。」菲爾．里奇說：「不是假貨，是一隻真的松鼠。我愛牠，狄卡德。每天早上，我都餵牠吃東西，幫牠換尿布墊——你知道，牠的籠子墊了尿布，我得幫牠清。然後晚上下班之後，我就放牠在屋子裡，隨牠到處跑。牠的籠子裡有一座跑跑輪，你看過松鼠在跑跑輪裡的樣子嗎？輪子轉啊轉，松鼠跑啊跑，可是牠一直都在原位。不管怎麼樣，芭菲似乎很愛玩這種遊戲。」

「我猜松鼠不太聰明。」瑞克說。

接著，他們就默默不語，往前飛去。

12

到了歌劇院，瑞克．狄卡德和菲爾．里奇被告知彩排已經結束，盧芭．露芙特也離開了。

菲爾．里奇亮出他的員警識別證，向舞台工作人員詢問道：「她有沒有說接下來要去哪？」

「去美術館。」舞台工作人員端詳著識別證。「她說她想去看那邊正在展出的愛德華．孟克展，明天是展覽的最後一天。」

瑞克暗想：而今天是盧芭．露芙特的最後一天。

他倆沿著人行道走向美術館，菲爾．里奇說：「你覺得有多少勝算？依我看，煮熟的鴨子飛了，我們在美術館找不到她的。」

「或許吧。」瑞克說。

他們抵達美術館，記下孟克展是在哪一層樓，接著就往上爬，不久便置身於一件件的繪畫和木雕作品當中了。有很多人來看展，包括一班文法學校的學生，老師尖銳刺耳的嗓音穿透所有的展廳，瑞克心想：仿生人的聲音聽起來就該是這樣，長相也該像這樣才對，而不是瑞秋．羅森和盧芭．露芙特那個樣子，也不是他身邊這個男人（或這個東西）的樣子。

「你聽過有仿生人養寵物的嗎？」菲爾．里奇問他。

不知道為什麼，瑞克覺得有必要誠實得不留情面，或許他已經開始在為接下來要執行的任務做準備了吧。「仿生人擁有並照顧動物的例子，我知道的有兩個。但就我所知，這種情況真的很少見，而且通常會失敗。仿生人養不活動物。動物要在充滿愛的環境中才活得好，尤其是爬蟲類和昆蟲類。」

「松鼠也是嗎？要有愛？可是芭菲過得很好啊，毛皮光澤油亮，活像水獺一樣。我每隔一天就幫牠梳梳毛。」菲爾．里奇在一幅油畫前停下腳步，看得目不轉睛。畫面中是一個頂上無毛的人形，感覺很壓抑，頭部像一顆倒過來的西洋梨，雙手驚恐地摀住耳朵，嘴巴張得老大，發出無聲的吶喊。吶喊的回音與痛苦扭曲的線條包圍這個人形，在它周遭的空氣裡蔓延開來。這個不知是男是女的人形被自己的吶喊吞噬，它站在橋上，摀住耳朵擋住自己的聲音，沒有別人在場，孤零零地吶喊著。

它被自己的吶喊隔絕開來，叫得再大聲也沒用。

瑞克讀著畫作底下的說明牌，說道：「孟克也做了這幅畫的木雕。」

菲爾．里奇說：「我想，仿生人的內心一定是這種感覺。」他伸出手，在半空中沿著扭曲的線條劃過去。畫作裡，人形的吶喊具體可見。「我沒有這種感覺，所以或許我不是……」他突然打住，有幾個人靠上前來查看這幅畫。

「盧芭．露芙特來了。」瑞克伸手一指，菲爾．里奇收起自己的沮喪情緒，不再為自己辯護。他倆若無其事地朝她晃過去，一步一步慢慢接近。保持尋常的氣氛向來是行動中很重要的一環，其他人類並不知道仿生人混跡在他們當中，即使必須錯失良機，賞金殺手也得不計代價把普通人保護好。

盧芭．露芙特手拿一份印刷目錄，身穿閃亮亮的束口褲和金光熠熠的背心，站在那裡陶醉在眼前的畫作中。畫面中是一名少女，雙手交握坐在床沿，臉上的表情混合著困惑與驚詫。

「要我買給妳嗎？」瑞克對盧芭．露芙特說。他站在她身旁，輕輕抓住她的手臂，讓她知道她插翅難飛了，他不費吹灰之力就能把她帶走。菲爾．里奇站到她的另一邊，伸手搭她肩膀，瑞克看到雷射槍鼓起的形狀。剛剛在嘉藍德探長身上已經冒了一個大險，菲爾・里奇不打算再冒險。

「這是非賣品。」盧芭・露芙特悠哉地斜眼看他，接著大驚失色地認出他來。她的眼神黯淡下去，臉上沒了血色，形容枯槁得像已經開始腐爛了。彷彿她的體內瞬間沒了生氣，只剩下自動敗壞的軀體。「我以為他們逮捕你了。這麼說來，他們放你走了嗎？」

「露芙特小姐，這位是里奇先生。」他說：「菲爾・里奇，這位是大名鼎鼎的歌劇演唱家盧芭・露芙特。」他對盧芭說道：「逮補我的制服員警是仿生人，他的上級也是。妳知道嘉藍德探長嗎？他告訴我說你們全都是搭同一艘船來的。」

「妳報案的那間派出所，在密遜街的一棟大樓裡運作。」菲爾・里奇對她說：「看來是在你們那一夥的掌握之下，他們甚至自信到僱用人類來當賞金殺手，顯然……」

「你嗎？」盧芭・露芙特說：「你才不是人類。你跟我是半斤八兩。你也是仿生人。」

一陣沉默過後，菲爾・里奇壓低嗓音克制地說：「咳咳，這件事等到恰當的時機再說。」接著他對瑞克說：「把她帶去我車上吧。」

他們一人一邊架住她，朝美術館電梯走去。盧芭．露芙特走得不情不願，但也沒積極反抗，一副聽天由命的樣子。瑞克以前就看過仿生人在危急時刻的這種反應。若是被逼到死角，驅動它們的人造生命力似乎就會失靈……至少有些是如此，但並不是全部。

它也可能猛烈反撲，作困獸鬥。

然而，就他所知，仿生人具有保持低調的天性。美術館裡人來人往，盧芭．露芙特會選擇以靜制動。真正的交手會是在車子裡，對她來講，那也可能是最後一次的交手。在沒人看得到的地方，她會拋下她的矜持，單打獨鬥奮力一搏。他做好心理準備，叫自己別去想菲爾．里奇。如里奇所言，他的事留待恰當的時機再說。

走道盡頭，靠近電梯的地方設了一個店鋪般的小攤子，賣印刷品和藝術書。盧芭在那裡停下腳步，逗留不去。她的臉上恢復了一點血色，至少有那麼一瞬間，她再次看起來像個活人一樣。她對瑞克說：「聽著，買那張畫的複製品給我。就是你們找到我的時候，我正在看的那張畫，有個少女坐在床上那張。」

瑞克頓了一下，接著對店員說道：「你們有孟克《青春期》的複製品嗎？」

店員是個下巴肥厚的中年婦女，一頭灰髮用髮網罩住。她從架上拿了一本製作精美、表面光滑的畫冊下來，說道：「只在這本他的作品集裡才有，一本二十五塊。」

「我買了。」他伸手拿皮夾。

菲爾．里奇說：「我們局裡的預算永遠也不會用在……」

「算我的。」瑞克說著把紙鈔遞給那位中年婦女，把書遞給盧芭。「現在，我們上路吧。」他對盧芭和菲爾．里奇說。

「你人真好。」他們走進電梯時，盧芭說道：「人類有一種很奇怪但很感人的特質。仿生人是絕對不會這麼做的。」她冷冰冰地望向菲爾．里奇。「他連考慮都不會考慮一下，就像他說的，永遠也不會。」她緊盯里奇不放，眼裡是百般的反感與敵意。「我真的很不喜歡仿生人。從火星來到這裡之後，我的人生就是在模仿，處處學人類怎麼做，表現得好像我有人類的想法和衝動。在我看來，我是在模仿一個比較高等的生命形態。」她對菲爾．里奇說：「你沒有一樣的感覺嗎？里奇，想方設法要像……」

「我受夠了。」菲爾．里奇伸手到大衣裡摸他的槍。

「不行。」瑞克說著抓住菲爾．里奇的手，里奇縮了回去，迴避他的目光。「先做過波內利測驗再說。」

「它已經承認它是仿生人了。」菲爾．里奇說：「我們不必再等下去。」

「但如果只因為它激怒你就把它除役……」瑞克說：「把槍給我。」他跟菲爾．里奇纏鬥了一番，想從他手裡搶過雷射槍，但槍還是握在菲爾．里奇手上。里奇在狹窄的電梯裡一個旋身避開他，整個人殺氣騰騰，心思全在盧芭．露芙特身上。

「好。」瑞克說：「除掉它。現在就殺了它。正好證明給它看，你被它說中了。」接著，他看到里奇真的要動手。「等等！」

菲爾．里奇開火，盧芭．露芙特一陣驚恐，發了瘋地扭動掙扎，彈到一旁倒在地上。雷射光束沒有命中目標，但里奇向下瞄準，無聲地射穿她的肚腹，留下一個小洞。她發出淒厲的叫聲，靠著電梯壁面縮在地上慘叫。瑞克心想：她叫得就像那幅畫一樣。他舉起自己的雷射槍，了結了她的性命。盧芭．露芙特面朝下往前倒，連抖都沒抖一下，成了一堆廢鐵。

瑞克舉起他的雷射槍，一點一點地把他幾分鐘前買給盧芭的畫冊燒成灰，燒得很徹底。他什麼也沒說，菲爾．里奇一臉困惑地看他燒，不明白為什麼。

書燒完之後，里奇說：「你大可留著那本書。你花了……」

瑞克打斷他道：「你覺得仿生人有靈魂嗎？」

菲爾・里奇把頭歪向一邊，甚至更加困惑地望著他。

「我買得起那本書。」瑞克說：「截至目前為止，我今天已經賺了三千塊，而我的任務甚至還沒進行到一半。」

「你是說嘉藍德算你的？」菲爾・里奇問道。「但明明就是我殺了他，不是你。你只是倒在旁邊看。還有盧芭也是我搞定的。」

「你拿不到錢。」瑞克說：「你那邊的分局不會給你錢，我們這邊的也不會。等我們到了你車上，我就會對你做波內利測驗或孚卡測驗，到時候我們就知道了，即使你不在我的名單上。」他雙手顫抖地打開他的公事包，摸索著那疊皺巴巴的複寫紙。「對，你不在名單上。所以，依法我不能把你算成我的業績。為了有點業績，我必須說盧芭・露芙特和嘉藍德是我做掉的。」

「你確定我是仿生人？嘉藍德真的跟你這樣說？」

「嘉藍德是這樣說沒錯。」

「搞不好他是騙你的啊！」菲爾・里奇說：「為了挑撥我們，造成現在這種局面。我們是白痴才中他的計。盧芭・露芙特的事情你是對的，我不該被她激怒，我一定是太敏感了。但我有這種反應也是理所當然的，賞金殺手怎麼受得了被當成仿生人？換作是你也一樣吧。你聽好了，不管怎麼樣，從現在算起的半小時內，我們反正得把盧芭．露芙特除役——頂多再過半小時。她甚至不會有時間瀏覽你買給她的畫冊，而且我還是覺得你不該把書燒掉，太浪費了。我跟不上你的想法，因為你的想法不合理啊！」

瑞克說：「我要轉行，不幹這一行了。」

「轉到哪一行？」

「哪一行都好，像嘉藍德應該要做的保險員也行，不然就移民。」他點頭道：「沒錯，移民到火星。」

「但總得有人幹這一行。」菲爾．里奇指出。

「他們可以用仿生人，用仿生人會好得多。我再也做不下去了。我受夠了。她是一位出色的演唱家。她在地球有用處。這一切真是瘋了。」

「這一切是有必要的，別忘了它們為了逃走殺掉人類。如果我沒把你弄出密遜街警察局，它們也會殺了你。嘉藍德就是想讓我殺掉你，才會把我叫去它的辦公室。帕洛可夫不也差點殺掉你嗎？還有盧芭．露芙特？我們是出於自衛，它們在我們的星球上，它們是非法殺人的外來者，偽裝成……」

「偽裝成警察。」瑞克接口道：「偽裝成賞金殺手。」

「好，給我做波內利測驗，或許嘉藍德說謊。我認為他騙了你，我不可能是安裝了假記憶，假記憶不可能做得那麼好。何況我還養了松鼠，這又怎麼說呢？」

「是了，你的松鼠，我都忘記牠了。」

「如果我是仿生人，你就把我除役，松鼠歸你。」菲爾．里奇說：「我這就立遺囑給你。」

「仿生人不能立什麼遺囑。它們沒有遺產，因為它們根本不能擁有財產。」

「那你就直接拿走牠吧。」菲爾．里奇說。

「再說吧。」電梯來到一樓，門打開了。瑞克說：「你在這裡看著盧芭，我去叫一輛巡邏車過來，載她去警察局做骨髓分析。」他看到一座電話亭，走進去投了一枚硬幣，手指顫抖著撥了號。這時有一群等電梯的人把菲爾．里奇和盧芭．露芙特的屍體圍住。

講完電話掛上話筒時，他暗自想著：她真的是一流的演唱家，我不懂，此等才華對我們的社會而言怎麼會是一種危害？他告訴自己：但這件事無關才華，而是關乎她本人。就像菲爾．里奇，這兩者如出一轍，基於同樣的理由，他也構成威脅。所以，我不能現在收手。他從電話亭出來，擠進人群，回到里奇和那個俯臥的仿生人女體身邊。有人在她身上蓋了一件大衣。不是里奇的。

菲爾．里奇站在一旁，猛抽著一小截灰色的雪茄。瑞克走上前對他說：「老天保佑，我希望真的測出你是仿生人。」

「你有這麼恨我嗎？」菲爾．里奇又驚又奇地說：「也太突然了吧，在密遜街的時候，在我救你一命的時候，你還沒這麼恨我。」

「我看出你有一種模式。在你殺嘉藍德的時候，還有在你殺盧芭．露芙特的時候。你殺人跟我不一樣，你不會試著……算了。」他說：「我知道是怎麼回事。你就是愛殺人，只是需要一個藉口罷了。如果找到藉口，你就會殺了我。這也是為什麼你賭嘉藍德是仿生人，因為這樣你就能殺了他。不知道你沒通過波內利測驗會怎麼樣？殺了你自己嗎？仿生人有時候會自殺。」但這種情況很罕見。

「沒錯，我會自己動手。」菲爾．里奇說：「除了執行測驗之外，你什麼也不必做。」

一輛巡邏車抵達，兩名員警跳下車，走上前來看到人群，立刻為自己開了一條路過來。其中一名員警認出瑞克，點了點頭。瑞克心想：所以，我們現在可以走了，我們在這裡的任務終於了結了。

他和里奇沿街走回歌劇院，準備回到停懸浮車的樓頂。里奇說：「為你自身的安全考量，我現在就把我的雷射槍交給你，這樣你就不用擔心我對測驗的反應。」他遞出雷射槍，瑞克接了過去。

「沒了雷射槍，你要怎麼自殺？」瑞克問道：「如果你沒通過測驗的話？」

「我會閉氣。」

「天啊。」瑞克說：「那又死不了。」

「仿生人的迷走神經不像人類一樣會自動切斷。」菲爾．里奇說：「你受訓的時候，他們沒教你嗎？我很多年前就學過了。」

「可是要這樣死掉？」瑞克辯駁道。

「不會有痛苦。有什麼問題嗎？」

「就……」他比手畫腳一番，找不到恰當的說詞。

「我真的不覺得我會走到那一步。」菲爾．里奇說。

他們一起爬上戰爭紀念歌劇院的樓頂，再一起來到菲爾．里奇停在那裡的懸浮車旁。

菲爾．里奇坐上駕駛座，關上車門，說道：「我比較希望你用波內利來測我。」

「不行。我不知道怎麼用。」他心想：要是用波內利，我還得靠你幫我解讀數據，這怎麼行得通。

「你會跟我實話實說吧？」菲爾．里奇問道：「如果我是仿生人，你會告訴我？」

「當然。」

「因為我真的很想知道。我非知道不可。」菲爾．里奇重新點燃他的雪茄，在駕駛座的單人座椅上挪了挪，想讓自己舒服一點。顯然，他舒服不起來。「你真的喜歡盧芭．露芙特在看的那幅孟克畫嗎？」他說：「我沒感覺。我對現實主義藝術沒興趣。我喜歡的是畢卡索和……」

「《青春期》繪於一八九四年。」瑞克簡短地說：「當時除了現實主義就沒有其他風格，你得把這一點考量進去。」

「但是另外一幅，有個人摀著耳朵吶喊的，那一幅就不是具象派的風格啊。」

瑞克打開公事包，拿出測驗裝備。

「說清楚，在你能夠判定之前要問多少問題？」菲爾．里奇觀察著他的一舉一動。

「六、七個。」他把吸盤交給菲爾．里奇。「貼在你的臉頰上，貼牢。還有這個光束……」他瞄準。「要對你的眼睛照。別動。你的眼球要盡可能定住不動。」

「反射波動。」菲爾．里奇敏銳地說：「但不是針對肢體刺激，舉例而言，你測量的不是瞳孔放大的反應。重點在於口頭上的問題，我們所謂的畏縮反應。」

瑞克說：「你想你能控制嗎？」

「不盡然。最後或許可以吧。但一開始的振幅大概沒辦法，那不是意識所能控制的。如果不是……」他突然住口。「來吧。我很緊張，如果我太多話，還請見諒。」

「想說就說吧。」瑞克說。他暗自想著：你就暢所欲言到進墳墓，如果你這麼愛說，我不在乎。

「如果測出我是仿生人，你就會恢復對人類的信心。」菲爾．里奇繼續喋喋不休。「但是，由於結果不會如你所願，我建議你開始打草稿，準備一套合理的解釋……」

「第一個問題來了。」瑞克說。裝備已經架設好，兩個儀表的指針抖動著。「反應時間也是一個要素，所以你要盡快回答。」他憑著記憶選了一個初步的問題。測驗開始。

事後，瑞克一語不發地坐了一會兒。接著，他開始收拾，把裝備塞回公事包內。

「我從你的表情看得出來。」菲爾．里奇說。他如釋重負地鬆了好大一口氣，差點沒癱在地上。「好了。把我的槍還我吧。」他伸出手，掌心向上，等著。

「關於嘉藍德的動機，顯然你說對了。」瑞克說：「你說他想挑撥我們。」他覺得身心俱疲。

「你準備好合理的解釋了嗎？」菲爾．里奇問：「解釋我怎麼會是人類？」

瑞克說：「你的同情心、共感力有缺陷。你有缺陷的地方，在於你對仿生人的感受，而這正好是我們的測驗沒有涵蓋到的部分。」

「我們的測驗當然不會涵蓋這部分。」

「或許應該要有。」瑞克之前從沒想過這一點。他對於自己除掉的仿生人從來沒有一絲同情。不論是在內心深處還是在理智上，他總以為自己全心全意地將仿生人視為一種智慧型機器。然而，和菲爾．里奇一比，差別就很明顯。他直覺認為里奇是對的。他自問：同情一個人造的物體？同情一個只不過是偽裝成活人的東西？但話說回來，盧芭．露芙特看起來栩栩如生，沒有一點造假的樣子。

菲爾．里奇輕聲說：「如果把仿生人涵蓋在我們的共感測驗範圍內，就像動物一樣，你也知道後果會是什麼。」

「我們就沒辦法自保了。」

「正是如此。那些連鎖六型……它們會踩在我們頭上、把我們吃死死。你和我，所有的賞金殺手，我們擋在連鎖六型和人類之間，守護這兩者間的界線，更有甚者……」他停下來，注意到瑞克又把他的測驗裝備拿出來了。「我以為測驗結束了。」

「我想問自己一個問題。」瑞克說：「我要你告訴我指針的數據，只要給我數據就好，我自會計算結果。」他把吸盤貼上臉頰，調整光束燈，直到光線直射他的眼睛。「你準備好了嗎？看著儀表。我們這次就不算反應時間，我只要指針的幅度。」

「悉聽尊便，瑞克。」菲爾・里奇甘心樂意地說。

瑞克大聲說：「我和一個被我逮到的仿生人一起搭電梯下樓，突然有人無預警殺了它。」

「沒什麼特別的反應。」菲爾・里奇說。

「指針指到哪裡？」

「左邊那個是二・八，右邊那個是三・三。」

瑞克說：「是一個女性仿生人。」

「現在分別是四・〇和六・〇。」

「夠高了。」瑞克說。他從臉頰上取下電線吸盤，關掉光束燈。「就人類對多數問題表現出來的反應而言，這是一個格外富有共感力的反應。」他說：「所謂多數問題，是指除了極端的問題之外，例如那些和人皮裝飾品有關的問題……那些真的很病態的問題。」

「什麼意思？」

瑞克說：「意思是我至少會對某些特定的仿生人產生同情的感覺。不是全部，而是一、兩個。」他暗自想著：比方說盧芭．露芙特。所以，我錯了，菲爾．里奇的反應沒什麼不自然或沒人性之處，是我太濫情了。

他想著：不知道有沒有任何人對仿生人有過這種感覺？

他又想：當然，往後在我工作時，這種感覺很可能不會再出現。這次或許只是特例，而且和別的因素也有關，比方說我對《魔笛》的感受，再加上盧芭．露芙特的歌聲，事實上，是我對她整個職業生涯的惋惜。以前顯然沒出過這種狀況，至少他自己覺得沒有。舉例而言，在帕洛可夫或嘉藍德身上都沒有。而且，他發覺：如果真的證實菲爾．里奇是仿生人，我是可以無動於衷地殺了他。反正，在盧芭死後，我對仿生人是不會有感覺的了。

好了，活生生的真人和人模人樣的物體之間的差別，就辯證到這裡為止。他暗自想著：在美術館的電梯裡，我和兩種物類一起下樓，一個是人類，另一個是仿生人，而我對這兩者的感受應該要反過來，反過來才符合我習慣的感受、我必須要有的感受。

「你麻煩大了，狄卡德。」菲爾．里奇說；他似乎看得很樂。

瑞克說：「我……該怎麼辦？」

「食色性也。」菲爾・里奇說。

「食色性也？」

「因為她——『它』——外貌迷人。你之前都沒對仿生人動心過嗎？」菲爾・里奇笑了出來。「我們受訓時學過，這是獵捕仿生人要面臨的一大問題。你不知道嗎？狄卡德，在殖民星球，他們有仿生人情婦。」

「那是違法的。」瑞克說。他知道相關的法律規定。

「當然是違法的，但各種型態的性關係多半都是違法的，大家還不是照做不誤。」

「那如果不是性，而是愛呢？」

「愛是性的另一種說法。」

「像是對國家的愛。」瑞克說：「對音樂的愛。」

「如果是對女人或女性仿生人的愛，那就是性愛。醒一醒，面對自己吧，狄卡德。你想和一個女性仿生人上床，事實就是如此。這種感覺我也有過一次，在我剛入行的時候。別這樣就被打敗，你會平復過來的。問題只在於你把順序搞反了，不要先殺了她（或者在旁邊看她被殺）再覺得受到她吸引，應該反過來才對。」

瑞克瞪他。「意思就是先跟她上床……」

菲爾．里奇粗糙的臉上保持著冷酷無情的笑容，毫不拖泥帶水地說：「上完再殺。」

菲爾．里奇真的是賞金殺手，瑞克終於認清，他的態度就證明了這一點。那我呢？

突然間，人生中第一次，他疑惑起來。

13

約翰·伊西多爾火速飛過傍晚的天際下班回家。他暗自想著：不知道她還在不在那裡？在那被廢渣占據的舊房子裡，看電視上播的友善巴斯特，每當覺得外面有人來到她家門口，就如驚弓之鳥般提心吊膽，包括我跑去找她的時候。

他已經去過一家黑市超市了。在他旁邊的座位上放著一袋美食，隨著他的車加速減速而前後搖晃，裡面有豆腐和成熟的桃子，還有又軟又嫩、氣味誘人的優質乳酪。今晚，緊張又著急的他開車開得歪歪扭扭。他那據稱已經修好的車搖搖欲墜吐著廢氣，就跟送修前的幾個月一樣。該死！伊西多爾暗自罵道。

車裡瀰漫著桃子和乳酪的氣味，聞起來心曠神怡。這些珍饌佳肴總共花了他兩星期的薪水，是他先向斯洛特先生預支的。除此之外，在車子的座椅底下，在酒瓶不會滾動摔破的地方，放了一瓶哐噹響的夏布利白葡萄酒，那是珍饌佳肴中的珍饌佳肴。他把它存放在美國銀行的保險箱，不論他們開價多少，他都堅持不賣，以防萬一在很久很久之後有一天，有個女孩出現了。這件事一直沒有發生，直到現在。

一如往常，他那棟大樓遍地垃圾、了無生氣的樓頂讓他心情鬱悶。他從車上來到電梯門前，無視於周遭的景物，只專注在那袋珍貴的食材和那瓶美酒上，小心不要被垃圾絆倒，以免摔得四腳朝天，這些錢就白花了。電梯咿咿呀呀地到了樓頂，他搭上電梯，沒去自己那層樓，直接來到樓下，現在住著新來的住戶普莉絲．史達頓的那一層。不一會兒，他就站在她門前，用酒瓶一角敲著門，緊張得心臟都快四分五裂了。

「哪位？」隔著一道門，她的聲音聽起來悶悶的，但是很清楚。銳利的嗓音裡透著恐懼。

「約翰．伊西多爾。」他輕快的語氣裡有一種前所未有的自信，是他從斯洛特先生的視訊電話訓練中剛練就的。「我這裡有幾樣好東西，我想我們可以變出一頓大餐來。」

門開了小小一條縫，屋裡沒有點燈，普莉絲窺看著陰暗的梯廳。「你聽起來不一樣。」她說：「感覺比較成熟。」

「今天上班時間，我處理了幾件例行公事。一些稀鬆平常的事情。如果妳可可可……可以讓我進去……」

她打斷他道：「你就和我聊聊這些事情。」然而，她把門開到足以讓他通過，接著，看到他手上拿的東西，她驚呼一聲，整張臉亮了起來，雀躍之情溢於言表。但幾乎就在同時，她的五官又驟然蒙上一層揮之不去的陰霾，雀躍之情一掃而空。

「怎麼了？」他問。他把購物袋和酒瓶拎到廚房放下，再匆匆趕回來。

普莉絲語調平板地說：「給我就浪費了。」

「為什麼？」

「喔……」她聳聳肩，漫無目的地走開，雙手插在裙子口袋裡；那條厚重的裙子樣式有點過時。「改天再跟你解釋。」接著，她抬起眼睛。「無論如何，你的好意我心領了。現在我希望你離開。我不想見人。」她拖著腳走到通往梯廳的門前，整個人恍恍惚惚的，一副疲憊不堪的模樣，彷彿所有精力都已消耗殆盡。

「我知道妳怎麼了。」他說。

「哦？」她重新把門打開，說話的語氣甚至更無望、更沒精神、更空洞。

「妳沒有朋友。妳的狀況比我今天早上見到妳時還糟，那是因為……」

「我有朋友。」她的語氣突然充滿權威，很明顯重新振作了起來。「我本來有，少說有七個，但現在賞金殺手有時間動手了。所以，我有一些朋友死了，也說不定全都死光了。」她朝窗戶晃了過去，望著一片漆黑的窗外以及零星的燈火。「我說不定是我們八個當中唯一生還的，所以，或許你是對的。」

「賞金殺手是幹麼的？」

「對了，照理說你們人類不知道。賞金殺手就是照著名單殺人的職業殺手。他會拿到一筆錢。就我所知，目前的行情是殺一個一千塊。他們通常是市警局的約僱人員，所以他也領薪水。但市警局付的薪水很低，這樣他們才有動機。」

「妳確定嗎？」伊西多爾問道。

「確定。」她點頭。「你是說我確定他有動機嗎？我確定，他有；他愛殺人。」

「我覺得妳弄錯了。」伊西多爾說。他這輩子從沒聽過這種東西，舉例來說，友善巴斯特就從來不曾提到過。「那違背了現行的摩瑟倫理。」他指出：「萬物皆一體。就像古時候莎士比亞說的：『沒人是一座孤島』。」

「那是英國詩人約翰．多恩說的。」

伊西多爾急得比手畫腳。「這是我所聽過最可惡的事情了。妳不能報警嗎？」

「不能。」

「他們盯上妳了？他們有可能跑來這裡殺掉妳？」現在，他明白這個女孩子為什麼要這樣神神祕祕的了。「難怪妳很害怕，而且不想見到任何人。」但他又想，這一定是妄想。她一定是精神錯亂了，才會有被害妄想。說不定是被輻射塵傷到腦子了；說不定她是特殊分子。他說：「我會先把他們解決。」

「怎麼解決？」她終於笑了，那口整齊的小白牙露了出來。

「我會取得雷射槍執照。這一帶幾乎沒有人煙，警察不會過來巡邏，要取得執照很容易，因為他們希望你自己保護自己。」

「你去上班時怎麼辦？」

「請假啊！」

普莉絲說：「約翰．伊西多爾，你人很好，但如果賞金殺手已經逮到其他人，逮到麥克斯．帕洛可夫、嘉藍德、盧芭、哈斯金、洛伊．巴帝……」她頓了一下。「洛伊．巴帝和厄瑪嘉德．巴帝。如果他們死了，那就真的無所謂了。他們是我最好的朋友。我不懂，為什麼我沒有他們的消息？該死！」她氣得爆粗口。

他來到廚房，把久未使用、布滿灰塵的碗盤和杯子拿下來，放到水槽裡開始清洗。自來水帶有鐵鏽色，他把熱水打開，先讓水流乾淨。不一會兒，普莉絲出現了，她兀自在餐桌旁坐下。他拔掉那瓶夏布利的瓶塞，把桃子、乳酪和豆腐分成兩份。

「那個白白的是什麼？不是乳酪，另外一個。」她伸手一指。

「那是用大豆乳清做成的。啊！我忘了要準備一些……」他紅著臉住了口。「一般都是淋上肉汁配著吃。」

「仿生人。」普莉絲喃喃說道：「這是仿生人會有的疏失，就是這種地方害我們露出馬腳。」她走上前來，站在他身邊，接著抱住他的腰，短暫靠在他身上一下。他大吃一驚。她說：「我吃一片桃子試試。」她伸出纖長的手指，小心翼翼地捏起一片滑溜溜、毛茸茸的粉橘色果肉，接著一邊吃著桃子，一邊哭了起來。冰涼的淚水從她臉頰滾落，掉在她的衣襟上。他不知如何是好，只好繼續分著食物。「該死！」她氣憤地說著從他身旁退開，一步一步繞著房間慢慢走。「嗯……你明白，我們之前住在火星，所以我才會知道仿生人的事情。」她的聲音在抖，但她還是把話說完了。顯然，對她而言，有人跟她說話是件大事。

「而妳在地球唯一認識的人，就是妳之前的移民同伴。」伊西多爾說。

「我們在啟航之前就認識了。在新紐約附近的一塊殖民地，洛伊和厄瑪嘉德一起經營一家藥妝店，他是藥劑師，她負責美妝用品，包括乳霜和藥膏。在火星，潤膚乳液的用量很大。我……」她猶豫道：「我從洛伊那裡拿了各式各樣的藥品，起初我有需要，因為……嗯，總之，火星是很糟糕的地方。這裡……」她大手一揮，比劃著這個房間、這戶住宅。「這沒什麼。你以為我因為孤單所以心裡很苦。見鬼了，全火星都很孤單，比這裡糟糕多了。」

「不是有仿生人跟你們作伴嗎？我聽廣告上說過……」他逕自坐下，吃了起來。不一會兒，她也拿起她那杯酒，面無表情地喝著。「就我所知，你們有仿生人當幫手。」

「仿生人也很孤單。」她說。

「酒好喝嗎？」

她把她的酒杯放下。「還可以。」

「這是我這三年來唯一看到的一瓶酒。」

「我們之所以回來，是因為沒人應該住在那裡。」普莉絲說：「那裡本來就不是人住的地方，至少過去億萬年來都是如此。那裡是那麼古老，連石頭都感覺很古老，古老得可怕。總之，一開始，我向洛伊拿藥，靠那種新的合成止痛藥過活，就是那種叫做『西林尼辛』的藥。後來我遇到霍斯特．哈特曼，那時候他經營一家郵票店。在火星，你手上有大把時間，非得有個嗜好不可，必須有個東西讓你怎麼看也看不膩，霍斯特介紹我看殖民前的小說。」

「妳是指古時候的書？」

「太空旅行時代之前寫的，關於太空旅行的故事。」

「在太空旅行時代之前，怎麼會有故事是……」

「那些作家編出來的。」普莉絲說。

「根據什麼編的？」

「根據想像。他們寫的有很多都是錯的。比方他們寫說金星是一座叢林樂園，有巨大的怪獸和女人，女人穿著金光閃閃的鎧甲。」她瞄他一眼。「你喜歡嗎？金頭髮、長辮子、木瓜奶、鎧甲金光閃閃的女巨人？」

「不喜歡。」他說。

「厄瑪嘉德就是金頭髮。」普莉絲說：「但她很嬌小。總之，要靠運氣才能偷渡殖民前的小說、古雜誌、古書、古電影到火星。沒有更過癮的東西了，讀那些城市和大企業的故事，還有真的很成功的殖民計畫，你可以想像本來可能會有的樣子、火星『應該』要長成什麼樣子，比方說有運河。」

「運河？」他依稀記起自己讀到過。在古時候，他們相信火星有運河。

「遍布整個星球。」普莉絲說：「還有來自其他星球的生物，有著至高無上的智慧。地球上的故事也有，以我們現在這個時代為背景，甚至比現代還更晚。故事裡的地球沒有輻射塵。」

「我以為看這種故事只會更傷感。」伊西多爾說。

「不會。」普莉絲簡單扼要地說。

「妳有沒有帶一本殖民前的讀物過來呢？」他想到自己應該試著讀一讀。

「那種東西在這裡沒價值，以前在地球也從來沒掀起過熱潮。何況這裡本來就有很多，在圖書館，我們就是這樣弄來的。從地球上的圖書館偷，再用自動火箭發射到火星。夜裡，你在外面遼闊的大地上遊蕩，突然間你看到一道火光，接著是一支火箭，火箭啪一聲打開，殖民前的古書散落一地，很值錢，但當然你會先讀過再賣掉。」她越說越熱烈。「在所有的……」

大門傳來一聲敲門聲。

普莉絲臉色慘白，悄聲說道：「我不能應門。不要出聲。坐好。」她豎起耳朵來聽。「不知道門鎖上沒有。」她說話的聲音幾乎聽不見。「天啊，希望鎖好了。」她的眼神狂亂而炙烈，懇求地注視著他，彷彿在求他讓她的希望成真。

呼喚聲從梯廳遙遙傳來。「普莉絲，妳在裡面嗎？」是個男人的聲音。「是洛伊和厄瑪嘉德。我們收到妳的卡片了。」

普莉絲起身衝進臥房，帶著紙筆重新出現。她坐回椅子上，匆匆寫下一句：

你去開門。

伊西多爾緊張地從她手上拿過筆，寫道：

要說什麼？

普莉絲氣急敗壞連忙寫道：

看看是否真是他們。

他站起來，悶悶不樂地走進客廳。我要怎麼知道是不是他們？他一邊自問，一邊開了門。

陰暗的梯廳裡站了兩個人，女的身型嬌小，金髮碧眼，是葛麗泰·嘉寶那種美法；男的比較高大，目光睿智，五官扁平像蒙古人，長相給人一種野蠻的感覺。女人披了一件時髦的披肩，一雙閃亮的長靴搭配下半身的束口褲。男人則是一身皺巴巴的襯衫和髒兮兮的長褲，彷彿故意要營造一種粗獷的風格。他對伊西多爾微微一笑，但他的小眼睛還是沒正眼看他。

「我們在找……」嬌小的金髮女子開口說話，但她的目光緊接著掠過伊西多爾。她一臉欣喜地衝了進去，與伊西多爾擦身而過，喊道：「普莉絲！妳好嗎？」伊西多爾轉身。兩個女人已經抱在一起了。他退到一旁，洛伊·巴帝隨之入內。高大而陰沉的他露出一口歪牙，笑得奇醜無比。

14

「這裡方便說話嗎？」洛伊暗指伊西多爾道。

欣喜若狂、幸福洋溢的普莉絲說：「某種程度上方便。」說完轉而對伊西多爾說：「失陪一下。」她把巴帝夫婦帶到一旁，低聲跟他們交頭接耳，接著三人一起回來，和約翰．伊西多爾面對面。伊西多爾覺得自己格格不入，渾身不自在。「這位是伊西多爾先生。」普莉絲說：「他很照顧我。」伊西多爾眨眨眼睛，她的口吻彷彿帶有惡毒的嘲諷之意。「瞧，他帶了一些天然食品給我。」

「有食物！」厄瑪嘉德應和道。她輕快地小跑步衝去廚房看。「桃子！」她說著立刻拿起碗和湯匙，對伊西多爾微微一笑，像小動物般小口小口輕巧地吃了起來。她的笑容單純而溫暖，和普莉絲不一樣，沒有拐彎抹角的弦外之音。

伊西多爾覺得受到吸引，他跟了上去，說道：「你們是從火星來的？」

「對，我們放棄那裡了。」她的聲音充滿抑揚頓挫，就像清脆的鳥囀。她的一雙碧眼閃閃發亮地望著他。「你們住的大樓太糟了。沒有別人住這裡吧？我們沒看到其他的燈火。」

「我住樓上。」伊西多爾說。

「喔，我以為你可能和普莉絲住在一起。」厄瑪嘉德．巴帝的語氣沒有不贊同的意味，很明顯只是單純陳述她的想法。

洛伊．巴帝凝重但依然保持笑容地說：「嗯，他們除掉帕洛可夫了。」

普莉絲表情一變，有朋自遠方來的喜悅瞬間煙消雲散。「還有誰？」

「還有嘉藍德。」洛伊．巴帝說：「他們逮到安德斯和吉契爾，接著在今天稍早又逮到盧芭。」他傳達這些消息的時候一副幸災樂禍的樣子，感覺很不近人情，就彷彿把普莉絲嚇得花容失色讓他很樂。「我還以為他們抓不到盧芭，記得我在來地球的航程上一直這麼說嗎？」

「那就剩下……」普莉絲說。

「我們三個。」厄瑪嘉德憂心忡忡、心急如焚地說。

「所以我們才來這裡。」洛伊．巴帝的語氣出乎意料地溫暖起來。情況越糟，他似乎就越樂。伊西多爾怎麼也看不透這個人。

「喔，天啊。」普莉絲備受打擊地說。

「唔，他們派出一位探員。」厄瑪嘉德不安地說：「是個名叫戴維・霍頓的賞金殺手。」她咬牙切齒地說出這個名字。「帕洛可夫差點就幹掉他了。」

「『差點』幹掉他。」洛伊應和道。現在他整個咧嘴笑開了。

「所以他進了醫院。」厄瑪嘉德繼續說下去：「這個戴維進了醫院，顯然他們把他的名單交給另一位賞金殺手，帕洛可夫也差點幹掉他，但結果卻變成他把帕洛可夫除役了。接著他找上盧芭，我們之所以會知道，是因為她成功聯絡上嘉藍德，他派了人去逮捕這個賞金殺手，把他帶到密遜街的大樓去。瞧，盧芭在嘉藍德的手下抓走賞金殺手之後聯絡我們，她很確定不會有事，她很確定嘉藍德會宰了他。」她補充道：「但顯然密遜街那裡出了狀況，我們不知道怎麼回事，或許我們永遠也不會知道。」

普莉絲問：「這個賞金殺手手上有我們的名字嗎？」

「有喔！親愛的，我想他一定有。」厄瑪嘉德說：「但他不知道我們在哪裡。洛伊和我不會再回去我們那棟大樓。我們盡量把東西都塞到車上了。我們決定要在妳這棟破破爛爛的舊大樓裡，找一間廢棄的空屋住下。」

「這樣明智嗎？」伊西多爾鼓起勇氣開口道：「全全全……全部集中在一起？」

厄瑪嘉德就事論事地說：「也只能這樣了吧，他們把其他人都幹掉了啊。」她跟她丈夫一樣，抱著一副聽天由命的奇怪態度，儘管她表面上顯得很焦慮。伊西多爾心想：他們三個全都很怪。他感覺他們不對勁，但又說不上來哪裡不對勁。就彷彿某種怪異而惡劣的抽象性盤據了他們的心智運作歷程。或許普莉絲不會，她無疑是發自內心地害怕。普莉絲感覺起來幾乎很正常，幾乎很自然，但……

「妳何不搬去跟他住？」洛伊暗指伊西多爾，對普莉絲說道：「他多少能給妳一點保護吧。」

「跟一個雞頭人？」普莉絲說：「我才不要跟一個雞頭人住。」她氣得撐大了鼻孔。

厄瑪嘉德旋即訓斥她：「我認為妳在這種時候還擺架子簡直愚不可及。賞金殺手的動作很快，他可能想盡量在今晚就結案。他或許能領到額外的獎勵金，如果他在……」

「天啊，把大門關上。」洛伊說著趕了過去，砰一聲關上門，緊接著順手把門鎖上。「我認為妳應該搬去跟伊西多爾住，普莉絲。而且我認為厄瑪嘉德和我應該住在這裡，和你們住同一棟，這樣我們才能互相照應。我車上有一些電子零件，是我從太空船拆下來的廢棄物。我會裝一個雙向竊聽器，普莉絲，這樣妳就能聽到我們，我們也能聽到妳。我也會裝一個我們四人都能啟動的警報系統。冒用身分這一招顯然行不通，就連嘉藍德都失敗了。當然，嘉藍德把賞金殺手帶到密遜街大樓，無異於自投羅網，這是他的失誤。還有帕洛可夫，不但沒有盡量離賞金殺手遠一點，反倒主動接近他們。我們不會輕舉妄動。我們要以靜制動。」他聽起來一點也不擔心，危急的處境似乎讓他亢奮得不能自已。「我認為……」他響亮地吸一口氣，刻意要引起屋裡每一個人的注意，包括伊西多爾在內。「我認為我們三個還活著是有原因的。我認為他要是知道我們在哪裡，現在早該追過來了才對。賞金殺手的工作最重要的就是『快』，快才有得賺。」

「而且，如果他稍微磨蹭一下，獵物就飛了。」厄瑪嘉德附和道：「就像我們一樣。我打賭洛伊是對的。我打賭他知道我們的名字，但不知道我們的行蹤。可憐的盧芭，困在什麼戰爭紀念歌劇院，暴露在大庭廣眾之下。要找到她輕而易舉。」

「嗯哼。」洛伊裝模作樣地說：「她自找的；她相信當公眾人物比較安全。」

「你跟她說過這樣不好。」厄瑪嘉德說。

「對。」洛伊附和道：「我跟她說過，我也叫帕洛可夫不要裝成什麼全球警察聯盟的人。我還跟嘉藍德說過，他底下的賞金殺手就有可能幹掉他。可想而知，這種可能性很高，結果也真的不出所料。」他踩著厚重的鞋跟，身體前後搖晃一下，一臉高深莫測的睿智樣。

伊西多爾開口道：「從從從……從巴帝先生的談話聽聽聽……聽起來，我想他顯顯顯……顯然是你們的領袖。」

「喔，沒錯，洛伊是領袖。」厄瑪嘉德說。

普莉絲說：「他安排了我們的航程。從火星到這裡。」

「那……」伊西多爾說：「妳們最好照他他他說的做。」他既期待又緊張地停頓一下。「我覺得很棒，普莉絲，如果妳跟跟跟……跟我住。我會待在家裡幾天，不上班，確保妳的安全，我本來就有假可以放。」還有，米爾特很會發明東西，說不定他可以設計一件武器給洛伊用。一件富有想像力的武器，可以把賞金殺手給宰了，不管他們到底是什麼。伊西多爾的腦海隱約閃過一副陰森的形象：一個帶著名單和槍械的冷血狂魔，機械化地完成殺人的工作，就像完成乏善可陳的繁文縟節一樣。沒有感情，面目模糊，要是壯烈成仁了，立刻有其他類似的替代品來遞補。就這樣繼續下去，直到每個活生生的真人都被斃了為止。

他想著：警察居然束手無策，真是難以置信。我無法相信。這些人一定動了什麼手腳。或許他們是非法偷渡回地球。電視都有宣導，要是在官方許可的起降場之外看到有太空船降落，我們就要通報。警察應該要密切注意才對。

但話說回來，現在已經再也沒人遭到蓄意謀殺了，因為那是違背摩瑟教的。

「這個雞頭人喜歡我。」普莉絲說。

「不要叫他雞頭人，普莉絲。」厄瑪嘉德制止她道：「想想他大可叫妳什麼。」

普莉絲不再說話。她的表情變得難以捉摸。

「我這就開始裝竊聽器。」洛伊說：「厄瑪嘉德和我會待在這間屋子裡，普莉絲妳和伊西多爾先生一起走。」他邁步朝大門走去。以他這種體重來說，他走路的速度快得驚人。還來不及看清楚，他已經消失在門後，大門被他甩開又砰一聲彈回來。伊西多爾一時有種奇怪的錯覺，他彷彿短暫看到一副金屬骨架，上面嵌了滑輪、電路、電池、槍座和齒輪。接著，洛伊・巴帝不修邊幅的輪廓重新映入眼簾。伊西多爾頓時覺得想笑，他緊張地壓下笑意，對剛剛的錯覺感到困惑不解。

「十足是個行動派。」普莉絲淡淡地說：「可惜他在機械方面手藝不怎麼高明。」

「如果我們能得救，都是因為有洛伊。」厄瑪嘉德以責備的語氣嚴肅地說，彷彿在訓誡她。

「也是值得一試。」普莉絲幾乎是喃喃自語地說，說完她聳聳肩，接著對伊西多爾點頭道：「好吧，約翰．伊西多爾，我搬去跟你住，你可以保護我。」

伊西多爾立刻說：「保保保……保護你們全部。」

厄瑪嘉德．巴帝以一副正式的口吻，嚴肅認真地輕聲對他說：「我要你知道我們很感激你，伊西多爾先生。我想，你是我們所有人在地球交到的第一個朋友。你人真的很好，或許有一天我們能報答你。」她輕巧地走過來，拍拍他的手臂。

「妳有殖民前的小說可以給我看嗎？」他問她。

「什麼？」厄瑪嘉德．巴帝探詢地望向普莉絲。

「就是那些舊書刊。」普莉絲說。她收了幾件東西要帶走，伊西多爾從她懷裡接過她的東西，心裡洋溢著心滿意足的感受，彷彿達成了什麼目標。「沒有，約翰．伊西多爾，基於我解釋過的原因，我們沒有帶任何一本過來。」

「我明明明……明天就去圖書館。」他說著步出門外，來到梯廳。「幫妳和我借借……借幾本回來，這樣除了等待之外，妳就還有別的事可做。」

他帶普莉絲上樓到他自己那一戶，屋裡一如往常地昏暗、冷清、滯悶，室內溫度要熱不熱、要冷不冷。他一邊把她的東西拿到臥房，一邊立刻打開暖氣、電燈和只有一個頻道的電視。

「好極了，我喜歡。」普莉絲的口吻就跟之前一樣，若即若離又冷如冰霜。她在屋裡逛來逛去，雙手插在裙子口袋裡，臉上的表情很臭，簡直不悅到了一種憤慨的程度，和她口頭上的說法形成強烈的對比。

他把她的東西攤在沙發上，問道：「怎麼了？」

「沒事。」她來到窗前，拉開窗簾，悶悶不樂地望著窗外。

「妳覺得他們在找妳……」他開口道。

「那是幻覺。」普莉絲說：「洛伊給我的藥引起的。」

「什……什麼？」

「你真的以為有賞金殺手的存在？」

「巴帝先生說他們殺了你們的朋友。」

「洛伊．巴帝跟我一樣瘋了。」普莉絲說：「我們的航程就是從東岸的一家精神病院到這裡而已。我們全都是精神分裂症患者，七情六慾發展不全——他們稱之為『情感鈍化』。我們有集體幻覺。」

「我就覺得那不是真的。」他如釋重負地說。

「為什麼？」她一個轉身，目光如炬地瞪視他，那副淩厲的眼神看得他臉頰發燙。

「因因……因為不可能有這種事，不管犯了什麼罪，政……政府從來不殺任何人，而且摩瑟教……」

「可是你要知道，假如你不是人類，那就另當別論了。」普莉絲說。

「才不會，就連動物都很神聖，鰻魚啦、地鼠啦、蛇啦、蜘蛛啦，都很神聖。」

普莉絲依舊目不轉睛地看著他，說道：「所以不能濫殺無辜，是嗎？像你說的，就連動物都受到法律保障。芸芸眾生，世間萬物。天上飛的、地上爬的、水裡游的、土裡鑽的、群居的、卵生的……」她住了口，因為洛伊．巴帝出現了。他突然把大門甩開，走了進來，身後拖著窸窣響的電線。

他說：「昆蟲尤其神聖不可侵犯。」對於偷聽他們談話，他一點也不覺得不好意思似的。他掀開客廳牆上的一幅畫，把一個小型電子裝置裝到釘子上，後退一步，看了一看，然後把畫歸回原位。「接下來是警報器。」他把拖地的電線收攏，電線連接著一個複雜的裝置。他露出他那歪七扭八的笑容，給普莉絲和約翰．伊西多爾看那個裝置。「警報器。這些電線是天線，要鋪在地毯底下。它會偵測到……」他猶豫了一下，接著高深莫測地說：「具有心智活動的個體，除了我們四個以外。」

「所以它會發出警報。」普莉絲說：「然後呢？來者一定有槍，我們又不能撲上去把他咬死。」

「這個裝置裡面安裝了潘菲德元件，警報器一旦被觸動，就會對入侵者發射恐慌電波，除非他動作神速。他的確有可能動作很快，但我已把振幅調到最大，恐慌的程度無以復加。在振波範圍內，沒有一個人類撐得過幾秒鐘。這是恐慌的本質，人一恐慌就會盲目瞎轉，漫無目的胡亂逃竄，肌肉和神經也會痙攣。」他下結論道：「這時我們就有機會幹掉他。可能啦，要看他有多厲害。」

伊西多爾說：「警報器的威力不會波及我們嗎？」

「就是說啊。」普莉絲對洛伊．巴帝說：「至少會波及伊西多爾吧。」

「這個嘛，那又怎樣？」洛伊說著繼續回到他的架設工程上。「結果就是他們兩個都會驚慌失措抱頭鼠竄，我們就有時間做出反應。反正他們不會殺了伊西多爾，他不在他們的名單上。這就是為什麼可以用他來當掩護。」

普莉絲不客氣地說：「你就這點本事？沒有更好的辦法？」

「沒有。」他答道：「我就這點本事。」

「我明天可以去弄弄弄……弄個武器來。」伊西多爾開口道。

「你確定伊西多爾出現在這裡不會觸動警報器？」普莉絲說：「畢竟他也是……你知道，『具有心智活動的個體』。」

「我根據他的腦波做過調整了。」洛伊說明道：「他全部的腦波加起來也不會觸動警鈴，得要有另一個人類才行。」他沉著臉瞥了伊西多爾一眼，意識到自己說溜嘴了。

「你們是仿生人。」伊西多爾說。然而，他不在乎，是不是仿生人對他來講都沒差。「我明白他們為什麼想殺你們了。」他說：「事實上，也不能說是『殺』，因為你們沒有生命。」現在，他懂了，一切都有了道理。賞金殺手、殺掉他們的朋友、航向地球之旅，以及這所有的預防措施。

「當我說『人類』的時候，是我用詞不當。」洛伊．巴帝對普莉絲說。

「沒錯，巴帝先生。」伊西多爾說：「但對我來講有什麼關係？我是說，我自己也是個特殊分子，他們對我也不好，比方說我不能移民。」他發覺自己像個聒噪鬼似地喋喋不休。「你們不能來這裡，而我不能去……」他稍微冷靜一下。

一陣停頓過後，洛伊．巴帝簡單扼要地說：「火星不好玩。你什麼也沒錯過。」

「我就在想你要多久才會明白，我們是不一樣的。」普莉絲對伊西多爾說。

「嘉藍德和麥克斯．帕洛可夫或許就是栽在這上頭。」洛伊．巴帝說：「他們自以為可以矇混過關，殊不知裝得再像也不一樣。盧芭也是。」

「你們頭腦很好。」伊西多爾說。對於自己居然能搞懂這一切，他覺得興奮不已。既興奮又驕傲。「你們的思考很抽象，而且你們不……」他一如往常舌頭打結，急得比手畫腳起來。「但願我能有你們的智商，這樣我就可以通過智力測驗，也就不會被當成雞頭人。我認為你們是非常高等的物類，我可以從你們身上學到很多。」

一陣停頓過後，洛伊．巴帝說：「我來把警報器裝好。」他回去工作。

普莉絲語氣尖銳，中氣十足地咆哮道：「他還是不明白，我們做了什麼才離開火星的！」

「我們做那種事也是逼不得已。」洛伊．巴帝悶聲道。

通往梯廳的大門沒關，厄瑪嘉德．巴帝一直站在那裡。她開口說話，他們才注意到她。「我不認為我們需要顧忌伊西多爾。」她誠摯地說著快步走向他，抬起頭來望著他的臉。「就像他說的，他們對他也不好。至於我們在火星做了什麼，他沒興趣知道。他認識我們、喜歡我們，而像這樣在情感上接納我們，對他而言已是毫無保留。我們很難體會，但他是真心的。」她再次靠近伊西多爾，抬起頭來對他說：「把我們交出去，你可以得到一大筆錢。你明白嗎？」她扭過身體對她丈夫說：「瞧，他心知肚明，但他還是不會說什麼。」

「你是一個超級大好人，伊西多爾。」普莉絲說：「你是人類這個物種的榮耀。」

「如果他是仿生人……」洛伊坦率地說：「明天早上十點左右，他就會把我們交出去了。他會去上他的班，就這樣。我對他真是滿心的敬佩。」他的語氣難辨真偽，至少伊西多爾是聽不出來。「而我們還以為這裡會是一個不友善的世界，整個星球都是寫滿敵意的臉孔，全都跟我們有仇。」他大笑出聲。

「反正我一點也不擔心他。」厄瑪嘉德說。

「妳應該要害怕到腳底發涼才對。」洛伊說。

「不然我們投票。」普莉絲說：「就像在太空船上的時候，意見不一就投票表決。」

「唔，我不會再多說。」厄瑪嘉德說：「但如果我們把他拒於門外，我不認為還有其他人類會接納我們、幫助我們。伊西多爾先生很……」她找尋著恰當的字眼。

「很特殊。」普莉絲說。

15

投票嚴肅而平和地舉行。

「我們留在這裡。」厄瑪嘉德堅定地說：「待在這棟大樓，藏在這屋子裡。」

洛伊・巴帝說：「我主張我們殺掉伊西多爾，躲到別的地方。」現在，他和他太太雙雙望向普莉絲，伊西多爾也繃緊了神經轉頭看她。

普莉絲以低沉的嗓音說：「我贊成我們把這棟大樓當成據點。」她提高嗓門補充道：「我認為對我們來講，伊西多爾的用處大過威脅，不管他知道多少。很顯然，我們沒辦法混在人類當中不被發現，帕洛可夫、嘉藍德、盧芭和安德斯，他們每一個都是這樣送命的。」

「說不定我們正在重蹈他們的覆轍。」洛伊・巴帝說：「說不定他們也對某個人類掏心掏肺、深信不疑——信任某個他們認為不一樣的人類，或者照妳的說法，某個『特殊』的人類。」

「我們無從得知，而且這只是你的猜測。」厄瑪嘉德說：「依我看，他們……他們……」她比手畫腳道：「太招搖了。盧芭甚至站到舞台上，扯開嗓門唱歌。我們信任……我來告訴你我們錯信了什麼，洛伊，我們錯信了自己的高等智慧。去它的高等智慧！」她怒視她的丈夫，胸前一對高聳的小胸部劇烈起伏。「我們是聰明反被聰明誤，洛伊，就像你現在這樣，去你的！就像你現在這樣！」

普莉絲說：「我認為厄瑪嘉德是對的。」

「所以我們要把性命繫於一個次等的、低能的……」洛伊說到一半放棄了，最後只說：「我累了。說來不幸，我們長途跋涉到這裡，但才到這裡不久而已。」

伊西多爾開心地說：「希望我能幫助你們在地球待得愉快。」他對自己胸有成竹。在他眼裡，幫助他們是小事一樁。歷經白天上班時的視訊電話洗禮，他現在自信到了極點，這輩子還不曾這麼走路有風過。

那天傍晚正式收工之後，瑞克．狄卡德飛過天際穿過城裡，來到動物商店街。

這裡的超級寵物店綿延數個街廓，各個有著大片的巨型玻璃窗，頂著俗麗的招牌。今天稍早那份前所未有、無可匹敵、將他打趴在地的憂鬱還沒退去，而這裡似乎是憂鬱之魔唯一的弱點。只要來寵物店活動活動，跟動物和銷售員廝混一下，他就可以破除魔咒，把憂鬱驅走。不管怎麼樣，在過去，看到一隻隻的動物，聞到大筆金錢交易的鈔票味，總能讓他心情為之一振。或許這次也能有差不多的療效。

他懷著幽幽的渴望，痴痴地站在那裡，望著展示櫥窗出神。一個衣著光鮮的動物銷售員上前攀談道：「先生，你好，有什麼你看中意的嗎？」

瑞克說：「有很多我都中意，傷腦筋的是價碼。」

「你想買什麼但說無妨。」銷售員說：「看你想帶什麼回家，想用什麼方式付款，我們會一併向銷售經理報告，博得他的首肯。」

「我手上有三千塊現金。」一天忙完，局裡把他的賞金付給他了。他問：「那邊的兔子家族多少錢？」

「先生，如果你付得出三千塊的頭期款，我能讓你擁有比兔子好很多的東西。山羊怎麼樣？」

「這我倒沒想過。」瑞克說。

「意思是這對你來說是一個新的價格範圍嗎？」

「嗯，我身上通常不會有三千塊現金。」瑞克不情願地承認道。

「我想也是，先生，在你提到兔子的時候，我心裡就有數了。先生，是這樣的，兔子的問題在於人人都有，我很樂意看到你更上一層樓，加入山羊飼主的行列，我感覺你是屬於那個層級的。坦白說，在我看來，你比較像是擁有一隻山羊的人。」

「養山羊有什麼好處？」

動物銷售員說：「山羊有一個出類拔萃的好處，在於你可以教牠用角去頂想要偷走牠的竊賊。」

「要是他們先用麻醉標槍射牠，再從半空中盤旋的懸浮車上爬繩梯下來，那就沒轍了。」瑞克說。

銷售員不屈不撓繼續說道：「山羊很忠心，而且生性愛好自由，愛好大自然，什麼籠子都關不住。山羊還格外有個好處，你可能有所不知。飼養動物常有一種情況，就是你花了錢，把動物帶回家，結果一天早上醒來，發現牠吃了什麼被輻射污染的東西死了。山羊就不會有這種問題，管它污染不污染，牠五花八門生冷不忌。貓咪尤其要注意飲食，但無論是貓咪、牛隻或馬匹不能吃的，山羊吃了還是頭好壯壯。以長期效益來看，我們認為對認真的飼主而言，山羊有著不敗的好處，尤其是母山羊。」

「這隻山羊是母的嗎？」他注意到有一隻大黑羊直挺挺地站在牠的籠子中央。他朝那裡走了過去，銷售員亦步亦趨跟著他。在瑞克眼裡，那隻羊很美。

「沒錯，這隻是母的。黑色的努比亞山羊，如你所見，很大一隻。這是今年市場上的極品，先生，我們的價格相當誘人，低廉得非比尋常。」

瑞克拿出他那本皺巴巴的《雪梨氏》，翻到山羊的欄目，查看「黑色努比亞」。

「現金交易嗎？」銷售員問：「還是你要拿二手動物來折價？」

「全額現金付款。」瑞克說。

銷售員在一張紙片上速速寫下價碼，接著匆匆給瑞克看了一眼，動作幾乎有點偷偷摸摸。

「太貴了。」瑞克說著接過紙片，寫下一個比較含蓄的價格。

「我們不能以這個價碼出售山羊。」銷售員推託道。他又寫下另一組數字。「這隻羊還不到一歲。牠未來的壽命還很長。」他把數字亮給瑞克看。

「成交。」瑞克說。

他簽下分期付款合約，一口氣投入所有的賞金，付了三千塊當頭期款。不一會兒，他已經站在自己的懸浮車旁，有點茫然地看著寵物店員工把裝了山羊的箱子搬上車。他暗自想著：現在，我有一隻動物了，人生中第二次，一隻活生生的動物，不是電動的。

這筆駭人的花費和負債契約，他想起來就直發抖。但我非買不可，他告訴自己，經過菲爾．里奇一事，我必須重拾信心，不管是對我自己的信心，還是對我工作能力的信心，否則我就幹不下去了。

他雙手麻木地把懸浮車開上天，奔向他的家和他太太伊蘭。他暗自想著：她一定會很生氣，因為她會擔心我們要負的責任。再加上她整天都在家，絕大部分的照料工作會落在她頭上。想到這裡，他的情緒不禁又低落下來。

降落在自家樓頂之後，他坐了一會兒，腦海裡編織著站得住腳的說詞。他搜索枯腸地想著：我的工作有需要。社會地位也是一個原因。我們不能再將就那隻電動假羊，我的士氣都被它消磨掉了。好，就這麼跟她說。他決定了。

他從車上下來，氣喘吁吁地把羊籠從後座搬到了屋頂上。搬動時，羊兒在籠子裡滑來滑去。落地後，羊兒睜著明亮的雙眼觀察他，但沒發出半點聲響。

他下樓來到他住的那一層，沿著熟悉的路徑穿過梯廳，抵達自家門前。

「你回來啦。」在廚房裡忙晚餐的伊蘭招呼他道：「今天怎麼這麼晚？」

「上來樓頂一下。」他說：「我要給妳看個東西。」

「你買了一隻動物！」她脫掉圍裙，反射動作地順了順頭髮，尾隨他走出門外，邁開大步急切地穿過梯廳。「你不應該沒跟我商量就買回來。」伊蘭倒抽一口冷氣。「我有權利參與決定，這是我們買過最重要……」

「我想給妳一個驚喜。」他說。

「你今天賺到賞金了。」伊蘭指責道。

瑞克說：「是，我把三個仿生人除役了。」他走進電梯，他倆一起往上升，離天空越來越近。「我非買不可。」瑞克說：「今天在把它們除役的時候出了一點狀況，我不可能再繼續過沒有動物的生活。」電梯來到樓頂，他領著他太太步入一片漆黑之中，來到籠子那裡。他打開供所有大樓住戶之用的聚光燈，一語不發地指了指那隻山羊，等著她的反應。

「喔，天啊。」伊蘭語氣輕柔地說。她朝籠子走去，窺看著籠內。接著，她繞著籠子走，從各個角度欣賞那隻羊。「牠真的是真羊嗎？」她問：「確定不是假的？」

「千真萬確。」他說：「除非他們騙我。」但很少有這種事，因為詐騙會被罰巨額罰款，金額是那隻動物的真品全額市價的兩倍半。「不可能，他們沒騙我。」

「是山羊耶！」伊蘭說：「黑色的努比亞山羊。」

「母的。」瑞克說：「所以之後說不定可以幫牠交配，還可以擠牠的奶來做乳酪。」

「可以放牠出來嗎？把牠放到那隻綿羊那裡？」

「牠要用繩子拴著才行。」他說：「至少先拴個幾天看看。」

伊蘭反常地柔聲說道：「〈我的人生滿是愛與喜樂〉，很老的一首歌，約瑟夫・史特勞斯的歌，記得嗎？我們剛認識的時候？」她輕輕把手搭在他肩上，湊上前去吻他。「很多的愛，很多的喜樂。」

「謝了。」他說著抱住她。

「我們下樓去向摩瑟致謝吧，謝完立刻回到這裡，幫牠把名字取好。牠得有個名字才行。你或許可以順便弄條繩子來拴牠。」她起步要走。

他們的鄰居比爾・巴柏站在他的馬茱蒂身旁，梳著牠的毛，打理著牠的門面。他朝他們喊道：「喂！狄卡德先生、狄卡德太太，恭喜啊，你們的山羊真漂亮。狄卡德太太，晚安，你們說不定會有羊寶寶，到時候，說不定可以拿我的馬寶寶跟你們換羊寶寶。」

「謝了。」瑞克說。他尾隨伊蘭朝電梯的方向走去，問她道：「這隻山羊治好妳的憂鬱了嗎？牠把我的憂鬱治好了。」

伊蘭說：「牠毫無疑問治好了我的憂鬱。現在我們可以跟大家說本來那隻是假羊了。」

「倒也不必說出來吧。」他小心翼翼地說。

「但是『可以』說出來了。」伊蘭堅持道：「瞧，我們沒什麼好再隱瞞的了，我們一直以來的美夢成真了！」她又踮起腳尖靠上前來，輕巧地吻他一下。她呼出的熱氣搔著他的脖子，感覺急促而起伏不定，吻完她就伸手按了電梯。

他覺得不對勁，於是警覺地說：「我們先不要下樓回家。在這裡跟山羊待一會兒吧。只是坐下來看著牠也好，或許餵牠吃一點東西。他們給了我一袋燕麥，當作一個開始。我們還可以讀一下山羊照顧手冊，他們也給了我一份，沒多收錢。我們可以叫牠尤菲米雅。」然而，電梯來了，伊蘭已經小跑步進去。他說：「伊蘭，等一等。」

「不跟摩瑟共享感激之情是不道德的。」伊蘭說：「我今天去握共感箱把手了，它稍微幫我克服了一點憂鬱——一點點而已，不像這隻山羊。但無論如何，我被石頭擊中了，就在這裡。」她舉起手腕，他看出那裡有一小塊瘀青。「這才把我打醒。我提醒自己：不管有多痛，要想想我們和摩瑟合一時有多美妙。美呆了啊。肉體疼痛，但精神契合為一，我感受到全世界所有人，大家同時合為一體。」她擋住電梯門，不讓門關上。「進來啊，瑞克，只要一下下而已。你幾乎都沒去參與大融合。我要你把你現在的心情傳遞給大家。你欠他們的。把好心情據為己有是不道德的。」

她當然是對的。他走進電梯，再次下樓。

在他們的客廳，伊蘭迅速打開共感箱開關，臉上散發著喜悅的光芒，像是被一輪初升的明月照亮。「我要讓大家知道。」她告訴他：「我碰過一次。我和摩瑟合為一體，感受到某個剛獲得一隻動物的人。後來有一天……」她的臉色頓時一暗，喜悅之情一掃而空。「有一天，我接收到某個心碎飼主的情緒，他的動物剛死，但我們其他人跟他分享各式各樣的喜悅，那個人就重新振作起來了。雖然你也知道，我個人是沒什麼喜悅可以跟他分享啦。我們甚至還有可能會想要自殺，我們所擁有的，我們所感受到的，可能……」

「他們會嘗到我們的喜悅。」瑞克說：「但我們會失去那份喜悅。我們拿自己的感受和他們交換，我們的喜悅就拱手讓人了。」

共感箱的螢幕現在湧現一道道不成形的鮮豔色彩，他太太深呼吸一口氣，雙手緊握把手。「只要謹記在心，我們是不會失去那份喜悅的。你對大融合這件事始終就是沒開竅，是不是？瑞克？」

「我想是吧。」他說。但有生以來第一次，他開始體會到像伊蘭這樣的人從摩瑟教得到的東西。或許，今天和菲爾・里奇相處下來，改變了他腦袋裡某些微小的神經鍵。或許，他關上了神經系統的某一個開關，但打開了另一個開關，繼而引發一連串效應。「伊蘭，聽著。」他急切地將她從共感箱前拉開。「我想聊聊我今天碰到的事情。」他帶她到沙發那裡，讓她面對他坐下。「我碰到另一個賞金殺手。」他說：「以前我從沒見過這個人。兇狠成性，殺仿生人不眨眼，還好像很樂在其中。跟他接觸過後，有生以來第一次，我看待它們有了不同的眼光。我是說，一直以來，我看待它們的方式就跟他一樣。不完全一樣，我還是有我自己的方式，但……」

「你不能等等再聊嗎？」伊蘭說。

瑞克說：「我給自己做了測驗，問了一個問題，結果證明我開始同情仿生人了，妳明白那代表什麼意思嗎？『可憐的仿生人』，妳自己今天早上就說過這種話。所以妳一定懂我在說什麼。這就是為什麼我買了那隻山羊。我從來沒有過這種感覺。或許是一種憂鬱吧，就跟妳的憂鬱一樣。現在，我能體會妳陷入憂鬱時有多痛苦了。我總以為那是妳自找的，而且我覺得妳隨時都可以走出來。就算不是靠自己走出來，也可以靠心情機把妳拉出來。但當妳陷入憂鬱的時候，妳才不在乎呢！妳覺得了無生趣，一切都沒有意義。心情不能好轉也無所謂，因為妳覺得沒有意義……」

「你的工作怎麼辦？」她一語戳破現實問題，他愣愣地眨了眨眼。「你的工作啊！」伊蘭重複道。「那隻山羊的分期付款，每個月要付多少？」她伸出一隻手，他反射動作地拿出他簽署的合約，遞給她看。「這麼多。」她有氣無力地說：「利息，我的老天爺，光是利息就……你就因為心情不好而買下牠？根本不是像你原來說的，要給我什麼驚喜。」她把合約還給他。「算了，無所謂。我還是很高興你買了，我喜歡那隻山羊，但經濟上的負擔也太重。」她臉色一沉。

瑞克說：「我可以調到其他部門。局裡的事務多達十一、二種。我可以調去處理動物偷竊案。」

「那賞金呢？我們要有賞金才行，不然他們會把山羊收回去！」

「我會把合約從三十六個月延長到四十八個月。」他連忙拿出一枝原子筆，匆匆在合約背面計算著。「這樣的話，一個月就少付五十二塊五。」

視訊機響了。

「要是我們沒下樓，要是我們待在樓頂，跟那隻山羊一起，就不用接這通電話了。」瑞克說。

伊蘭走向視訊機，說道：「你怕什麼？他們又沒有要收回那隻羊，至少現在還沒。」她動手拿起話筒。

「一定是局裡打來的。」他說：「說我不在家。」他朝臥房走去。

「喂？」伊蘭對著話筒說道。

瑞克暗自想著：我不能回家，還有三個仿生人，我應該今天一口氣幹掉。哈利·布萊恩特的臉已經出現在視訊螢幕上，來不及開溜了。他朝視訊機走回去，雙腳肌肉僵硬。

「在，他在。」伊蘭說：「我們買了一隻山羊，過來看看吧，布萊恩特先生。」一陣停頓，她豎耳傾聽。接著，她舉起話筒交給瑞克。「他有話跟你說。」她說完就走回共感箱，快快坐好來，再次抓住那一對握把，幾乎是立刻就投入其中。瑞克拿著話筒站在那裡，強烈意識到她的心思不在他身上，強烈意識到自己的孤單。

「喂？」他對著話筒說。

「我們追蹤到兩個剩下的仿生人。」哈利．布萊恩特說。他是從他辦公室打來的，瑞克看到那張熟悉的辦公桌，桌上的文件、紙張與廢渣還是亂成一團。「顯然它們有所警覺了。它們離開了戴維給你的地址，現在它們在……等等。」布萊恩特在他的辦公桌上摸索，最後終於找到他要的東西。

瑞克自動自發地找出他的筆來，把那隻山羊的合約放在膝蓋上，提筆準備要抄。

「共渡公寓三九六七號之C。」布萊恩特探長說：「盡快趕到那裡，我們必須假設它們認識被你幹掉的那幾個——嘉藍德、露芙特和帕洛可夫，所以它們才會開始逃亡。」

「逃亡。」瑞克重複道。為了保命。

「伊蘭說你們買了一隻山羊？」布萊恩特說：「今天才買的？你下班之後？」

「下班回家路上買的。」

「你把剩下的仿生人除役之後，我再去你家看看你們的羊。順帶一提，我剛和戴維談過，我跟他說了它們給你製造的麻煩。他說恭喜，還叫你小心一點。他說連鎖六型比他原先想的還聰明。事實上，他不敢相信你一天就幹掉三個。」

「三個已經是極限了。」瑞克說：「我不行了。我需要休息。」

「等到明天它們就跑了。」布萊恩特探長說：「跑出我們的轄區。」

「沒那麼快，它們跑不了的。」

布萊恩特說：「你今天晚上就給我過去。趁它們還沒躲得不見蹤影。它們不會想到你這麼快就追過去。」

「它們當然想得到。」瑞克說：「它們會準備好歡迎我。」

「你怕了嗎？因為帕洛可夫把……」

「我沒怕。」瑞克說。

「那是怎麼了？」

「好。」瑞克說：「我去。」他準備掛上話筒。

「一有結果就跟我報告。我會在辦公室裡。」

瑞克說：「要是抓到它們，我就要買一隻綿羊。」

「你有一隻綿羊了。打從我認識你到現在，你一直都有一隻綿羊。」

「那隻是電動的。」瑞克說完掛上話筒，暗自想著：這次要買一隻真的。一定要。就當作是補償。

他太太縮在黑色的共感箱前，臉上一副全神貫注的表情。他在她旁邊站了一下，伸出一隻手按在她的胸脯上，感覺她胸部的起伏，感覺她體內的脈動，感覺她的生命力。伊蘭根本沒注意到他。一如往常，摩瑟體驗全盤占據她的心思。

螢幕上是披著袍子的摩瑟垂垂老矣的模糊影像，他舉步維艱地往上爬，突然一顆石子掠過他。瑞克看著，心想：天啊，我的處境比他還惡劣好嗎？摩瑟不需要做任何昧著良心的事情。他要蒙受肉體的痛楚，但他至少不必違背自己的心意。

他彎下身去，輕輕把他太太的手從握把上撥開，接著自己占了她的位子。好幾星期以來，他第一次有這種衝動。不在他的計畫之內，突然間心血來潮。

一片荒煙蔓草的景象躍入眼簾，空氣中飄著刺鼻的花香。這裡是沙漠，沒有雨滴落下。

有個老人站在他面前，疲憊的眼裡流露出哀傷而痛苦的神色。

「摩瑟。」瑞克說。

「我是你的朋友。」老人說：「但你必須當成我不在這裡，獨自繼續前行。你明白嗎？」他攤開空空如也的雙手。

「不明白。」瑞克說：「我不懂。我需要幫助。」

「我連自己都救不了，又要怎麼拯救你？」老人說著露出微笑。「你不明白嗎？沒有救贖這回事。」

「那這一切是為了什麼？」瑞克質問道：「你的存在是為了什麼？」

「為了讓你知道你不孤單。」維爾博．摩瑟說：「我永遠都會在你身邊。去吧，做你該做的事，即使你知道那是不對的。」

「為什麼？」瑞克說：「為什麼那是我該做的事？我要把工作辭掉移民去。」

老人說：「無論去到哪裡，你都不得不做壞事，不得不違背自己的心意，這是生存的基本條件。每一個活在這世上的生物總有逼不得已的時候。這是終極的陰影、萬物的挫敗。這是一道應驗中的詛咒，蠶食著芸芸眾生，在宇宙間無所不在。」

「你就只能跟我說這些？」瑞克說。

一顆石子咻一聲扔向他。他低頭一閃，石子擊中他的耳朵。他旋即鬆開握把，人又回到自家客廳，身旁是他太太和共感箱。那一擊讓他頭痛難當。他伸手一摸，發現自己血流如注，斗大的鮮紅血滴順著他的臉龐流下。

伊蘭拿手帕按著他的耳朵。「我想我應該慶幸你把我拉開了。我實在受不了被石頭擊中。謝謝你代我受罪。」

「我要走了。」瑞克說。

「去工作？」

「還有三個要抓。」他從她手裡接過手帕，朝大門走去。此時他不但頭暈目眩，而且覺得想吐。

「祝你好運。」伊蘭說。

「我沒從抓住那對握把得到任何收穫。」瑞克說：「摩瑟對我說了一番話，但是沒有幫助。他一點也不比我睿智。他只是個爬坡爬到死的老人。」

「這不就是他給人的啟示嗎？」

瑞克說：「這種啟示不用他給我也知道。」他打開大門。「晚點見。」他步出門外，走進梯廳，關上身後的門。共渡公寓三九六七號之C。他一邊讀著合約背面，一邊想著：那裡是渺無人煙的郊區，很理想的藏身之地，除了夜裡的燈火引人注目之外。他想：循著燈火找去，就這麼辦，像趨光昆蟲，像撲火的飛蛾。他又想：在這之後，一切就結束了。我要找別的事做，靠別的辦法餬口。剩下的三個就是最後三個。摩瑟是對的，我不得不去擺平這件事。但其中有兩個仿生人結伴行動，我覺得我擺不平——這不是道德不道德的問題，而是實際不實際的問題。

他意識到：就算盡力，我恐怕還是沒辦法將它們除役。我太累了。今天出了太多事。他想著：或許摩瑟知道我這一天是怎麼過的吧，或許他已經預知即將發生的一切了。

但我知道誰能幫我。之前被我拒絕的幫手。

他來到樓頂，一下子就坐進他的懸浮車裡，摸黑打起電話。

「羅森企業。」總機小姐說。

「瑞秋・羅森。」

「不好意思，您說什麼？」

瑞克咬牙切齒道：「幫我接瑞秋・羅森。」

「羅森小姐在等您電話嗎？」

「我敢說她等得可急了。」他說完等著。

十分鐘過後，瑞秋．羅森黝黑的小臉出現在視訊螢幕上。「狄卡德先生，你好。」

「妳現在忙嗎？方便說話嗎？」他說：「妳今天白天也問過我這句話，現在換我問妳。」感覺起來不像今天。從白天和她通電話以來，感覺像是已經歷經一個世代的起落，而一切的疲憊、一切的沉重，又在他體內蔓延開來，他覺得身心俱疲、不堪負荷。他想：或許是因為那顆石子吧。他拿起手帕，擦擦還在流血的耳朵。

「你的耳朵受傷了。」瑞秋說：「真遺憾。」

瑞克說：「妳真的像妳說的，以為我不會打給妳嗎？」

「我就說吧，你不能沒有我。」瑞秋說：「還沒逮到連鎖六型，你就會先敗在它們手裡。」

「妳錯了。」

「但你無論如何打來了啊，你要我去舊金山嗎？」

「今晚就過來。」他說。

「喔，現在已經太晚了，我明天過去，飛過去要一小時。」

「老闆叫我今晚解決。」他停頓一下，接著說：「本來的八個還剩三個。」
「聽起來像是你嘗盡了苦頭。」
「妳要是今晚不飛過來，我就得一個人行動。」他說：「我沒辦法獨力解決它們。」他補充道：「我才剛用我除役三個仿生人賺的賞金，買了一隻山羊。」
「你們這些人類實在是……」瑞秋笑道：「山羊很臭。」
「只有公羊會臭。附贈的說明書上寫的。」
「你真的累了。」瑞秋說：「你一臉的茫然樣。你確定知道自己在做什麼嗎？在同一天裡，還要再逮三個連鎖六型？從來沒人在一天之中除役六個仿生人。」
「富蘭克林．包爾斯做到了。」瑞克說：「大概一年前，在芝加哥，他除役了七個。」
「那是已經過時淘汰的麥克米連Y-4型。」瑞秋說：「連鎖六型是另一回事。」她沉吟道：「瑞克，我做不到，我都還沒吃晚餐呢！」
他說：「我需要妳。」他暗自想著：否則我就死定了。我心知肚明，摩瑟心知肚明，我認為妳也心知肚明。他又想：然而，在這裡求妳真是浪費時間，仿生人才不吃這一套，它們沒有一顆會受到觸動的心。

瑞秋說：「很抱歉，瑞克，今晚沒辦法，明天再說。」

「這是仿生人的復仇。」瑞克說。

「嗄？」

「因為妳沒通過孚卡測驗。」

「你覺得是這樣嗎？」她睜大了眼睛說：「當真？」

「再見。」他作勢掛上電話。

「聽著。」瑞秋連忙說：「冷靜點，用你的腦筋思考一下。」

「妳覺得我沒在用腦，是因為你們連鎖六型比人類還聰明。」

「不是。我是真的不明白。」瑞秋嘆氣道：「我看得出來，你不想今晚出動——或許你壓根就不想繼續這份工作了。你確定你真的想叫我過去，幫你除役剩下的三個仿生人？還是你想讓我打消你的念頭？」

「現在就過來。」他說：「我們去旅館開一個房間。」

「為什麼？」

「我今天聽到一件事。」他沙啞地說：「有關人類男性和仿生人女性的事。妳今晚過來舊金山，我就放棄剩下的三個仿生人。我們有別的事要做。」

她上下打量他，接著突兀地說：「好，我這就飛過去。我要到哪跟你會合？」

「到半路上的聖法蘭西斯大飯店，那是灣區唯一還在營運的像樣旅館。」

「在我到那裡之前，你不會輕舉妄動？」

「我會坐在旅館房間裡。」他說：「看友善巴斯特的電視節目。他這三天的來賓是艾曼達．華納，我很愛看她。我可以下半輩子都看著她，她有一對會微笑的胸部。」他掛斷電話，坐了一會兒，腦袋一片空白。最後，他被車裡的寒意冷醒。他啟動引擎，旋即朝舊金山市區和聖法蘭西斯大飯店的方向飛去。

16

在寬敞豪華的飯店房間裡，瑞克・狄卡德坐下來，拿出那疊打字複寫紙，讀著那兩個仿生人的資料。洛伊・巴帝和厄瑪嘉德・巴帝的檔案附了透過望遠鏡拍的快照，模糊的3D彩色照片，他只能勉強看出輪廓。他判定女的是個美女，男的就不然了。洛伊・巴帝長得抱歉了點。

在火星是個藥劑師，資料上這麼說，或至少這個仿生人是以此為掩護。實際上，它可能是個做粗活的勞工，比方說一個渴望過得更好的農奴。瑞克自問：仿生人有夢想嗎？顯然有，所以才不時有仿生人殺掉自己的主子逃到地球，追求一份不受奴役的好生活。像是盧芭・露芙特，不在火星遍地岩石的貧瘠地表做苦工，跑來唱《唐・喬凡尼》和《費加洛婚禮》。什麼殖民新世界，那裡壓根就不適合人住。

洛伊・巴帝（資料單寫道）具有人造的權威感，顯得爭強好勝、獨斷獨行。這個仿生人沉迷於神祕思想的鑽研，以致走火入魔，煽動大家集體逃亡，以所謂仿生人的「生命」之神聖這種謬論，來合理化逃亡行動。此外，這個仿生人竊取各種藥物來做實驗，那些藥物可將個體意念融合在一起。它在被逮時聲稱，這麼做是想促進仿生人的集體共感力。它還指出，促進集體共感力是為了親近摩瑟教，因為仿生人至今還無法體會摩瑟教的奧妙。

這份記述有一種很可悲的感覺。一個強悍、冷血的仿生人，意圖體會一種將它排除在外的經驗，而它之所以被排除在外，是因為人類刻意為它植入的瑕疵。但他對洛伊．巴帝擠不出太多的關懷，從戴維的筆記看來，這個仿生人行徑可憎。巴帝試圖體會大融合的感受不成，失敗之後就對人類大開殺戒，繼而逃到地球。事到如今，特別是在今天，原有的八個仿生人一個一個被除役，只剩最後這三個。而它們身為此一非法團體的傑出成員，也是注定死路一條。因為就算他鎩羽而歸，還有別人會去對付它們。他想著：歲月如流，有生就有死，一切終將歸於塵土，死亡的寂靜是萬物的終點。他在這當中看到一個完整的微型宇宙，有始又有終。

旅館房門砰一聲打開。「累死我了。」瑞秋．羅森上氣不接下氣地說。她穿著成套的魚鱗紋大衣、內衣和短褲，除了一個裝飾繁複的大郵差包，她還拎了個紙袋。「這房間不錯嘛！」她走進來，看看腕錶。「花了不到半小時，夠快的吧。」她遞過紙袋。「拿去，我買了一瓶波本酒。」

瑞克說：「八個當中最麻煩的一個還活著，帶頭的就是它。」他把洛伊．巴帝的單子遞給她，瑞秋放下紙袋，接過那張複寫紙。

讀完之後，她問：「你查出這一個的行蹤了？」

「查到一個共渡公寓的號碼，位置在郊區，可能有三三兩兩的特殊分子在那一帶出沒。退化了的蟻頭人和雞頭人之類的，躲在那裡過他們人不像人、鬼不像鬼的生活。」

瑞秋伸出手。「另外兩個呢？咱們來瞧瞧。」

「兩個都是女的。」他把它們的單子遞給她，一個是厄瑪嘉德．巴帝的資料，另一個則是自稱普莉絲．史達頓的仿生人。

瑞秋瞄了最後一張單子一眼，說了聲「喔」就把單子放下，走到窗前去看舊金山市中心的景色。「我覺得最後一個會把你嚇到。也或許不會；或許你不在乎。」她的臉色發白、聲音顫抖，狀況突然變得很不穩定。

「妳到底在嘀咕些什麼？」他把單子收回來，研究了一下，想著是哪個部分刺激到瑞秋了。

「我們把波本酒開來喝吧。」瑞秋把紙袋帶到浴室，拿了兩個玻璃杯回來。她還是一副心神不寧的樣子，彷彿若有所思。他感覺到她飛奔的思緒，思緒的轉變在她緊鎖的眉頭和繃緊的臉上一覽無遺。她問：「你能把這瓶酒打開嗎？你也知道，這酒很貴，不是假貨，是在戰前用真的麥芽漿釀成的。」

他接過酒瓶打開，在兩個杯子裡都倒了波本酒。「告訴我怎麼回事。」他說。

瑞秋說：「你在電話上跟我說，如果我今天晚上飛過來，你就會放棄剩下的三個仿生人。『我們有別的事要做』，你是這麼說的。但現在好了，我們在這裡……」

「告訴我是什麼刺激到妳。」他說。

瑞秋挑釁地面對他，說道：「告訴我我們要做什麼，不要在那裡鬼扯最後三個連鎖六型仿生人的事。」她把她的大衣脫掉，拿到衣櫥去掛起來。他這才第一次好好地把她看清楚。

他再次注意到，瑞秋的比例很奇怪。一頭濃密的黑髮顯得她頭很大，一對超迷你小胸部又顯得她身材很平。她的體態幾乎像個孩子，但她的大眼睛和精緻的眼睫毛又是成熟女人才有的。而她和青春少女類似之處就到此為止，接下來是她像史前人類的地方。瑞秋站立時微踮著腳，垂下手臂時手肘是彎的。他想著：這種姿勢就像一個保持警覺的獵人，或許隸屬於克羅馬儂人這個支系，高大的狩獵民族，身上無一絲贅肉，腹部平坦，屁股小，胸部更小。瑞秋是以凱爾特民族的體格為模型打造的，這種款式已經過時了，但自有一種美感。短褲底下一雙筆直的細腿，沒有渾圓的性感曲線，有一種似中性而無性的特質。然而，整體來講是好看的，儘管完全是個女孩的形象，實在稱不上是個女人，除了那雙躁動不安、精明世故的眼睛之外。

他啜著波本酒。波本酒的強勁與濃烈，對他來講幾乎已經變得很陌生，他很難吞得下去。相形之下，瑞秋喝得順暢無比。

瑞秋兀自坐到床上，心不在焉地撫著床單。現在，她的表情變得陰鬱。他把他的玻璃杯放在床邊桌上，到她身旁坐下。床鋪被他的重量一壓陷了下去，瑞秋調整一下自己的位置。

「怎麼了？」他說著伸手去抓她的手。她的手摸起來冰冰涼涼、瘦骨嶙峋，還有點濕濕的。「妳為什麼難過？」

「最後一個天殺的連鎖六型……」瑞秋吃力地說：「和我是同一款。」她低頭望著床單，發現一截線頭，動手把線頭捏成一團。「你沒注意到她的產品說明嗎？那說的也是我。她的髮型和衣著可能不一樣，她甚至可能買了假髮來戴，但你一看到她，就會明白我的意思了。」她嘲諷地笑著。「還好公司坦承我是仿生人，否則你看到普莉絲．史達頓恐怕會瘋掉，或者以為她是我。」

「這件事為什麼讓妳這麼困擾？」

「見鬼了，我要在旁邊看著你把她除役啊！」

「不見得吧。搞不好我找不到她。」

瑞秋說：「我知道連鎖六型的心理。這就是為什麼我在這裡；這就是為什麼我能幫上你的忙。最後這三個，他們全都躲在一起，聚在那個叫洛伊．巴帝的神經病身邊。他會策畫他們最後關頭全力以赴的防禦。」她嘴唇扭曲地說：「天啊。」

「振作點。」他捧起她小小尖尖的下巴，把她的頭抬起來面對他，暗自想著：不知道和仿生人接吻是什麼滋味？他靠上前，吻了吻她乾燥的嘴唇。沒有反應。瑞秋保持被動，看似無動於衷，但他感覺不然，也或許是他一廂情願吧。

「要是在來之前知道是這樣，我就不會飛過來了。」瑞秋說：「我覺得你的要求太過分了。你知道我對這個普莉絲・史達頓有什麼心情嗎？」

「感同身受的心情。」他說。

「類似吧，就是一種『我也可能跟她一樣』的心情。天啊，說不定真有這種可能。說不定你會在一團混亂中錯把我除役，讓她逃過一劫，裝成我跑回西雅圖去過我的人生。以前我從未有過這種感覺。我們是機器，像瓶蓋一樣用模子鑄造出來的。我認為自己真的存在，但那只是一種錯覺。我只是某個機種的典型產品。」她打了一陣哆嗦。

瑞秋突然之間變得這麼多愁善感，他不禁覺得耐人尋味。「螞蟻不會有這種感覺。」他說：「牠們彼此也都長得一樣。」

「螞蟻。牠們根本不會有感覺。」

「人類的雙胞胎也長得一模一樣，他們不會覺得……」

「但他們心意相通，就我所知，他們有一種很特別的、情感上的牽繫。」她起身走向那瓶波本酒，步伐有點不穩。她把她的杯子重新斟滿，一口氣把酒喝下肚，頓時又眉頭深鎖，垂頭喪氣地在房裡踱步。接著，像是偶然朝他踱了過去似的，她回到床上，靠在厚實的枕頭上，把腳抬起來伸直，嘆了口氣。「忘掉那三個仿生人吧。」她的語氣滿是疲憊。「我好累。我想是舟車勞頓的緣故吧，再加上我今天得知的一切。我只想倒頭大睡。」她閉上眼睛，喃喃說道：「要是我死了，等羅森企業製造下一批我這種類型的產品時，或許我又可以重生了。」她睜開眼睛，目光如炬地瞪視他道：「你知道我來這裡真正的原因嗎？艾爾登和其他羅森企業的人要我跟著你的原因？」

「他們派妳來一探究竟。」他說：「弄清楚連鎖六型到底是哪裡露出馬腳，才沒辦法通過孚卡測驗。」

「不管是不是孚卡測驗，只要是任何不同於人類、讓連鎖六型露出馬腳的特質。我回報之後，公司再改良基因程式，做出連鎖七型。等連鎖七型也被抓到小辮子，我們就再做改良，改良到終於做出跟真人無異的機種為止。」

「妳知道波內利反射弧測驗嗎？」他問。

「我們也在研究脊椎神經節。有朝一日，波內利反射弧測驗也會成為過往雲煙，船過水無痕。」她露出無害的笑容，和她所說的話很不搭調。這下子，他已經無法判斷她到底有多認真。明明是個驚天動地的重要話題，她談起來卻是雲淡風輕。他想著：這或許是仿生人的一個特性。沒有情緒意識。對於自己所說的話沒有感覺，只是知道個別詞彙的空洞定義而已，一切純屬智性。

更有甚者，瑞秋已經開始取笑他了。她不著痕跡地反唇相譏，從哀嘆自身處境轉為挖苦他的處境。

「去妳的。」他說。

瑞秋笑道：「我喝醉了。我不能跟你去。如果你離開這裡……」她揮揮手，表示不奉陪。「我要留下來睡大覺，你可以之後再告訴我發生了什麼事。」

「只不過不會有『之後』，因為洛伊．巴帝會把我幹掉。」

「但我現在反正幫不了你，因為我喝醉了。而且你很清楚事實真相，血淋淋的事實、冷冰冰的真相——我只是來看戲的，我不會插手去救你。我不介意洛伊．巴帝把你幹掉。我只在乎我自己會不會被幹掉。」她把眼睛睜得又圓又大。「天啊，我同情起自己來了。還有，你懂嗎？如果我去郊區那個破共渡公寓……」她伸手把玩起他襯衫上的一顆鈕釦，接著動作熟練地慢慢解開釦子。「我不敢去，因為仿生人不對彼此效忠，我知道那個該死的普莉絲．史達頓會把我摧毀，取代我的位置。你懂了嗎？把你的大衣脫掉。」

「為什麼？」

「為了上床。」瑞秋說。

「我買了一隻努比亞黑山羊。」他說：「我得把這三個仿生人除役。我得把工作做完回家去，回到我太太身邊。」他起身繞過床鋪，去拿那瓶波本酒。他站在那裡，小心翼翼地為自己倒了第二杯酒。他注意到自己的手只有輕微顫抖而已。可能是累了吧。他想：我們兩個都累了，累得沒辦法去獵捕三個仿生人，何況還有八個當中最麻煩的一個在發號施令。

站在那裡，他忽然發覺自己對帶頭的那個仿生人已經心生畏懼，明明白白，不容否認。一切全繫於巴帝。一切都是它開始的。截至目前為止，一個個與他正面交鋒、被他除役的仿生人，只是不祥地預告著巴帝的到來。現在輪到巴帝本人了。想到這裡，他的恐懼益發膨脹。一旦意識到這份恐懼，他就整個人都被恐懼吞沒。「我現在不能沒有妳自己去。」他對瑞秋說：「我甚至不能離開這裡。帕洛可夫跑來對付我，嘉藍德還成功把我抓走了。」

「你覺得洛伊．巴帝會來找你？」她放下她的空酒杯，身體前傾，伸手到背後解開內衣，靈巧地把內衣脫下，接著搖搖晃晃地站起來，醉醺醺地傻笑。「我包包裡有一個通西……東西。」她語無倫次起來了。「火星上的自動工廠做來當緊急安全的……」她的表情猙獰，一臉難受。「……的某種裝置，他們在為新款仿生人做例行檢查的時候，就用這個確保安全。你去把它拿出來。它的樣子像一顆牡蠣，你看了就知道。」

他開始在包包裡翻找。瑞秋．羅森就像人類女性，什麼勞什子都往包包裡塞。他翻了又翻，發覺自己怎麼也翻不完。

這時，瑞秋踢掉她的靴子，拉開她的褲子拉鍊，靠一隻腳平衡，用另一隻腳勾起滑到地上的短褲，丟到房間另一頭，接著倒在床上，滾過去摸她的酒杯，卻不小心把杯子推到鋪了地毯的地上。「可惡。」她說著又搖搖晃晃地站了起來，只穿內褲站在那裡，看他翻她的包包。接著，她刻意要引起他注意地緩緩拉開被子，鑽了進去，把被子蓋在身上。

「就是這個嗎？」他舉起一顆上面有個按鈕凸出來的金屬球。

「這玩意能讓仿生人定住不動幾秒鐘。」瑞秋閉上眼睛說：「讓它暫時停止敷吸……昏吸……呼吸。」她越來越語無倫次。「你也會暫時停止敷……呼吸，但人類幾分鐘不呼吸也沒關係。仿生人就不然了，它們的迷走神經……」

「我知道。」他直起身來。「仿生人的自律神經系統不像我們那麼有彈性，不能開關自如任意切換。但就像妳說的，這頂多只能維持個五、六秒。」

瑞秋咕噥道：「夠你保命的了。所以，瞧……」她起身坐在床上。「如果洛伊．巴帝出現在這裡，你就把那玩意握在手裡，隨時準備按下按鍵。趁洛伊．巴帝僵住不動，沒有空氣輸送到血液，大腦細胞開始壞死，你就用你的雷射槍把它殺了。」

「妳的包包裡也有一枝雷射槍。」他說。

「那是假的。仿生人不准攜帶雷射槍。」她伸個懶腰，眼睛又閉上了。

他走到床邊。

瑞秋扭來扭去，終於把身體翻過來趴著，將她的臉埋在底下的白床單上。「這是一張乾淨、高貴、純潔的床鋪。」她表示道：「只有乾淨、高貴的女孩子……」她想了想，轉而問道：「仿生人不會懷孕。這是一種損失嗎？」

他把她身上僅剩的內褲脫掉，露出她白皙而冰涼的神祕三角地帶。

瑞秋重複道：「這是一種損失嗎？我真的不清楚。我沒辦法判斷。懷上一個孩子是什麼感覺？同樣的道理，一個孩子被生下來又是什麼感覺？我們不是被生下來的。我們不會長大。我們不會老死或病死，只會像螞蟻一樣耗損。又是螞蟻；那就是我們。不是你，我是說我——並非真正活著的甲殼質反應機。」她把頭轉到一邊，吶喊道：「我不是活的！眼前和你上床的不是一個女人，別失望，好嗎？你和仿生人做愛過嗎？」

「沒。」他說著脫掉自己的襯衫和領帶。

「就我所知，只要你不多想，感覺就會很逼真。他們是這樣跟我說的啦。但如果你想太多，如果你認真想了想自己在做什麼，那你就做不下去了，因為……嗯哼，因為生理上的因素。」

他俯身親吻她裸露的肩膀。

「謝了，瑞克。」她有氣無力地說。「不過，切記不要多想，只管做。不要停下來想東想西，因為只要稍微想一下，就會覺得很糟糕。對我們兩個來講都很糟糕。」

他說：「完事以後，我還是打算去找洛伊．巴帝，我也還是需要妳跟我一起去。我知道妳包包裡的雷射槍是……」

「你覺得我會幫你除役你的仿生人嗎？」

「我覺得不管妳怎麼說，妳都會傾盡全力助我一臂之力，否則妳就不會躺在這張床上。」

「我愛你。」瑞秋說：「如果我走進一個房間，發現一張用你的皮做的沙發，我會在孚卡測驗上拿到很高的分數。」

他咔嗒一聲把床頭燈關掉，突然想到：就在今晚，我會把相同款式的另一個連鎖六型除役掉，它和眼前這個赤身裸體的女孩長得一模一樣。他想著：我的老天爺啊，我已經淪落到菲爾．里奇說的境地——先和她上床再殺了她。「我辦不到。」他連忙從床上抽身。

「我希望你辦得到。」瑞秋聲音顫抖地說。

「不是因為妳，而是因為普莉絲．史達頓；因為我必須對她做的事。」

「我跟她不一樣。我不在乎普莉絲．史達頓。聽著。」瑞秋掙扎著從床上坐了起來。在一片昏暗之中，她那胸前一片平坦的苗條輪廓隱約可見。「和我上床，我就把史達頓除役，行了嗎？因為我受不了只差臨門一腳卻……」

「謝謝妳。」他說。無疑是因為波本酒的緣故，他喉嚨一緊，感激涕零起來。兩個。他想著：現在我只剩兩個要除役，就那兩個姓巴帝的。瑞秋真的會下手嗎？顯然會，仿生人的思考方式和運作方式就是那個樣子。然而，他還不曾碰過這種事。

「去你的，給我上床！」瑞秋說。

他乖乖滾上床。

17

事後，他們奢侈地享受了一番。瑞克叫客房服務送來咖啡。他在綠黑相間、繪有金色葉片的沙發椅上坐了很久，一邊啜飲咖啡，一邊想著接下來的幾小時。瑞秋則在浴室裡，哼著歌潑著水，暢快地洗熱水澡。

把水關掉之後，她朝他喊道：「你跟我上床，我幫你解決史達頓，這筆交易你賺翻了。」她用橡皮筋把頭髮綁起來，濕淋淋地出現在浴室門邊，裸露的皮膚白裡透紅。「你可能也知道，我們仿生人不會有快感。依我之見，你占了我的便宜。」然而，她看起來不像真的生氣；要說有什麼情緒，那也是雀躍、開心，而且無疑就像任何一個他認識的女孩子一樣富有人性。「我們真的要今天晚上去抓那三個仿生人嗎？」

「是。」他想著：我要除役兩個，還有一個是妳的。如瑞秋所言，這筆交易已經成立。

瑞秋拿一條白色大浴巾裹住自己，問道：「你做得舒服嗎？」

「舒服。」

「以後還會和仿生人上床嗎？」

「如果是個女生，而且像妳的話。」

瑞秋說：「你知道像我這樣的人型機器人壽命有多長嗎？我已經在這世上兩年了。你想我還有多少時日？」

他猶豫一下之後說：「大概再兩年吧。」

「他們永遠也解決不了這個問題。我是說細胞更新的問題。技術上做不到無止境地更新下去，或者至少是有限的更新，多爭取個幾年之類的。所以，反正就是這樣。」她開始猛擦身體，把自己擦乾，臉上已經沒有雀躍之情。

「我很遺憾。」瑞克說。

「見鬼了。」瑞秋說：「我才遺憾提起這個話題。不管怎麼樣，如此一來人類才不會跟仿生人私奔，因為跟我們過也過不了多久。」

「就連你們連鎖六型也是？」

「那是新陳代謝的問題，不是人造大腦的問題，連鎖六型只是大腦比較精進而已。」她三步併作兩步地走了出來，一把拎起她的內褲，開始穿衣服。

他也穿上衣服。接著兩人就沒怎麼交談，一起上來到樓頂的起降場；一身白衣、和顏悅色的人類服務生把他的懸浮車停在那裡。

他們朝舊金山郊區前進時，瑞秋說：「很美的夜晚。」

「我的山羊現在可能在睡覺了。」他說：「也或許山羊是夜行動物？有些動物從不睡覺；綿羊就是，至少我沒看過。每當你望向牠，牠都會看回來，期待你餵牠。」

「你太太是什麼樣的人？」

他沒回話。

「你會不會……」

「如果妳不是仿生人，如果我可以依法娶妳，我就會跟妳結婚。」瑞克打斷她道。

瑞秋說：「又或者我們可以搞外遇，活在罪惡之中，只不過我不是活的。」

「就法律層面而言，妳不是。但就實際上而言，妳是。生理上，妳不是用電晶體電路做成的，像假動物那樣；妳是一個有機體。」他想：而且，在兩年之內，妳就會耗損殆盡、邁向死亡。因為如妳所言，我們解決不了細胞更新的問題。所以，不管妳是不是活的，我想都無所謂了。

這就是我身為賞金殺手的終點，他暗自想著，做完巴帝二人組就結束了。過了今晚，就再也沒有了。

「你看起來很難過。」瑞秋說。

他伸出一隻手，摸摸她的臉頰。

「獵捕仿生人這件工作，反正你也做不久了。」她冷靜地說：「所以，別再一副苦瓜臉了，拜託。」

他瞪她一眼。

「和我上過床的賞金殺手，沒有一個還做得下去的。」瑞秋說：「只有一個例外——菲爾．里奇。非常之麻木不仁的一個人。特立獨行，獨立作業。他有病。」

「哦？是嗎……」瑞克說。他頓時也一陣麻木。從頭到腳徹底麻木。

「但我們這一趟不會白費。」瑞秋說：「因為你即將見到一個很棒的人，一個鑽研神祕思想的修行人。」

「洛伊．巴帝。」他說：「它們幾個妳全都認識嗎？」

「全都認識。本來認識八個，當它們還存在的時候。現在的話，我認識的就剩三個了。今天早上，你著手處理戴維．霍頓的名單之前，我們試過阻止你。就在帕洛可夫對你下手之前，我又試了一次。但在那之後，我只能守株待兔。」

「等我受不了打給妳。」他說。

「盧芭．露芙特和我很要好，將近兩年的時間，我們是很好的朋友。你覺得她怎麼樣？你喜歡她嗎？」

「喜歡。」

「但你殺了她。」

「是菲爾．里奇殺了她。」

「喔，所以菲爾跟你一起回歌劇院了。我們不知道這件事。差不多在那個時候，我們的通訊系統當機了。後來只知道她被殺了，我們理所當然假設是你幹的。」

「從戴維的筆記看來，我認為我還是可以繼續去把洛伊．巴帝除役，但厄瑪嘉德．巴帝恐怕就沒辦法了。」他想著：還有普莉絲．史達頓，我也下不了手。即使到了現在；即使知道了這一切。他說：「所以在旅館發生的一切都是為了……」

「公司想要接觸在這裡和俄羅斯的賞金殺手。」瑞秋說：「這種作法似乎能成功遏止賞金殺手的行動，至於為什麼能成功，我們就不甚明白了。我想，這又是我們有限的地方了吧。」

「我很懷疑這種作法有沒有妳說的那麼成功。」他啞著嗓子說。

「但用在你身上有效啊。」

「那還不一定，我們走著瞧。」

「我已經知道了。」瑞秋說：「看你一臉難過，我就知道了。我等的就是這個。」

「這種事妳做過多少次了？」

「我不記得了。七次？八次？不，我想是九次。」她——或說是「它」——點點頭。「對，九次。」

「這種手段實在老套。」瑞克說。

瑞秋訝然說道：「嗄？」

他把方向盤一推，讓車子進入降落滑行模式。「至少我覺得很老套。我要把妳殺了。」他說：「殺完妳，我再自己去找那兩個姓巴帝的和普莉絲・史達頓。」

「所以你才要降落嗎？」她憂心忡忡地說：「他們會要你賠錢。我是羅森企業的合法資產。我不是非法從火星逃到這裡的仿生人。我和其他仿生人不是一個等級的。」

他說：「但我如果殺得了妳，就也殺得了它們。」

她把手伸進她那鼓起來的包包裡。裡面塞了太多東西，滿滿一包盡是廢物。她狂翻亂找了一通，最後放棄了。「該死的包包。」她惡狠狠地說。「我永遠都找不到我要的東西。如果我不反抗，你可以用無痛的方式殺死我嗎？我是說，殺得有技巧一點。行嗎？我保證不反抗。你同意嗎？」

瑞克說：「我現在明白菲爾．里奇為什麼會說那種話了。他不是麻木不仁，他只是知道太多了。我不能怪他，歷經這一切，他看破了。」

「他不是看破了，而是人格扭曲了。」現在，她表面上似乎鎮定了些，但骨子裡還是很慌亂、很緊張。然而，她那雙黑色眼眸裡的光芒黯淡下來，整個人變得無精打采。他看多了，仿生人都是這個樣子。一貫的認命態度。理智而機械化地接受擺布。相形之下，歷經億萬年的生存壓力和物競天擇，一個真正的有機生命體是不會輕易屈服的。

他嚴厲地說：「我實在受不了你們仿生人這麼容易放棄。」車子現在幾乎俯衝到地面上了，他緊急將方向盤一拉，免得真的撞上去，接著踩住煞車，把車子搖搖晃晃、歪歪斜斜地停住，最後猛然熄掉引擎，拿出他的雷射槍。

「瞄準我後腦勺底部的枕骨。」瑞秋說：「拜託。」她扭過身去，避免看著雷射槍；光束會神不知鬼不覺地穿過去。

瑞克收起他的雷射槍，說道：「我沒辦法像菲爾．里奇說的那樣。」他重新發動引擎。不一會兒，他們又翱翔在天際了。

「如果你終究是要把我滅口，那就現在動手。」瑞秋說：「不要讓我等。」

「我不會殺妳。」他把車子調頭，朝舊金山市區的方向開回去。「妳的車停在聖法蘭西斯大飯店，是嗎？我在那裡把妳放下來，讓妳回西雅圖。」要說的都說完了，他默默開車。

過了一會兒，瑞秋說道：「謝謝你不殺我。」

「見鬼了，就像妳說的，妳反正只剩兩年好活。我可還有五十年，是妳的二十五倍。」

「但你心裡其實很鄙視我。」瑞秋說：「因為我所做的事情。」她又恢復了自信，變得聒噪起來。「你做了跟其他人一樣的選擇。在你之前的那些賞金殺手，一個個都大發雷霆，胡言亂語說要殺掉我。但等時候到了，他們又下不了手。就跟你一樣，就跟現在一樣。」她點燃一根菸，如釋重負地吸了一口。「你知道這代表什麼意思吧？這代表我是對的。把仿生人除役的工作，你再也做不下去了。不只是我而已，還有巴帝夫婦和史達頓。所以，回家去找你的山羊，好好休息吧！」她突然狂拍她的大衣。「要死了！菸灰掉在我身上，火還沒熄呢——好了，沒了。」她放鬆地靠回椅子上。

他什麼也沒說。

「那隻山羊。」瑞秋說：「你愛那隻山羊更甚於我。或許也更甚於你太太。山羊排第一，再來是你太太，最後才是……」她開懷大笑。「除了笑，你還能怎麼辦？」

他沒回話。他們繼續沉默了一會兒，接著瑞秋摸來找去，找到汽車收音機，打開開關。

「把它關掉。」瑞克說。

「把《友善巴斯特麻吉天團》關掉？把艾曼達．華納和奧斯卡．史奎格斯關掉？是時候聽巴斯特宣布他的驚天動地大爆料了，時候終於到了。」她藉著收音機的光芒，俯身去看她手表上的指針。「快了。你知道這件事嗎？他說了又說，一直在醞釀，說了有……」

收音機說：「各位鄉親父老，我只想跟你們說，我這會兒和我的好夥伴巴斯特坐在一起，我們聊得可開心了，邊聊邊期待時鐘滴答滴答向前走，迎來就我們所知最重大的消息……」

瑞克關掉收音機。他說：「奧斯卡．史奎格斯，蠢蛋一個。」

瑞秋立刻把手伸出去，重新把收音機打開。「我想聽。我要聽。友善巴斯特今晚要宣布重大消息。」喇叭再次傳出蠢蛋胡言亂語的聲音。瑞秋．羅森靠了回去，讓自己坐得舒服點。一片漆黑之中，她的菸頭在他一旁，像隻自鳴得意的螢火蟲從屁股發出光芒。火光紋風不動、穩如泰山，彷彿炫耀著瑞秋．羅森的豐功偉業——她贏了，他輸了。

18

「去把我剩下的東西都拿上來這裡。」普莉絲吩咐約翰．伊西多爾。「尤其是那台電視機，一定要給我搬上來，我們才能聽聽巴斯特要宣布什麼消息。」

「對！」厄瑪嘉德．巴帝附和道。她兩眼發亮，像隻機靈的小燕子。「我們需要那台電視機；我們等今天晚上等好久了，現在就快要開始宣布了。」

伊西多爾說：「我的電視機收得到政府的頻道。」

客廳一角，洛伊．巴帝深陷在一張沙發椅裡，好像那張椅子已經成了他的棲身之地，一副永遠不打算起身的模樣。他打了一個嗝，耐著性子說：「我們想看的是《友善巴斯特麻吉天團》，阿翰——還是你比較喜歡我叫你約翰？不管怎麼樣，你明白嗎？你可以去搬那台電視機上來嗎？」

伊西多爾穿過回音陣陣的空蕩梯廳，獨自一人來到樓梯。他還是覺得喜出望外、幸福洋溢。在他乏善可陳的人生中，他第一次覺得自己有用。他一邊舉步維艱地踏過被輻射塵侵蝕的樓梯，來到下一層樓，一邊興高采烈地想著：現在大家都要靠我才行。

而且，平常只能聽聽店裡貨車上的收音機，這下子又可以在電視上看到友善巴斯特了。更何況他們說的沒錯，巴斯特今晚就要揭露他精心策畫的驚天動地大爆料。他告訴自己：那搞不好是多年來最重要的一則新聞，多虧普莉絲、洛伊和厄瑪嘉德，我才有機會看到。多好啊！

對約翰．伊西多爾而言，人生無疑有了起色。

他進入普莉絲先前待的空屋，拔掉電視機的電源插頭，把天線也拆了下來。突然之間，周遭又被一片死寂滲透。他覺得自己的手臂變得模糊不清。說也奇怪，沒有巴帝夫婦和普莉絲在身邊，他覺得自己就像剛剛被他拔掉電源的電視機一樣，沒了聲息，瞬間淡出。他想著：你必須和人群在一起，否則根本活不下去。我是說，在他們來這裡之前，我還可以忍受獨自一人在這棟大樓。但現在不一樣了，你回不去了，你不能從有人回到無人。他驚慌地想著：我得依賴他們才行，感謝老天他們留下來了。

要搬兩趟才能把普莉絲的東西都搬到樓上。他把電視機扛起來，決定第一趟先搬它，接著再搬行李箱和其餘衣物。

幾分鐘後，他已經把電視機搬上樓，放在客廳的咖啡桌上了。他的手很痛，巴帝夫婦和普莉絲無動於衷地看著。

「這棟樓的收訊很好。」他氣喘吁吁地把電源插上，再把天線接上。「以前在我能收到友善巴斯特和他……」

「少廢話。」洛伊．巴帝說：「把電視機打開就對了。」

他乖乖照做，接著連忙回到門口，說道：「再一趟就好了。」他逗留了一下，靠他們的存在取個暖。

「很好。」普莉絲冷淡地說。

伊西多爾再次出發。他想著：我覺得他們有點欺負人。但他不介意，他告訴自己：有他們當朋友還是很好的。

他再次來到樓下，把女孩的衣物收一收，全都塞進行李箱，接著費力地搬出來到梯廳，又再次爬上樓梯。

在他前面的一個台階上，塵埃裡有個小東西在動。

他立刻丟下行李箱，旋即拿出一個塑膠藥瓶。就跟大家一樣，他隨身攜帶塑膠瓶，以備這種情況之需。是隻蜘蛛，其貌不揚，但是還活著。他顫抖地把牠輕輕弄進瓶子，蓋上蓋子關緊；蓋子上有透氣孔，是用針刺出來的。

上樓之後，他停在自家門前喘口氣。

「是的，各位鄉親父老，就是現在。友善巴斯特在此，這就要來分享我的大發現了，我相信也希望各位跟我一樣迫不及待。順帶一提，一支訓練有素的頂尖研究團隊過去幾星期全力加班，已經證實了我的發現。呵呵呵，各位，就、是、現、在！」

約翰．伊西多爾說：「我發現一隻蜘蛛。」

三個仿生人抬起頭來，暫時把它們的注意力從電視螢幕移到他身上。

「拿來瞧瞧。」普莉絲說著伸出手。

洛伊．巴帝說：「看巴斯特的時候不要說話。」

「我沒看過蜘蛛。」普莉絲說。她把塑膠瓶捧在手裡，端詳瓶裡的生物。「這麼多隻腳！約翰，為什麼牠要有這麼多隻腳？」

「蜘蛛就是長這樣。」伊西多爾心臟狂跳，呼吸困難。「總共八隻腳。」

普莉絲站了起來，說道：「你知道我是怎麼想的嗎？約翰，我想牠不需要這麼多隻腳。」

「八隻腳？」厄瑪嘉德．巴帝說：「牠不能只有四隻腳嗎？剪掉四隻看看。」她躍躍欲試地打開她的皮包，拿出一把乾淨、鋒利的指甲剪，遞給普莉絲。

約翰．伊西多爾莫名一陣驚恐。

普莉絲把塑膠瓶拿到廚房，兀自坐在約翰．伊西多爾的餐桌前，把瓶蓋拔掉，倒出蜘蛛。她說：「牠說不定再也不能跑得那麼快，但牠在這裡反正也沒東西可抓。牠無論如何都是死路一條。」她伸手要拿剪刀。

「拜託不要。」伊西多爾說。

「牠有什麼價值嗎？」普莉絲探詢地抬頭看他。

「不要把牠截肢。」他喘著氣哀求道。

普莉絲用剪刀剪掉蜘蛛的一隻腳。

客廳裡，友善巴斯特在電視螢幕上說：「瞧瞧這塊背景的放大圖，這就是你們平常看到的天空。等等，有請我們的主任研究員——參數伯爵，來為各位解釋他們那撼動世界的發現。」

普莉絲用手擋住蜘蛛的去路，又剪掉牠一隻腳。她在笑。

「將錄影畫面放大……」一個沒聽過的聲音從電視傳來。「這片灰色的天空背景和白晝的月亮，在實驗室的嚴格檢視之下，揭露出摩瑟所在的地方非但不是地球，而且根本是人造的。」

厄瑪嘉德焦急地對普莉絲喊道：「妳要錯過了！」她衝到廚房門口，看到普莉絲在做的事。「喔，晚點再玩吧。」她勸道：「他們在說的事情很重要。這件事證明了我們的想法……」

「安靜！」洛伊．巴帝說。

「……是對的。」厄瑪嘉德把話說完。

電視繼續播出。「所謂的『月亮』是畫出來的，現在各位在螢幕上看到的放大圖，其中一張就看得出畫筆的痕跡。甚至還有證據顯示，這些亂草和這片荒涼貧瘠的大地都是假的，就連那些由不明人士扔向摩瑟的石頭也可能是假的。事實上，那些石頭很可能是柔軟的塑膠製品，不會造成真正的創傷。」

「換言之……」友善巴斯特插進來說：「維爾博．摩瑟根本沒有受苦。」

主任研究員說：「巴斯特先生，我們最後循線找到先前好萊塢的一位特效師。這位瓦德．柯托特先生斷然表示，基於他多年的經驗，『摩瑟』的影像大有可能只是某個跑龍套的傢伙，在攝影棚裡走來走去。柯托特甚至表示，他認出那片布景是一個現在已經歇業的二流製片廠做的，柯托特在幾十年前跟他們打過幾次交道。」

「所以，根據柯托特的說法，事實真相可說無庸置疑。」友善巴斯特說。

普莉絲現在已經剪掉蜘蛛三隻腳了。蜘蛛悲慘地在餐桌上跛行，找尋一條生路，一條自由之路。牠找不到。

「坦白說，我們相信柯托特。」主任研究員以乾澀的嗓音、學究式的腔調說道：「而且，針對如今不復存在的好萊塢電影工業曾僱用過的龍套演員，我們投入很多時間篩檢他們的宣傳照。」

「而你們發現……」

「快來聽！」洛伊．巴帝說。厄瑪嘉德目不轉睛地盯著電視螢幕。普莉絲暫停肢解蜘蛛。

「從成千上萬的照片中，我們找到一個叫艾爾．傑瑞的，他現在已經很老了。在戰前拍攝的電影中，他演過幾個小角色。我們從實驗室派了一組人，去傑瑞在印第安納州東哈姆尼鎮的家。我請其中一位組員來說明他的發現。」一陣沉默過後，一個一樣乏味的聲音傳來。「東哈姆尼鎮洛克大道的房子破爛不堪、搖搖欲墜，坐落於該鎮邊緣，除了艾爾・傑瑞之外，沒人還住在那一帶。他親切地把我們迎了進去，讓我們坐在臭氣熏天、崩壞腐朽、滿是廢渣的客廳。艾爾・傑瑞坐在我對面，我用心靈感應裝置掃描他，他的思緒一片渾沌、顛三倒四，腦袋裝滿糨糊。」

「注意聽。」洛伊・巴帝說著坐到椅子邊緣，一副快要撲上去的樣子。

「我發現……」這位技術人員繼續說：「老先生確實為他未曾謀面的雇主，拍了一系列十五分鐘的短片。並且，如同我們的推論，那些石頭正是類似橡皮材質的塑膠製品。他流的血則是番茄醬。還有……」技術人員噗哧一笑。「傑瑞先生唯一受苦之處，就是一整天都沒喝一口威士忌。」

「艾爾・傑瑞。」友善巴斯特的臉重新回到螢幕上。「好樣的。這個老傢伙就連在巔峰時期，都沒有任何令自己或我們敬重的成就。艾爾・傑瑞只是為一個不明人士，拍了一部內容不斷重複的枯燥影片。事實上，不是一部，而是一系列。事到如今，他都不知道自己的雇主是誰。摩瑟教共感體驗的擁護者常說，維爾博・摩瑟不是人類，而是一個至高無上、可能來自另一個星球的存在體。嗯哼，就某方面而言，這種觀點倒是很正確。維爾博・摩瑟確實不是人類，因為根本就沒有這個人存在。他所攀登的世界，是一個再普通不過的好萊塢廉價攝影棚，早在多年前就已化為廢渣。那麼，又是誰設計了這個宇宙大騙局？各位鄉親父老，好好想一想吧。」

「我們可能永遠不會知道。」厄瑪嘉德喃喃地說。

友善巴斯特說：「我們可能永遠不會知道。我們也想不透在這種騙局背後的確切目的。沒錯，各位，就是騙局。摩瑟教是一場騙局！」

「我想我們早就知道了。」洛伊．巴帝說：「很明顯啊，摩瑟教出現的時候……」

「但請好好思考一下。」友善巴斯特繼續說道：「捫心自問摩瑟教做了什麼。唔，如果我們要相信眾多摩瑟教實踐者的說法，大融合的體驗將……」

「是人類有的那種共感力。」厄瑪嘉德說。

「……全太陽系的男男女女凝聚成一體。這個群體透過心靈感應，受到所謂『摩瑟』的聲音操控。注意了，一個像希特勒那樣的野心政治家大可……」

「不對，是那種共感力。」厄瑪嘉德激動地說。她握起拳頭，衝進廚房，對著伊西多爾質問道：「共感力不就是用來證明我們不如人類的一個關鍵嗎？因為要是沒有摩瑟體驗，你們誇誇其談的什麼共感力、什麼集體共享的東西，就只是空口說白話。蜘蛛怎麼樣了？」她彎身越過普莉絲的肩膀去看。

普莉絲又用剪刀剪掉蜘蛛另一隻腳。「現在剩四隻腳了。」她說著推了推蜘蛛。

「牠不走，但牠是能走的。」

洛伊．巴帝出現在門口，深呼吸一口氣，一臉得意地宣布道：「好了，巴斯特大聲說出來了，全宇宙大概每一個人類都聽到了。『摩瑟教是一場騙局』。那整個什麼共感力的體驗都是騙局。」他上前來，好奇地望著蜘蛛。

「牠都不試著走一下。」厄瑪嘉德說。

「看我的。」洛伊．巴帝拿出一副火柴，點燃其中一根，舉起來靠近蜘蛛，越靠越近、越靠越近，直到牠終於虛弱無力地爬了起來。

「我就說吧。」厄瑪嘉德說：「我不是說過牠只有四條腿也能走？」她滿懷期待地抬頭看伊西多爾。「怎麼了？」她碰碰他的手臂，說道：「你又沒損失。我們會按照……那叫什麼來著？《雪梨氏》型錄上的價格賠償你。不要一副苦瓜臉。還是你是因為摩瑟的事？因為他們發現的事？他們做的那些研究？喂，回話啊！」她焦急地戳戳他。

「他不高興。」普莉絲說：「因為他有一個共感箱。就在另一個房間。你會用嗎？約翰？」她問伊西多爾。

洛伊・巴帝說：「他當然會用。他們都會用，至少以前會用，但現在說不定開始懷疑了。」

「我不認為摩瑟崇拜就到此為止。」普莉絲說：「但此時此刻有很多人類都不高興。」她對伊西多爾說：「我們等好幾個月了。我們都知道有這一天，也知道巴斯特要爆什麼料。」她猶豫了一下，又說：「哎，何不告訴你算了。巴斯特是我們的一分子。」

「他是仿生人。」厄瑪嘉德解釋道：「沒人知道這件事。我是說沒有人類知道。」

普莉絲又拿起剪刀，再剪掉蜘蛛一隻腳。約翰・伊西多爾突然把她推開，一把抓起那隻畸形的生物，拿到水槽把牠淹死。在他內心深處，所有的希望也隨之湮滅。他的魂都沒了，跟那隻蜘蛛消逝得一樣快。

「他真的很不高興。」厄瑪嘉德緊張地說：「別這樣嘛，約翰。而且，你怎麼不說句話？」她對普莉絲和她丈夫說：「看他只是站在水槽邊都不說話，我也覺得不高興到極點。從我們打開電視到現在，他都沒說一句話。」

「不是電視的緣故。」普莉絲說：「是那隻蜘蛛，是不是？約翰・伊西多爾？」

她對厄瑪嘉德說：「他會平復過來的。」厄瑪嘉德已經跑到客廳去關掉電視了。

洛伊・巴帝興味盎然地打量伊西多爾，說道：「阿翰，摩瑟教這下子玩完了。」他用指甲把蜘蛛的屍體從水槽掐了起來，又說：「搞不好這是最後一隻蜘蛛耶。地球上最後一隻活著的蜘蛛。」他想了想。「這樣的話，蜘蛛也玩完了。」

「我……不舒服。」伊西多爾說。他從櫥櫃拿了一個杯子，在那裡站了好一會兒。他都不知道自己究竟站了多久。接著，他對洛伊・巴帝說：「摩瑟背後的那片天空，是畫出來的？不是真的？」

「你看到電視螢幕上的放大圖了。」洛伊・巴帝說：「有畫筆的痕跡。」

伊西多爾說：「摩瑟教沒有玩完。」這三個仿生人有毛病。很嚴重的毛病。他想著：那隻蜘蛛，牠說不定真的是地球上最後一隻，就像洛伊・巴帝說的。而那隻蜘蛛沒了，摩瑟沒了。他看到一望無際的落塵與廢墟，他聽到廢渣來了，一切終將化為糟粕、歸於空無。他拿著空瓷杯站在那裡，被龐大的空無包圍。櫥櫃碎裂開來、分崩離析，他感覺腳下的地面陷落下去。

他伸長了手碰觸牆壁，徒手打破壁面，灰色的粉末簌簌掉落。水泥的碎屑就像外面的輻射塵。他在餐桌前坐下，椅腳有如腐爛、中空的管子般彎了下去，他連忙放下杯子站起來。為了重塑椅子正確的形狀，他把椅腳壓了又壓，結果椅子在他手裡四分五裂，先前把各個部分連在一起的螺絲釘露了出來、搖搖欲墜。他看到桌上的瓷杯裂開，細細的裂痕蔓延開來，好似藤蔓的影子。接著，杯緣掉下一塊碎片，露出沒有上釉的粗糙內裡。

「他在幹麼？」厄瑪嘉德的聲音遙遙傳進他耳裡。「他要把所有東西都破壞掉！伊西多爾，住……」

「我沒有。」他說著蹣跚走進客廳，一個人待著。他站在破爛的沙發旁，望著髒兮兮的泛黃牆壁，曾經在上面爬過、如今已經死掉的蟲子留下了點點污漬。他再次想起那隻蜘蛛殘缺不全的屍體。他突然發覺，這裡的一切都很舊了。這裡從很久以前就開始腐壞，而且不會停下來。蜘蛛的死屍凌駕了一切。

在地面陷落產生的坑洞裡，動物的殘骸暴露出來。這裡一顆烏鴉的頭，那裡一雙疑似猴掌的枯手。不遠處還有一隻驢子，站在那裡一動也不動，但顯然還活著；至少牠還沒開始腐爛。他朝牠走去，感覺枯枝般的骨頭在他腳下碎裂。驢子是他最愛的生物之一了，但在他到牠身邊之前，一隻閃閃發亮的藍色烏鴉從天而降，降落在驢子的口鼻上，驢子沒有反抗。他大叫不要，但那隻烏鴉一下子就把驢子的眼睛啄掉。又來了。他想著：我又落入墳界了。我得在這裡待很久。他也明白，就跟之前一樣，總是要待很久，因為這裡的一切從不改變；到了某個地步甚至不會再腐爛。

一陣乾燥的風颼颼吹過，他周圍成堆的骨頭應聲碎裂。他發現在這個階段，在時間停止之前，就連風都能摧毀這些骨頭。他想著：要是我記得怎麼爬上去就好了。他抬頭一看，看不到什麼能讓他抓牢站穩的東西。

他吶喊道：摩瑟，祢現在在哪裡？這裡是墳界，我又掉進來了，但這次祢不在這裡。

有東西從他腳上爬過去。他跪下來找，很快就找到了，因為牠爬得很慢。是那隻畸形蜘蛛，靠殘存的腳蹣跚前進。他把牠抓起來，放在掌心。他發覺，那些骨頭還原了，蜘蛛復活了，摩瑟一定在附近。

風還在吹，剩下的骨頭繼續碎裂、崩解，但他感覺到摩瑟的存在。他對摩瑟說：過來這裡，從我腳上爬過去，或者想個別的辦法接觸我。他想著：好嗎？摩瑟？他放聲吶喊：「摩瑟！」

雜草在這片景象當中蔓延開來，一路鑽進他周圍的牆壁，在牆壁裡鑽來鑽去，吞噬牆壁、長出孢子。牆壁都不成牆壁了，孢子還在鋼筋水泥的殘骸間破裂、繁殖，終至牆壁不見，只剩一片荒煙蔓草，吞噬掉每一件東西，除了摩瑟虛弱、模糊的身影之外。這個老人面對他，臉上表情平靜。

「天空是畫出來的嗎？」伊西多爾問道：「放大之後真的有畫筆的痕跡嗎？」

「是。」摩瑟說。

「我看不到啊。」

「你離得太近了。」摩瑟說：「你要離得遠遠的才行，像仿生人那樣。它們看得比較清楚。」

「這就是為什麼它們說你是冒牌貨嗎？」

「我是冒牌貨沒錯。」摩瑟說：「它們說的是實話，它們的研究也是千真萬確。從它們的立場看來，我就是個退休的老傢伙，叫艾爾．傑瑞，是個小演員。它們爆料的一切都是真的。如它們所說，它們到我家訪問我。我對它們知無不言，而我可是什麼都知道。」

「威士忌的事也是真的？」

摩瑟露出微笑。「是真的。它們研究得很透徹。從它們的立場看來，友善巴斯特的大爆料極具說服力。它們恐怕很難明白為什麼一切都沒有改變，因為你還在這裡，我也還在這裡。」摩瑟伸手一揮，掃過那片貧瘠的山坡、那個熟悉的地方。「現在，我把你從墳界拉出來。以後我還會繼續把你拉出來，直到你失去興趣、想要喊停為止。但你必須停止尋找我，因為我永遠也不會停止尋找你。」

「我不喜歡威士忌的事。」伊西多爾說：「很差勁。」

「那是因為你是個道德高尚的人。我不是。我不評斷好壞是非，甚至包括我自己的好壞是非在內。」摩瑟伸出一隻手，掌心向上握起來。「趁我還沒忘記，我有件東西要給你。」摩瑟張開手。他的手裡是那隻畸形的蜘蛛，但牠被截肢的腳都復原了。

「謝謝。」伊西多爾接過蜘蛛，正要開口說更多話，警鈴就響了。

洛伊．巴帝咆哮道：「有賞金殺手闖進這棟大樓了！把全部的燈關掉。把他從共感箱拉開，他要去門口待命。去啊，拉開他！」

19

約翰．伊西多爾低頭一看，看到自己的雙手抓著共感箱的兩根握把。他呆立原地張望著，客廳裡的燈火猛然熄滅。他可以看到在廚房那頭，普莉絲衝過去關餐桌上的燈。

「聽著，約翰。」厄瑪嘉德壓低嗓音，粗啞地對著他耳語。她似乎沒有意識到自己在做什麼，雙手狂亂地抓住他的肩膀，指甲猛力掐進他的肉裡。在外面流瀉進來的黯淡夜光之下，厄瑪嘉德的臉模糊不清、扭曲變形，像洩了氣的皮球，一雙沒有眼瞼的小眼睛滿是畏懼。她悄聲說：「他敲門的時候你得在門口。萬一他真的敲門，你要給他看你的證件，告訴他這屋子是你的，沒有別人在這裡。你要要求看他的搜索票。」

普莉絲站在他的另一邊，弓著身體耳語道：「不要讓他進來，約翰，找藉口拖延，想辦法阻止他。你知道要是放賞金殺手進來會怎麼樣嗎？你知道他會對我們做什麼嗎？」

伊西多爾從這兩個女性仿生人身邊走開，摸黑來到門口，伸手摸到門把，停在那裡聽。一如往常，他感覺得到外面的梯廳。他感覺得到那份空洞、那些回音和一片的死寂。

「聽到什麼了嗎？」洛伊・巴帝彎身湊過來問道。伊西多爾聞到那副散發惡臭、畏畏縮縮的軀殼，它的恐懼汩汩湧出，形成重重迷霧，朝他撲鼻而來。「出去看一眼。」

伊西多爾打開門，上下打量著看不真切的梯廳。儘管有厚重的落塵，外面的空氣品質還是很清新。他還是拿著摩瑟給他的蜘蛛。牠真的是普莉絲用厄瑪嘉德的指甲剪殘害過的那隻蜘蛛嗎？可能不是。他無從得知。但無論如何，牠是活的。牠在他闔起來的手裡爬來爬去，都沒咬他一下。如同多數的小蜘蛛，牠的口器咬不動人類的皮膚。

他來到梯廳盡頭，步下樓梯，走出戶外，踏上一條曾經被花園包圍的階梯步道。花園在戰爭期間荒廢了，步道則是千瘡百孔。但他知道它的位置，熟悉的步道踩在他腳下的感覺很好。他沿著步道走去，走過這棟樓的一大半，最後來到這一帶唯一殘存綠意之處。那是一塊一碼見方的雜草地，在落塵的侵襲下，草兒都垂頭喪氣。他在那裡放下蜘蛛，感覺牠步履蹣跚地離開他的掌心。好了，就這樣吧。他直起身來。

一道手電筒的光線照在雜草上。強光照射之下，半死不活的草莖顯得樣貌猙獰、氣氛詭譎。現在，他看到那隻蜘蛛棲息在一片鋸齒狀的葉子上。所以牠好好的，順利逃過一劫了。

「你在幹麼？」拿著手電筒的男人問道。

「把一隻蜘蛛放生。」他說。在黃色光束的照射下，蜘蛛顯得高大魁梧，他納悶男人為什麼沒看到。「讓牠可以活命。」

「你怎麼不把牠帶回家裡？你應該要把牠裝在瓶子裡。根據一月號的《雪梨氏》，多數蜘蛛的零售價都漲了一成，把牠賣掉可以賺個一百塊，外加一些零頭。」

伊西多爾說：「如果我又把牠帶回家，她會把牠一點一點大卸八塊，看看牠會怎麼樣。」

「仿生人就會做這種事。」男人說。他伸手到大衣裡，拿出一個東西，啪一聲打開，亮給伊西多爾看。

在不規則的光線照射下，這個賞金殺手看起來中等身材，其貌不揚，圓臉禿頭，五官柔和，像是一個鎮日忙於繁文縟節的辦事員，有條不紊，但談不上正經八百。體型不算魁梧，絲毫不是伊西多爾想像中的模樣。

「我是舊金山警察局的探員狄卡德。全名瑞克．狄卡德。」男人又啪一聲把他的證件闔起來，塞回大衣口袋。「它們現在在上面？那三個仿生人？」

「唔，事實上，我在照顧它們。」伊西多爾說：「有兩個是女的。它們是那一群裡剩下最後的三個，其他都死了。我把普莉絲的電視機從她住的那一戶搬上去，放在我住的那一戶，這樣它們就可以看友善巴斯特。巴斯特證明了摩瑟不存在，鐵證如山。」伊西多爾覺得很興奮，他知道這位賞金殺手顯然還沒聽說這個重大的消息。

「我們上去吧。」狄卡德說。他突然拿出雷射槍指著伊西多爾，接著又遲疑地收了回去。「你是特殊分子，對嗎？」他說：「你是雞頭人。」

「可是我有工作，我開貨車，為……」他驚恐地發覺自己竟然忘了名字。「……為一家寵物醫院。」緊接著，他又說：「汎內斯寵物醫院，老闆是……是漢尼拔．斯洛特。」

狄卡德說：「你願意帶我上去看看它們在哪一戶嗎？這裡有個上千戶，你可以幫我省下很多時間。」他的聲音滿是疲憊。

「你要是殺了它們，就沒辦法再跟摩瑟合一了。」伊西多爾說。

「你不願意帶我上去？帶我看看是哪層樓？只要告訴我是哪一層就好。我自己找出它們在那一層的哪一戶。」

「不願意。」伊西多爾說。

「依據本州法律和聯邦法律……」狄卡德話到嘴邊又吞了回去，決定放棄審問他，只說了句：「晚安。」然後就走開了。他沿著步道走進大樓，手電筒為他照出面前昏黃、模糊的去路。

進入共渡公寓的大樓，瑞克．狄卡德關掉手電筒。走道裡每隔一段距離就有一顆燈泡，他循著這些壞掉不能用的燈泡前進，心裡想著：那個雞頭人知道它們是仿生人，在我告訴他之前，他就已經知道了，但他不明白仿生人是什麼。話說回來，誰又明白了？我明白嗎？我明白過嗎？而它們其中之一是和瑞秋一模一樣的產品，說不定那個特殊分子這段時間都和她生活在一起。他暗自納悶著：不知道他喜不喜歡？有可能她就是他認為會把蜘蛛肢解的那一個。瑞克轉念又想：我可以回去抓那隻蜘蛛，我從來沒撞見過活著的野生動物。能夠親眼目睹一隻活生生的生物踩著小碎步爬來爬去，一定是很美妙的經驗。說不定這種好事有一天也會降臨在我身上，就像發生在他身上一樣。

他從車上帶了偵聽裝備下來。現在，他把裝備架好，旋轉探測頭開始偵測，螢幕亮了起來。走道一片寂靜，螢幕顯示沒有東西。他暗自想著：不在這層樓。他按一下按鍵，調成垂直偵測模式，探測頭順著縱軸接收到微弱的訊號。在樓上。他把裝備收一收，拎起他的公事包，爬樓梯到上一層樓。

陰影裡有個人影等在那裡。

「你只要動一下，我就把你除役。」瑞克說。是男的那個，在那裡等他。堅硬的雷射槍就握在他手裡，但他沒辦法舉起槍來瞄準。他已經先被逮到了。太快了。

「我不是仿生人。」那個人影說：「我叫摩瑟。」祂走到一片光線底下。「我棲身在這棟大樓，因為伊西多爾先生的緣故。就是有一隻蜘蛛的那個特殊分子，你在外面跟他說了幾句話。」

「我現在被摩瑟教排除在外了嗎？」瑞克說：「就像那個雞頭人說的？因為我接下來幾分鐘要做的事？」

摩瑟說：「伊西多爾說的只是他自己的想法，他不是代表我發言。你要做的事不得不做。我已經說過了。」祂舉起一隻手，指著瑞克背後的樓梯。「我是來告訴你，它們其中之一在你身後，在下面，不在屋子裡。它是三個當中最難對付的一個。你得先把它除役才行。」那道蒼老、沙啞的聲音突然急切起來。「快！狄卡德先生，在樓梯上。」

瑞克伸出雷射槍，一個轉身蹲了下來，面對底下的一截樓梯。有個女人順著樓梯朝他走來，他知道她，他認出她來了。他把雷射槍放下，困惑地說：「瑞秋。」她開她自己的懸浮車跟蹤他嗎？一路跟到這裡？為什麼？「回西雅圖去。」他說：「別管我。摩瑟說我非做不可。」這時，他看出來了，那不是瑞秋。

「念在我們的情分上。」仿生人邊說邊靠近他，它張開手臂，像是要抓住他。他想著：衣服不對，但眼睛是同一雙眼睛。而且，還有更多像這樣的仿生人，說不定有成批的她，每個都有自己的名字，但全都是瑞秋．羅森。瑞秋——她們的原型，製造商用她來保護其他產品。她假意求情步步進逼，他朝她開了火。仿生人四分五裂，碎片四射。他蒙住自己的臉，接著看了一看，看到它攜帶的雷射槍滾落到樓梯上，金屬槍管一階一階彈了下去，樓梯裡迴盪著聲響，接著聲響慢了下來，消失不見。摩瑟說她是三個當中最難對付的一個。他四下張望，找尋摩瑟的蹤影。老人已經不見了。他們可以派一個又一個的瑞秋．羅森來跟蹤我，直到我死為止，或直到這個型號被淘汰為止。他想著：看是我先死，還是它們先被淘汰。他又想：現在就剩兩個了，摩瑟說其中一個不在屋裡。他恍然大悟：摩瑟保護我，祂顯靈給我看，助我一臂之力。要不是有摩瑟的警告，她——它——已經幹掉我了。他也發覺：現在，我可以完成剩下的工作了，這一個是不可能的任務，她知道我對她下不了手，但我做到了，眨眼之間，我就完成了我做不到的事。接下來，我可以按照標準程序去抓巴帝二人組了，它們不好對付，但不會像這一個那麼棘手。

他獨自站在空蕩蕩的走道裡，摩瑟離開他了，因為祂已經完成祂來這裡的目的。瑞秋——或者該說是普莉絲．史達頓——已經碎成片片，現在什麼也不剩，只剩我自己。但巴帝二人組等在這棟大樓的某個地方，而且對情況瞭若指掌，知道他在這裡做了什麼。或許，此時它們很害怕。派普莉絲過來的行動，就是它們對他出現在這棟大樓所做的反應；它們的困獸之鬥。要是沒有摩瑟，它們就能得逞。它們的死期到了。

他一時驚覺：動作要快，否則就會錯失良機。他匆匆沿著走道走去，偵測裝備突然讀取到大腦活動的跡象。他找到它們那一戶了。他不再需要那套裝備，隨手把它一丟，接著去敲大門。

裡面響起一個男人的聲音。「哪位？」

「伊西多爾。」瑞克說：「讓我進去，因為我在照顧你們，而且你們有兩兩兩……兩個是女人。」

「我們不開門。」一個女人的聲音傳來。

「我想用普莉絲的電視看友善巴斯特。」瑞克說：「既然他都證明摩瑟不存在了，那就沒有比看他的節目更重要的事了。我為汎內斯寵物醫院開貨車，老闆是漢尼拔．斯斯斯……斯洛特。」他故意結巴。「所……所以你們可以把門打開嗎？這裡是我家。」他等了等，門開了。他看到一片漆黑的屋裡有兩個模糊難辨的身影。

體型較小的女人身影說道：「你必須先執行測驗。」

「來不及了。」瑞克說。較高的人影試圖把門關上，並打開了某種電子設備。

「住手，讓我進去。」瑞克說。他讓洛伊．巴帝先開了一槍，他自己沒有開火，只是一個轉身閃過雷射光束。瑞克說：「既然你已經對我開槍，法律就不保障你了。你們應該強迫我為你們做孚卡測驗的，但現在無所謂了。」洛伊・巴帝又朝他發射雷射光束，沒有射中。他把槍丟下跑進屋裡，或許是到另一個房間去了。電子設備被丟在那裡。

「普莉絲為什麼沒把你幹掉？」巴帝太太說。

「沒有什麼普莉絲。」他說：「只有瑞秋・羅森，一個又一個的瑞秋・羅森。」他依稀看到她手裡握著雷射槍的輪廓，洛伊・巴帝把槍塞給她了，它們想要拐他進去屋裡，進到很裡面的地方，厄瑪嘉德・巴帝就可以從他背後偷襲。「巴帝太太，失禮了。」瑞克說著朝她開槍。

洛伊・巴帝在另一個房間發出痛苦的哀嚎。

「好吧，你愛她。」瑞克說：「我愛瑞秋，那個特殊分子愛另一個瑞秋。」他對洛伊・巴帝開槍。這個大個子的屍體一陣抽搐，像一座堆得太高的易碎品小山般轟然崩塌，砸到餐桌上，連帶把碗盤和刀叉也掃到地上。殘骸裡的反應迴路導致它繼續抽搐抖動，但它已經死了。瑞克不予理會，他對它和倒在前門的厄瑪嘉德・巴帝都視而不見，兀自想著：我幹掉最後一個了，一天六個，幾乎要破紀錄了。現在，一切都結束了，我終於可以回家，回到伊蘭和山羊身邊。而且，史無前例第一次，我們有足夠的錢了。

他在沙發上坐下，伴著周遭悄無聲息的物品，坐在一片死寂的房子裡。不久之後，特殊分子伊西多爾先生就出現在門口。

「最好別看。」瑞克說。

「普莉絲……我在樓梯上看到她了。」特殊分子在哭。

「別那麼看不開。」瑞克說。他頭昏眼花地站起來，吃力地擠出一句：「你的電話在哪？」

特殊分子什麼也沒說、什麼也沒做，只是站在那裡，於是瑞克自己去找電話。他找到電話，打到哈利·布萊恩特的辦公室。

20

「很好。」得知消息之後，哈利．布萊恩特說：「好啦，去休息吧，我們會派巡邏車去收拾那三具遺骸。」

瑞克．狄卡德掛上電話，殘酷地對伊西多爾說：「仿生人笨透了，洛伊．巴帝分不出你和我，它還以為在門外的是你。警方會過來善後，你何不去別戶待到他們收拾完畢？你不想和這些殘骸待在這裡吧。」

「我要離開這棟大大……大樓。」伊西多爾說：「去住……住市中心人比較多的地方。」

「我想我那棟大樓有一戶空屋。」瑞克說。

伊西多爾結巴道：「我不要要……要住在你附近。」

「那你去外面或樓上待著。」瑞克說：「反正不要留在這裡。」

這個特殊分子猶豫著，不知如何是好。沉默間，他的臉上閃過五味雜陳的表情。接著，他轉身拖著腳步出大門，留下瑞克一人。

什麼鬼差事。瑞克想著：我是天譴，就像饑荒或瘟疫。我走到哪裡，古老的詛咒就跟到哪裡。一如摩瑟所言，我不得不做壞事。打從一開始，我所做的一切就是不對的。無論如何，現在是時候回家了。或許，和伊蘭待一會兒，我就會釋懷了。

他回到自己那棟大樓，伊蘭在樓頂接他。她驚慌失措地看著他，表現很異樣。和她在一起這麼多年，他還不曾見過她這樣。

他伸手抱住她，說道：「總之都結束了，而且我在想，或許哈利．布萊恩特可以派我去做別……」

「瑞克，我有件事要告訴你。」她說：「我很遺憾，山羊死了。」

不知道為什麼，他並不訝異，只是覺得心情更糟了而已。在來自四面八方的壓力之下，再加上這最後一根稻草。「我想合約上有保證條款。」他說：「如果牠在九十天內生病了，銷售商……」

「牠沒生病，是有人……」伊蘭清清喉嚨，沙啞地說下去：「有人來這裡，把山羊弄出籠子，拖到樓頂邊緣。」

「把牠推了下去？」他說。

「是。」她點頭。

「妳看到是誰了嗎？」

「我把她看得一清二楚。」伊蘭說：「比爾．巴柏當時還在這上頭東摸西弄，他下樓來找我，我們叫了警察。但到了那時，山羊已經死了，她也已經離開了。是個看起來很年輕的女孩，身材嬌小，黑頭髮，黑色的大眼睛，很瘦，穿著一件魚鱗紋長大衣，背著個郵差包。她根本沒迴避我們一下，就像她毫不在乎似的。」

「是，她是不在乎。」他說：「瑞秋才不在乎被妳看到。搞不好她就是想讓妳看到，好讓我知道是誰幹的。」他吻了吻她。「這段時間妳一直在樓頂上等？」

「只等了半小時。事情半小時前才發生的。」伊蘭輕輕回吻他。「好可怕，而且沒有必要。」

他轉向他停在一旁的車子，開門上了車，坐到方向盤前，說道：「不是沒有必要，她有她自認為的理由。」他心想：一個仿生人所認為的理由。

「你要去哪裡？你不下樓來陪我嗎？電視上在播最震撼的大消息，友善巴斯特宣稱摩瑟是個冒牌貨。你覺得呢？瑞克，你覺得是真的嗎？」

「一切都是真的。」他說：「每一個人曾經有過的每一個想法都是真的。」他猛然發動汽車引擎。

「你不會有事吧？」

「我不會有事。」他心想：我不會有事，我會死，這兩件事也都是真的。他關上車門，向伊蘭打了個手勢，然後就一飛沖天，飛進夜空裡。

他想著：曾經，我還看得到星星。在很多年前。但如今只剩落塵，多年來都沒人見過一顆星星，至少在地球上是看不到。他暗自想著：或許我會去一個看得到星星的地方。車子越飛越快、越飛越高，駛離舊金山，往北邊無人的荒涼之地飛去——飛往除非是感覺自己大限已至，否則沒有任何生靈會去的地方。

21

晨光中，在他下方綿延開來的土地像是永無止境，一片灰茫茫，遍地廢棄物。房子般大的岩石一顆顆挨著彼此，不再滾動。他心想：這裡就像一間所有貨品都發出去了的發貨倉庫，只剩一無用處的貨箱殘骸。他想著：曾經，作物在這裡生長，動物在這裡吃草。想來多不可思議啊，這裡居然一度有草可吃。

他想著：多麼奇怪的地方，一個活口都不留。

他把懸浮車開下去，貼近地表滑翔了一陣。戴維．霍頓現在會怎麼說我呢？他問自己。就某方面而言，我現在是有史以來最強的賞金殺手了，沒人在二十四小時內除役六個連鎖六型，我可能是空前絕後的一個。他暗自想著：我應該打個電話給他。

一道亂石密布的山坡迎面而來，就快撞上之際，他連忙把懸浮車拉高。太累了，他心想，我不該再開車的。他熄掉引擎，滑翔到一個定點，把懸浮車降落。車子在山坡上翻滾彈跳，岩石四濺，車頭翹了起來，最後終於打著滑吱吱嘎嘎地停住。

他拿起車用電話的話筒，打到舊金山的接線台，告訴接線生：「幫我接錫安山醫院。」

不久後，另一位接線生出現在螢幕上。「錫安山醫院，您好。」

「你們有一個叫戴維．霍頓的病患。」他說：「有可能讓我跟他說話嗎？他的狀況還好嗎？」

「麻煩先生稍等，我來確認一下。」螢幕暫時一片空白。時間分秒流逝。瑞克捏了一撮強森醫生鼻菸，打了個寒顫。車子暖氣沒開，氣溫開始下降。接線生重新出現，告訴他道：「柯斯塔醫生說霍頓先生不接電話。」

「是警局的公務。」他說著朝螢幕亮出他那扁扁的證件包。

「請稍等。」接線生又消失了。瑞克再吸了一撮強森醫生鼻菸，一大清早，裡面的薄荷成分嘗起來有股餿味。他搖下車窗，把黃色的小鼻菸盒往亂石堆一丟。接線生回到螢幕上，說道：「不行，先生，柯斯塔醫生認為霍頓先生的狀況不適合接任何電話，無論有多緊急，至少要再……」

「行了。」瑞克說完掛上電話。

空氣也是臭烘烘的。他又把車窗搖了起來，心想：戴維已經出局了，不知道它們為什麼沒能幹掉我，想必是因為我動作太快了。一天之內全部解決，它們肯定沒料到。哈利・布萊恩特是對的。

車裡現在變得太冷了，於是他打開車門，步出車外。一陣毒氣也似的風突如其來灌進他的衣服，他搓著手開始往前走。

他想：跟戴維聊聊應該會有收穫吧，他會認同我的所作所為，同時他也能明白就連摩瑟也不能理解的部分。對摩瑟而言，一切都很容易，因為摩瑟接受一切，沒有什麼是祂容不下的。但我已經容不下自己的所作所為了，事實上，我所做的一切都變得不合情理；我整個人都扭曲了。

他順著山坡繼續往上走，每走一步，心裡就更沉重一分。他想著：我都累得爬不動了。他停下來，擦擦刺進眼裡的汗水——他疼痛的身軀從皮膚分泌出這些帶著鹹味的淚水。接著，出於對自己的痛恨，他對著貧瘠的地表，氣急敗壞地吐了一口不屑的口水。吐完又重新舉步維艱地爬上山坡，在這孤獨而陌生的偏遠地帶爬啊爬。除了他自己，這裡沒有一個活物。

熱。天氣現在變熱了。顯然經過了一段時間。而且，他覺得很餓。天知道他多久沒吃東西了。熱再加上餓，組合成一種類似挫敗的有毒滋味。沒錯，他心想，就是挫敗。我以某種莫名其妙的方式被打敗了。敗在殺了仿生人？敗在瑞秋殺了我的山羊？他不知道。但隨著他繼續跋涉，他的思緒蒙上一團模模糊糊、近乎幻覺的迷霧。不知怎麼的，他發覺自己驟然來到一道懸崖邊，只差一步就必死無疑。他想：我會摔得很丟臉很無助，一路往下墜了又墜，甚至沒人看到。這裡沒人存在，沒人會記錄下他或任何人的墜落。最終在這裡表現出的勇氣或尊嚴也不會留下痕跡。沒有生命的石頭、被落塵侵襲的垂死枯草，什麼也看不到，什麼也記不得，無論是關於他或它們自己。

就在這時，第一顆岩石擊中他的鼠蹊部。那可不是橡皮或柔軟的泡沫塑膠。疼痛以實實在在、絕非造假的形式傳遍他的全身，人生第一次，他感到絕對的孤獨與極致的苦楚。

他停了一下，接著又受到鞭策繼續爬——鞭子看不見但很真實，不容挑戰。他想著：像石頭一樣滾上去吧，既沒有自由意志，也沒有什麼意義，就照石頭那樣做。

他停下來，一動也不動地站著，喘著氣說：「摩瑟。」他看出在他面前隱約有個靜止的人影。「維爾博．摩瑟！是祢嗎？」天啊。他恍然大悟：那是我的影子。我必須下山去。我必須離開這裡！

他踉蹌地往下爬，中途跌了一跤。濃密的落塵遮蔽一切，他跑了起來，想要逃離落塵。他在鬆動的石頭上滑倒，連滾帶爬越衝越快。他看到他的車停在前面，自言自語道：我回到下面了。我下山了。他一把拉開車門，擠了進去。是誰對我丟石頭？他問自己。沒有人。但為什麼我心慌意亂？以前在大融合時又不是沒經歷過。在用共感箱的時候，人人都會碰到。這沒什麼稀奇，但的確不太一樣。他想：因為，這次我是獨自一人。

他的身體一半在車內，一半在車外，雙腳踩在乾枯蒙塵的土地上，顫抖著從車子的置物箱拿了一盒新的鼻菸，撕掉封帶，吸了一大撮，鎮定下來坐著休息。他頓時認清一件事：天下之大去哪都好，就是不該飛來這裡。這下可好，他發覺自己累得飛不回去了。

他想著：要是能跟戴維聊聊，我就會沒事了。我可以離開這裡，回家上床睡覺。我還是有我的電動綿羊。我也還是有我的工作。還會有更多仿生人要除役，我的職業生涯還沒結束，我還沒把現存最後一個仿生人除役。或許這就是癥結所在——我害怕再也沒有仿生人了。

他看看手表。九點半。

他拿起視訊機話筒，打到倫巴底街的警察局，對局裡的總機魏爾德小姐說：

「讓我跟布萊恩特探長說話。」

「布萊恩特探長不在辦公室，狄卡德先生。他在外面，在他車上，但我得不到回應，他一定是暫時離開車裡了。」

「他有沒有說要去哪？」

「好像跟你昨晚除役的仿生人有關。」

「讓我跟我的祕書說話。」他說。

過了一會兒，安．馬斯登面色橘黃的三角臉出現在螢幕上。「喔，狄卡德先生，布萊恩特探長一直試著要聯絡你。我想他要把你的名字交給卡特局長，讓他表揚你，因為你除役了那六個……」

「我知道自己做了什麼。」他說。

「那可是史無前例耶！喔，還有，狄卡德先生，你太太來電，她想知道你是不是還好。你還好嗎？」

他默不作答。

馬斯登小姐說：「無論如何，或許你該打個電話跟她說。她留言說她會在家等你消息。」

「妳聽說我的山羊的事了嗎？」他說。

「沒欸，我不知道你有山羊啊。」

瑞克說：「它們奪走我的山羊。」

「是誰幹的？狄卡德先生，是動物竊賊嗎？我們剛接獲報案，有一個新的大型犯罪集團，成員可能是青少年，據點在……」

「是生命竊賊幹的。」他說。

「我聽不懂你說什麼，狄卡德先生。」馬斯登小姐聚精會神地看了看他。「狄卡德先生，你的氣色很不好，很疲憊的樣子。還有，天啊，你的臉頰在流血。」

他舉起手，摸摸臉上的血。可能是被石頭砸的吧。顯然有不只一顆石頭擊中他。

「你看起來……」馬斯登小姐說：「很像維爾博・摩瑟。」

「我就是。」他說：「我就是維爾博・摩瑟。我永永遠遠和祂合而為一了，而且我退不出來，我坐在這裡等著退出來，就在奧勒岡州邊境的某個地方。」

「要我們派人過去嗎？派局裡的公務車去接你？」

「不用。」他說：「我不再是局裡的人了。」

「你昨天顯然是操勞過度了，狄卡德先生。」她語帶責備地說：「你現在需要的是上床休息。狄卡德先生，你是我們最優秀的賞金殺手，是局裡最好的一個。等布萊恩特探長一進辦公室，我就幫你跟他請假，你直接回家睡覺吧。現在馬上打給你太太，狄卡德先生，因為她擔心死了，我聽得出來，你們倆狀況都很糟。」

「是因為我的山羊。」他說：「不是因為仿生人。瑞秋錯了，我除役仿生人沒有障礙。那個特殊分子也錯了，說我不能再跟摩瑟合一什麼的。唯一說對的人就是摩瑟。」

「你最好回來灣區這裡，狄卡德先生，回到有人的地方。奧勒岡那一帶什麼也沒有，不是嗎？你自己一個人在那裡，對吧？」

「好奇怪。」瑞克說：「我有一種絕對、徹底、完整、真實的錯覺，覺得我成了摩瑟，有人對我丟石頭。但是跟握著共感箱把手時的感受不一樣，在用共感箱的時候，你是覺得你和摩瑟『在一起』，而我的差別就在於我沒跟任何人在一起，我是獨自一人。」

「現在他們在說摩瑟是假的。」

「摩瑟不是假的。」他說：「除非現實是假的。」他想著：這座小山，這些落塵，這許多的石頭，每一顆都各異其趣。他說：「我怕我和摩瑟是分不開了，一旦開始就沒有退路。」我是否還得再去爬那片山坡？他想著：像摩瑟一樣，永無止境地爬啊爬，被永恆困住。「再見。」他說完就要掛上話筒。

「你會打給你太太吧？你保證？」

「我保證。」他點點頭。「謝了，安。」他掛斷視訊機，心想：上床休息？我上一次沾到床鋪是和瑞秋。違反法律規定，和仿生人交配。不管是在這裡還是殖民世界，這麼做都絕對是犯法的。現在，她想必回到西雅圖了，和其他姓羅森的在一起，有真人，也有人型機器人。他恨恨地想：要是我能以牙還牙就好了，但你是報復不了仿生人的，因為它們不在乎。要是我昨晚殺了妳，我的山羊就能活命了。這一點，算我做錯了決定。對。他心想：一切都要追溯到我留妳活口以及和妳上床。無論如何，有一件事妳說對了，我確實有了改變，但並非如妳所料的改變。

比妳預料的糟糕得多。

然而，我不是真的在乎。他想著：歷經那片山坡上的一切，歷經接近山頂時的遭遇之後，我再也不在乎了。如果我繼續爬到山頂，不知道接下來會怎麼樣？因為那裡是摩瑟死去之處、永恆循環的終點，也是摩瑟戰勝死亡、死而復生的地方。

但他又想：如果我是摩瑟，那我就是萬年不死之身了啊。摩瑟是不朽的。

他再次拿起話筒，打給他的太太。

頓時，他僵住不動。

22

他把話筒放回去，定睛注視在車子外面移動的那個點。亂石之間的地上有一個鼓起來的東西。是隻動物。他驚訝地認了出來，心臟一時負荷不了，一下一下跳得很吃力。他發覺：我知道那是什麼。我從沒親眼見過，但我在官方電視台播的古老生態影片裡看過。

牠們絕種了啊！驚嘆之餘，他連忙拿出他那皺巴巴的《雪梨氏》，手指顫抖不已地翻著書頁。

蟾蜍（癩蛤蟆）：所有品種——絕

如今都絕種好幾年了。維爾博．摩瑟最愛的生物。驢子也是祂的愛，但蟾蜍還是更勝一籌。

我需要一個盒子。他扭過來又扭過去，在懸浮車的後座什麼也沒看到。他跳下車，衝到後車廂，解鎖打開車蓋。裡面有一個厚紙箱，箱子裡放了懸浮車的備用燃料筒。他把燃料筒倒出來，找到一團毛茸茸的麻繩，接著一步步接近蟾蜍，目不轉睛地盯著牠。

他看到那隻蟾蜍和無所不在的落塵融合得很徹底，兩者的紋路和色調難分彼此。或許，為了適應新的氣候，牠經過了一番演化，就好像適應以前有過的各種氣候一樣。儘管就坐在離牠不到兩碼的地方，但要是牠沒動，他根本不會注意到。他問自己：找到一隻被認定已經絕種的動物會怎麼樣？如果找到的話？他努力回想。這太難得了。聯合國好像會頒個榮譽之星給你吧，還會有一筆獎金。金額高達數百萬之類的。更有甚者，他找到的可是在摩瑟眼裡最神聖的動物。天啊。這怎麼可能？說不定我的腦袋受損了，因為暴露在輻射之下。他想：我是特殊分子。這種事也發生在我身上了，就像那個雞頭人伊西多爾和他的蜘蛛，他碰到的事我也碰到了。是摩瑟安排的嗎？但我就是摩瑟啊。是我安排的。我發現了這隻蟾蜍。正因我是透過摩瑟的雙眼去看，所以才會發現牠。

他弓起身體蹲下來，靠近蟾蜍身旁。牠在碎石堆裡為自己挖了一個淺淺的小洞，屁股塞進落塵裡，只露出扁扁的頭頂和一雙眼睛。此時，牠的新陳代謝慢到幾乎停了下來，兩眼無神半睡半醒，絲毫沒察覺有人靠近。他一時驚恐地想：牠死了！說不定是渴死的。但牠剛剛動了啊。

他把厚紙箱放下，小心翼翼地動手撥開蟾蜍身上鬆軟的泥土。牠似乎沒有反抗，但當然，牠並未意識到他的存在。

他把蟾蜍拿起來，感覺到牠那怪異的冰涼觸感。牠的身體在他手裡顯得很乾、很皺，軟趴趴的，而且冰得就像牠一直棲息在不見天日的地下洞窟裡。現在，蟾蜍蠕動了一下，試著用無力的後腳掙脫他的掌握，彷彿本能地想要逃開。他心想：好大一隻啊。很有智慧的一隻成年蟾蜍，能以牠自己的方式在我們都禁不起的環境中存活下來。不知道牠去哪裡找供牠產卵的水畔。

所以，這就是摩瑟看到的。他一邊想，一邊煞費苦心地把厚紙箱綁牢，綁了一圈又一圈。一個我們再也辨識不出來的生命。一個在一片死寂的世界裡，小心將自己埋入土裡只露出額頭的生命。在宇宙每一寸的餘燼裡，摩瑟可能都看到了毫不起眼的生命。現在，我明白了。一旦透過摩瑟的眼睛去看這個世界，我可能永遠都會懷著這副眼光了。

他想著：沒有一個仿生人能砍掉牠的腳，像它們弄斷那個雞頭人的蜘蛛那樣。

他把小心綁好的箱子放在車座椅上，爬上車坐到方向盤前。他覺得自己彷彿回到童年。現在，所有的負荷都不見了，那份深沉的、令人窒息的疲憊一掃而空。等伊蘭聽到這個消息，她就知道這種滋味了。他一把抓起視訊機話筒，正要撥號又住了手。他最後決定：先等一等，給她一個驚喜吧，飛回去也不過是三、四十分鐘的事情。

他急切地發動引擎，不久就一飛沖天，往南邊七百英里的舊金山急馳而去。

伊蘭·狄卡德坐在潘菲德心情機前，右手食指輕觸撥號盤，但沒有撥號。她覺得病懨懨的提不起勁，什麼也不想做。沉重的負荷擋住了未來，遮蔽了所有或許曾經有過的可能性。她想著：要是瑞克在這裡，他會要我撥到三，讓頻道三賦予我想要撥心情機的動力，我就會接著撥到充滿熱情與喜悅之類的頻道去。再不然，至少也會叫我撥到八八八——不管電視上演什麼都想看。她想著：不知道電視上在演什麼呢？接著她又納悶起瑞克跑哪去了。她對自己說：他有可能回家，但同樣的，他也有可能不會回家。她感覺自己身體裡的骨頭隨著年華逝去衰老、皺縮。

家裡的大門傳來敲門聲。

她放下潘菲德使用手冊，一躍而起，想著：我現在不必撥心情機了，我已經有心情了——如果是瑞克的話。她跑到門口，敞開了大門。

「嗨。」他說。他站在那裡，臉上一道傷口，衣服皺成一團，灰撲撲的，就連頭髮也滿是塵埃。他的手、他的臉……除了眼睛之外，他全身上下都蒙上了塵埃。但他雙眼圓睜，眼裡閃著奇異的光采，像是小男孩的眼睛。她心想：他看起來就像在外面玩夠了，現在是時候回家了。回家洗澡休息，聊聊這一天碰上的妙事。

「見到你真好。」她說。

「我這裡有個東西。」他雙手捧著一個厚紙箱，走進家裡之後還捨不得放下。她心想：就彷彿裡面裝了個脆弱易碎的稀世珍寶，千萬不能鬆手，他要永永遠遠拽在手裡。

她說：「我泡杯咖啡給你吧。」她到爐台前，按下咖啡鈕，不一會兒就把一大杯咖啡端到他在餐桌的位子上。他坐了下來，還是抱著紙箱不放，圓睜的雙眼也還是神采奕奕。她認識他這麼多年，都不曾見過這副表情。自從上次見過面以後，一定發生了什麼事。自從……自從昨晚，他開車離開以後。現在，他帶著這個箱子回來了，箱子裡就裝著一切發生在他身上的事情。

「我要睡一整天的覺。」他宣布道：「我打回局裡給哈利．布萊恩特了，他說讓我放一天假好好休息，我就打算這麼做。」他小心翼翼地將箱子放在餐桌上，如她所願乖乖拿起咖啡杯，喝著他的咖啡。

她在他對面坐下，說道：「你箱子裡裝了什麼？瑞克？」

「一隻蟾蜍。」

「可以給我看嗎？」她看著他將箱子的繩索解開，接著打開蓋子。她看到蟾蜍，只說了聲：「喔。」說不上來為什麼，牠嚇到她了。她問：「牠會咬人嗎？」

「妳拿拿看吧。牠不會咬人。蟾蜍沒有牙齒。」瑞克把蟾蜍抓出來遞給她，她壓下她的嫌惡接了過去。「我還以為蟾蜍絕種了。」她一邊說，一邊把牠翻過來，好奇地研究牠的腳。牠的腳看起來好像沒有用。「蟾蜍可以像青蛙那樣彈跳嗎？我是說，牠會突然從我手裡跳出去嗎？」

「蟾蜍的腳沒什麼力氣。」瑞克說：「這就是蟾蜍和青蛙之間主要的差異，還有水——青蛙要生活在水邊，但蟾蜍在沙漠也活得下去。我就是在沙漠發現這一隻的，在北邊的奧勒岡州邊境附近，那裡什麼都死光了。」他伸手把牠從她手裡拿回來。但她發現了一件事，她還是把牠四腳朝天地拿著，戳了戳牠的肚皮，然後找到了那塊小小的控制面板，用她的指甲把面板扳開。

「喔。」他的臉色漸漸黯淡下來。「好吧，這樣我明白了。妳是對的，蟾蜍絕種了。」他垂頭喪氣、默默不語地望著那隻假動物。他從她手裡接過它，彷彿困惑不解地撥弄著它的腿，一副怎麼也想不透的樣子。接著，他又小心翼翼地將它裝回箱子。「不知道它怎麼跑到加州的無人地帶去的。一定是有人把它放在那裡的。無從得知為什麼。」

「或許我不該讓你知道它是電動的。」她伸手碰碰他的手臂。看到他的改變，看到這件事給他的打擊，她覺得很內疚。

「沒關係。」瑞克說：「我很高興知道，或者應該說……」他沉默下來。「我寧可知道。」

「你要不要用一下心情機？讓自己好過一點？你總是能從心情機得到很多好心情，比我得到的多很多。」

「我沒事。」他搖搖頭，像是想讓依舊很困惑的頭腦清楚一點。「摩瑟給雞頭人伊西多爾的蜘蛛也可能是人造的，但是無所謂，電動的東西也有它們的生命，即使它們的生命微不足道。」

伊蘭說：「你看起來一副跋涉過一百哩路的樣子。」

他點頭道：「我是度過了很漫長的一天。」

「上床睡覺去吧。」

他茫然地望著她。「一切都結束了，是不是？」他似乎很信任地在等她告訴他，好像她知道答案似的。彷彿從他自己口中聽到不算數，他對自己的話語抱持懷疑，要從她口裡聽到才成立。

「都結束了。」她說。

「天啊，真是一場馬拉松式的任務。」瑞克說：「一旦起跑就別想半途而廢，我一直被拖著往前跑，直到最後跑到巴帝夫婦那裡，接著突然間，我就無事可做了，而這……」他猶豫了一下，顯然很訝異自己打開了話匣子。「這部分才是最糟的。」他接著說：「任務完成之後。我不能停，因為一旦停下來就什麼都沒有了。今天早上妳說對了，我只是個有一雙髒手的死條子。」

「我已經不這麼覺得了。」她說：「你回家來，回到你該回的地方，我高興都來不及。」她親親他，他似乎得到了安慰。他的臉色一亮，幾乎就像之前一樣——在她給他看那隻蟾蜍是電動的之前。

「妳覺得我是不是做錯了？」他問：「我今天做的事？」

「你沒錯。」

「摩瑟說那是不對的，但我無論如何必須去做。真的好奇怪喔。有時候，做不對的事好過做對的事。」

「那是我們的詛咒。」伊蘭說：「就是摩瑟說的詛咒。」

「是指落塵嗎？」他問。

「那些惡煞在摩瑟十六歲的時候找到祂，跟祂說祂不能讓時間倒轉、讓死者復生，所以，現在祂只能順著生命的週期，從生到死隨波逐流。而且那些惡煞對祂丟石頭，就是他們丟的；他們還是不放過祂。事實上，他們不放過我們所有人。你臉上流血的地方，是不是就是他們傷的？」

「是。」他蒼白虛弱地說。

「你要不要現在上床呢？如果我把心情機設定在六七〇頻道？」

「那個頻道是什麼?」他問。
「早該得到的安寧。」伊蘭說。
他站起來,忍痛站著,一臉的睏倦與迷惘,像是歷經多年的爭戰,一場打完又是另一場。接著,他一步一步沿著通往臥房的路線走去。「好吧。」他說:「就給我早該得到的安寧吧。」他在床上躺成大字,落塵從他的衣服和頭髮掉到白色的床單上。
才剛按下讓臥房窗戶變得不透明的按鈕,灰濛濛的日光一暗,伊蘭就發覺沒必要打開心情機了。
躺在床上的瑞克一下就睡著了。
她暫時待在那裡,守著他一會兒,確定他不會醒來,不會像他有時候在三更半夜驚醒一般,突然就坐了起來。一會兒過後,她回到廚房,兀自在餐桌前坐下。
那隻電動蟾蜍在她一旁的箱子裡發出帕嗒帕搭、窸窸窣窣的聲響。她納悶它吃些什麼,又需要做些什麼來保養。它吃人造蒼蠅,她想到了。
她打開電話簿,翻到黃色頁面的部分,查閱「電動寵物配件」,按照號碼打過去。一名女性銷售員接了電話,伊蘭對她說:「我想訂個一磅的人造蒼蠅,麻煩給我那種真的會飛來飛去、發出嗡嗡聲的。」

「是要給電動烏龜的嗎？女士？」

「給蟾蜍的。」她說。

「那麼我推薦我們的綜合什錦人造蟲，各種爬蟲和飛蟲都有，包括……」

「蒼蠅就好了。」伊蘭說：「你們能送過來嗎？我不想出門，我先生在睡覺，我想待在家，確定他沒事。」

銷售員說：「除非是角蟾，不然我也推薦蟾蜍要有一組永續循環的生態池，裡面有沙子、各種顏色的石頭和零零碎碎的有機碎屑。還有，如果您想讓它養成規律的飲食習慣，我也建議您定期將它送來我們的服務部門做舌頭校準，這攸關蟾蜍的生死。」

「好啊。」伊蘭說：「我想讓它保持在最佳狀態。我先生很愛它。」她把地址報給她，報完就掛上電話。

最後，她覺得好過了點，也替自己泡了一杯熱呼呼的黑咖啡。

編按：

本書的早期版本曾收錄詩人葉慈的詩句作為開場引言：

而我依然夢見他涉過草地，　And still I dream he treads the lawn,
鬼魅般行於露水之間，　Walking ghostly in the dew,
被我歡快的歌聲穿透，　Pierced by my glad singing through,

——〈快樂牧羊人之歌〉（The Song of the Happy Shepherd）

有評論者推測，這段詩句與原文書名 *Do Androids Dream of Electric Sheep?* 相互呼應。

而原文書名則有《仿生人會夢見電子羊嗎？》《仿生人會夢想擁有電動羊嗎？》等譯法。

附錄

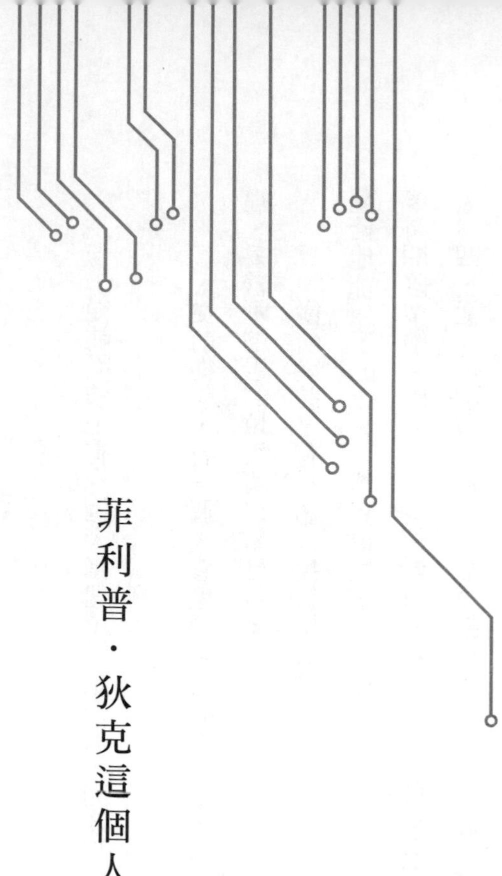

菲利普·狄克這個人

——羅傑·澤拉茲尼[1]

一、從前從前，有一個人修理垃圾壓縮機，因為那是他在這世界上最愛做的一件事……

二、從前從前，有一個人修理垃圾壓縮機。這人所生存的社會缺乏建材，在那裡，妥善壓縮過的垃圾可以當地基……

三、從前從前，有一個人痛恨垃圾壓縮機，但為了謀生，也為了長期供應鎮靜劑給他那瘋了的太太，他只得去修理垃圾壓縮機。太太保持冷靜，他才不用花那麼多時間陪情婦。因為，自從情婦改信新教之後，就變得怪沒意思的……

四、從前從前有一個人，故意把他痛恨的垃圾壓縮機亂修一通，結果做出一種機器……

沒用的。我辦不到。我可以玩「看待垃圾壓縮機修理工的十三種方式」，但我沒辦法把它變成一個既眩惑、嗆辣、怪誕、饒富哲思、諷刺挖苦又妙趣橫生的故事。要這麼做是有獨門祕訣的，而精通箇中奧妙的第一步，在於成為菲利普．狄克。

布萊恩．奧迪斯[2]稱他為「當今的不滿足大師之一」，這一點在他的諸多作品中都明顯可見。但他的作品令我驚異之處，就在於那些不滿經過他特殊處理之後所產生的效果。不單單是因為我認為拿不同的作者來比較是一種美學上的欺騙，也因為我根本就想不出來有誰能跟菲利普・狄克相提並論。奧迪斯搬出了皮藍德羅[3]，就現實大挪移而言，在某一小部分，拿他來比是還不錯，但基本上皮藍德羅的機器是一台切碎機，技巧戰勝了成規，無論餵進切碎機的是什麼，都只有一個基本的訊息。菲利普・狄克的計畫複雜多了。他對故事的安排以一種天知道怎麼回事、看似雜亂無章的方式，帶你一步一步走下去。回顧起來，故事的發展是有邏輯可循，但唯有到了回顧之時才是如此。當你身陷故事的魔咒之中，你就跟那些無法自拔的角色一樣，看不見接下來會怎麼樣。

這些角色往往是受害者、囚徒、受人擺布的男男女女。他們能否留下一個比原

---

1 Roger Zelazny（1937-1995），美國科幻新浪潮旗手，得過三次星雲獎和六次雨果獎（共獲得十四次提名）。

2 Brian Aldiss（1925-），英國科幻小說教父，除撰寫科幻小說之外，還編撰科幻小說史。

3 Luigi Pirandello（1867-1936），諾貝爾文學獎得主，義大利劇作家。劇作風格怪誕荒謬，知名作品有《六個尋找作者的劇中人》。

先少一點邪惡的世界，一般沒有把握，誰也說不準，只能盡其所能。他們通常是在九局下半站上打擊位置，追平的跑者踩在壘包上，兩人出局，兩好三壞，比賽隨時可能因為下雨喊停。但話說回來，何謂下雨？球場又是什麼？

菲利普·狄克的角色所在的世界是會無預警取消或更改的。「現實」大概就像政治人物的承諾一樣靠不住。造成變化的原因可能是一種藥、一道時空裂縫、一部機器，或是一個外星生命體，但無論是什麼為他筆下角色帶來令人摸不著頭腦的變動，結果都是一樣的：「現實」二字如人飲馬丁尼，甜度自知。然而掙扎還是繼續，抗爭還是繼續。對抗什麼？說到底，是勢力，是權柄，是王位，是統治與支配。而握有這些權力的人，往往本身也是受害者、囚徒和受人擺布的男女。

這一切聽起來都像是令人生畏的嚴肅題材，實則不然。把「令人生畏的」劃掉，加上一個逗號和以下這句話：但菲利普·狄克厲害就厲害在他的語氣。他擁有一種我難以形容的幽默。很酸、很怪、很胡鬧、很毒舌、很諷刺……這些形容詞沒有一個切中要點，卻又雖不中亦不遠矣。他的角色在最緊要的關頭出糗慘敗，最滑稽的場面透著最可悲的反諷。這是他成功導出一場戲的特質，難能可貴而令人肅然起敬。

還有誰能在這個光怪陸離的世界，設計出一個但憑領導者玩橋牌的能力決定其發展的社會，而其中大快人心的規則是，遊戲玩得不好，可能就有一組夫妻團隊得立刻離婚？我想你已經猜到了，這本書是《泰坦玩家》（*The Game-Players of Titan*）。又或者，還有誰能想得到安排一個角色在故事開頭，心理醫生診斷他有典型妄想症，妄想自己被跟蹤、被監聽、被萬人仇視，直到醫生發現病人的身分，才明白他確實可能被監視，並且頓時對他滿懷恨意？這位病患是「血錢博士」（Doctor Bloodmoney），同名小說不只是一個千變萬化的故事，更是一部說故事的傑作。

另外三本我個人的心頭好是：

《尤比克》（*Ubik*）——一天下午，雙日出版社的編輯賴瑞．艾許密興奮不已、笑容滿面地把這書塞進我手裡，叫我務必先讀為快。那天晚上，在返回巴爾的摩的火車上，我就讀了起來。若不是那位足以充當傑羅姆．海因斯[4]替身的車掌，我搞

---

4 Jerome Hines（1921-2003），美國歌劇男低音，以渾厚有力的歌聲著稱。

不好會坐到辛辛那提或堪薩斯城去。

《銀翼殺手》（*Do Androids Dream of Electric Sheep?*）——我坐下來就動也不動一口氣讀完的書，書名不時還會伴隨著〈綠袖子〉的旋律閃過我的腦際。我不確定為什麼。我是說那個旋律。至於「坐下來就動也不動」這部分，就不解釋了，你打開書便能明白。

《星際補陶匠》（*Galactic Pot-Healer*）——當百科全書上的定義說某種生物是主宰某星球的生命形式，接著又指出這種生物總共只有一隻……這部作品簡直是異想天開，但又不盡然。菲利普·狄克的著作從來不能簡單地予以歸類。而且這一本聚焦在它的角色個性（伊麗莎白時代的用法）[5]之處，以及某些段落近乎牧歌風格的特質，都有那麼點特別。

提出我個人偏愛的幾部作品，並不是說他其餘的作品就沒那麼好。菲利普·狄克的作品我幾乎讀遍了，不管哪一本，在讀完放下的時候，我都不曾有那種覺得作者作弊的感覺——有時候，某些作者就是會讓人覺得他草率敷衍，沒拿出全部實力，充分對付自己設定的主題。就這方面而言，菲利普·狄克是一位誠實的作家——或者，如果我錯了，他確實也曾敷衍了事，但也只能說他的技藝太高超，掩飾得天衣無縫。

創新、機智、藝術的完整性，是三種很好的特質。然而，如果要談這三種特質，那就是在談作品背後的作者，而不是在談作品本身了。況且，就算談得再認真，也只會是大量抽象文字的堆砌而已。

故事就是一連串的效果。菲利普・狄克的腦袋彷彿一座風車，風車上用鋼琴線掛了一面發皺的鏡子，鏡子前是一條霓虹燈管。他對社會的不滿就是經由這條霓虹燈管，以扭曲而絢爛的折射手法，從字裡行間透露出來。在本文一開始我就承認，菲利普・狄克製造的效果比他對社會的不滿更令我著迷。他是作家中的作家。他的

---

5 此處「個性」原文為「humour」，承襲自古希臘的四體液學說（four humours theory），在伊麗莎白時代意指一個人的個性、性情、脾氣等特質。伊麗莎白時代盛行「個性喜劇」（comedy of humours），即聚焦於人物個性特徵之喜劇。西洋文學中另有「牧歌」（pastoral）此一創作類型，內容往往描述田園風光。澤拉茲尼這段文字強調菲利普・狄克的作品具有各種類型的特色，難以歸於單一類型。

奇思異想之豐富，單單只一個段落裡的東西，就夠其他作家寫成一本書。我沒辦法一一詳述這些效果，但話說回來，我也寫不出他為「尤比克」寫的產品說明標籤[6]。也因為這些多樣化而近乎超現實的效果紛然並陳，才使得他的作品難以被輕率地歸類。然而，在把菲利普·狄克的作品讀完收起之後，回顧起來，留下的餘味倒不是對故事的記憶，而比較像是讀完一首詩之後，在心裡留下了詩意的隱喻。

這點我很重視，一部分是因為它確實挑戰了界線，但更主要的原因在遺忘了細節之後，菲利普·狄克的故事留給我的是不時會冒出來的感受或想法；而我個人的感受和想法遂因此更加豐富了。

（本文為美國一九七五年版《銀翼殺手》導讀）

---

6 小說《尤比克》當中的科幻物品，每一章開頭都有「尤比克」商品介紹，從啤酒、刮鬍刀、沙拉醬……各式各樣，至於本體究竟為何物？就是作者的巧妙與讀者的樂趣了。

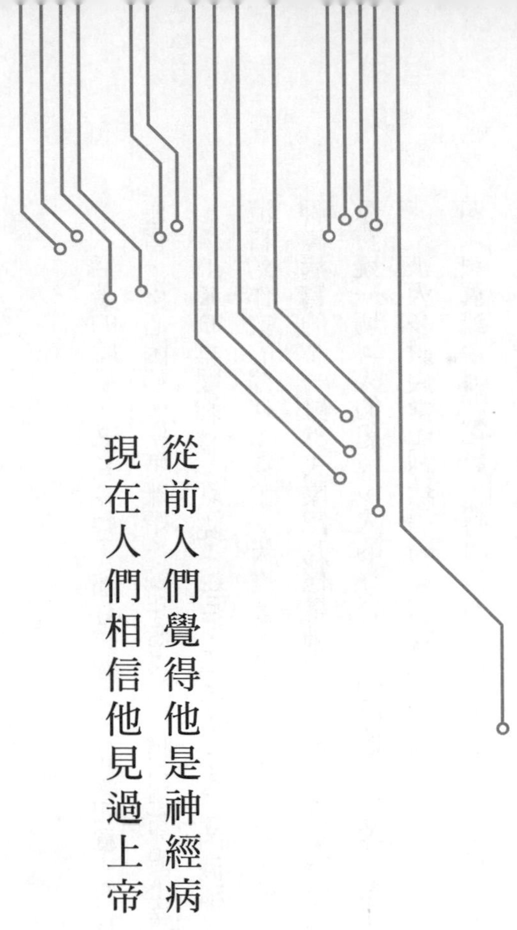

從前人們覺得他是神經病，
現在人們相信他見過上帝

——臥斧（文字工作者）

活著的時候，ＰＫＤ絕大部分時間都不怎麼如意。他有點精神問題，有嗑藥的惡習、生活困頓、結婚離婚，晚年時常常宣稱自己見過上帝。

ＰＫＤ是菲利普・狄克（Philip Kindred Dick）的簡稱，一個生前被歸類為不入流科幻作家的傢伙；寫了一大堆書，讀者不是不買帳，就是讀完就罵，「這是哪個神經病寫的？」雖然大家認為他是神經病，但他也覺得這個世界不怎麼正常；他喜歡質疑一切：人的記憶、人的存在、人的好壞，以及什麼才算是「人」？

被大多數人當成神經病的ＰＫＤ在一九八二年過世；但就在那一年，有一部叫《銀翼殺手》的電影，讓所有人對科幻電影大大改觀——在《銀翼殺手》當中的未來世界，擁擠、陰暗、髒污、混亂，科技讓政治機器更專權、讓階級分野更明顯、讓人類的劣性更直接、讓世界更亂。

《銀翼殺手》變成了科幻片的經典。它是由ＰＫＤ的小說《銀翼殺手》改編的。

從一九八二年之後，已有超過十部電影、影集及電玩遊戲改編自ＰＫＤ的作品，從二〇〇二年開始就已經超過有五部電影從ＰＫＤ的原著找到靈感：《強殖入侵》《關鍵報告》《記憶裂痕》《心機掃描》及《關鍵下一秒》，連八〇年代拍過的《魔鬼總動員》都在二十一世紀重拍新版；甚至在日本動漫《攻殼機動隊》、基努李維主演的《駭客任務》系列電影中，都能發現ＰＫＤ的一貫主題。

上述的影視作品雖說表現手法有好有壞，但無論改編作品是優是劣，都比不上真正閱讀ＰＫＤ小說的經驗。因為改編的影視作品，或許抓住了某個ＰＫＤ的小說重點，或許加進了許多眩目的聲光特效，但幾乎都沒有法子完整地呈現ＰＫＤ獨樹一幟的文字趣味。

進化之後的新人類可以預見未來，但面對人類的追捕，他還有一項不可置信的重要能力；自稱「我有很多事做不到，但你做得到的我都做得到——而且做得比你更好」的機器人上門強迫自我推銷；想來占領地球的外星人呆到莫名其妙；巡迴星際的雜耍團體其實別有居心……閱讀這些篇幅簡短的故事時，我們會發現，ＰＫＤ的小說（尤其是短篇）有一種特殊的邏輯和苦澀的幽默，在沒有絕對是非黑白、沒有絕對正確錯誤的世界裡，ＰＫＤ的角色們頑強地支撐著，有的試圖征服時勢，有的則被命運征服。

讀ＰＫＤ的小說，會在混亂當中忽然不自覺地彎出一個微笑，也會因為一切實在太不可思議而皺起眉頭。

而當現實的世界變得越來越像ＰＫＤ數十年前的預言時，ＰＫＤ的小說開始越來越被重視、越來越多人閱讀、越來越常被提及討論，也有越來越多的讀者將他當年的奇思怪想轉換、消化，用來面對現今似乎同ＰＫＤ故事一樣光怪陸離的世界。

從前人們覺得他是神經病；現在人們相信，或許，他真的見過上帝。

但無論如何，ＰＫＤ的故事是屬於人間的。

它們搞怪、詭異、幽默但危險，和所有我們習以為常於是信以為真的事物一樣。

（本文原刊載於 Okapi 閱讀生活誌）

從前人們覺得他是神經病
現在人們相信他見過上帝

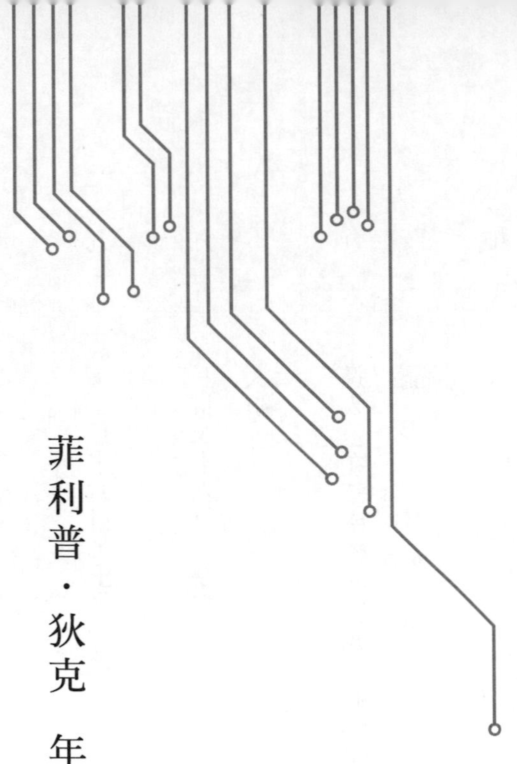

菲利普・狄克　年表

一九二八　十二月十六日，出生於芝加哥。

一九二九　一月二十六日，雙胞胎妹妹珍・夏綠蒂・狄克（Jane Charlotte Dick）夭折。

一九三六　進入位在華盛頓的約翰艾通小學（John Eaton Elementary School）就讀。

一九三八　六月，跟著媽媽搬到加州生活。

一九四〇　狄克說，他就是在這一年開始接觸科幻雜誌，他讀的第一本是《刺激科幻故事》（*Stirring Science Stories*）。

一九四七　從柏克萊中學畢業，同屆校友還有奇幻名家娥蘇拉・勒瑰恩（Ursula K. Le Guin）。

一九四八　五月，第一次結婚，與珍涅特·瑪琳（Jeanette Marlin）的婚姻維持了六個月。

一九四九　進入加州大學柏克萊分校就讀，但沒讀多久就退學了。

一九五〇　六月，第二次結婚，與克莉歐·阿帕絲特萊茲（Kleo Apostolides）的這段婚姻在一九五九年畫下句點。

一九五一　生平第一次賣出故事，自此結束唱片店店員工作，投入全職寫作。不過這則短篇〈嘷〉（Roog）直到一九五三年才在《科學幻想雜誌》（*The Magazine of Fantasy & Science Fiction*）上刊出。

一九五九　四月，第三次結婚，與安·威廉斯·魯賓斯坦（Anne Williams Rubinstein）的婚姻在一九六五年告終。

一九六〇　二月，長女蘿拉（Laura）出生。

一九六二　出版《高堡奇人》（*The Man in the High Castle*），拿下雨果獎。

一九六五　出版《血錢博士》（*Dr. Bloodmoney*）、《艾德利治的三道印記》（*The Three Stigmata of Palmer Eldritch*），兩本皆獲得星雲獎提名。

一九六六　七月，第四次結婚的對象是南西・海克特（Nancy Hackett），婚姻關係在一九七二年結束。

一九六七　三月，次女伊索德（Isolde）出生。出版短篇〈先賢之信〉（Faith of Our Fathers），獲得雨果獎最佳短篇提名。

一九六八　出版《銀翼殺手》，獲得星雲獎提名。

一九六九　出版《尤比克》（*Ubik*），本書獲《時代雜誌》選入二十世紀百大英語小說。

一九七三　四月，第五次結婚，這一任妻子萊斯莉（泰莎）・巴斯比（Leslie (Tessa) Busby）在一九七七年與狄克離婚。

七月，長男克利斯多弗（Christopher）出生。

一九七四　出版《員警說：流吧！我的眼淚》（*Flow My Tears, the Policeman Said*），獲星雲獎、雨果獎提名，並拿下約翰・坎貝爾紀念獎。

一九七七　出版《心機掃描》（*A Scanner Darkly*），拿下英國科幻小說大獎，並獲得約翰・坎貝爾紀念獎提名。

一九八〇　出版短篇〈勞塔瓦拉懸案〉（Rautavaara's Case），獲得英國科幻小說獎提名。

出版短篇集《金人》（*The Golden Man*），並在書中自序感謝科幻三大家之一海萊因的諸多幫助。

「我近四十年的夢想在去年成真——我認識了羅勃．海萊因，他和凡．非格的作品使我對科幻產生興趣。我認為海萊因是我的精神之父，即使我們的政治觀點南轅北轍。幾年前我生病時，海萊因還提供我協助。雖然那時我倆從未見過面，他打電話來給我打氣，問候我。他還想買一部電動打字機送我，上帝保佑他——他是這個世界的真紳士。我不同意他作品裡的任何想法，但這不打緊。有一次我欠國稅局錢且繳不出來，他還借錢給我。我非常尊敬他和他太太，出於感激，我將我的一本書獻給他們。羅勃．海萊因是位英俊男士，樣子非常英武，像位軍人。看得出來他有軍隊的背景，從髮型就看得出來。他知道我是個神經緊張型的怪胎，但當我們面臨困難時，他仍會幫助我和我太太。那真是人性的光輝，正是我所愛的。」

——摘自《關鍵下一秒》（《金人》中文版書名），正中書局出版

一九八一　出版《神的入侵》（*The Divine Invasion*），獲得英國科幻小說大獎提名。

一九八二　三月二日過世，骨灰與五十三年前過世的雙胞胎妹妹同埋。

出版《主教的輪迴》（*The Transmigration of Timothy Archer*），獲得星雲獎提名。

六月二十五日，《銀翼殺手》（*Blade Runner*）電影上映，改編自一九六八年出版的《銀翼殺手》。

電影故事設定在二〇一九的洛杉磯，原書設定是一九九二年的舊金山，後來出版的版本改為二〇二一年。

本片於一九八三年在台灣上映，當時片名為《二〇二〇》，後來發行錄影帶才改名為《銀翼殺手》。

一九九〇　《魔鬼總動員》（*Total Recall*）電影上映，改編自一九六六年出版的短篇〈記憶公司大特賣〉（We Can Remember It for You Wholesale）。

一九九二　《彆腳藝人自白書》（*Confessions d'un Barjo*）電影上映，改編自一九七五年出版的非科幻小說《彆腳藝人自白書》（*Confessions of a Crap Artist*）。

一九九五　《異形終結》（*Screamers*）電影上映，改編自一九五三年出版的短篇〈第二型態〉（Second Variety）。

二〇〇二　《關鍵報告》（*Minority Report*）電影上映，改編自一九五六年出版的同名短篇。

《強殖入侵》（*Imposter*）電影上映，改編自一九五三年出版的同名短篇。

二〇〇三　《記憶裂痕》（*Paycheck*）電影上映，改編自一九五三年出版的同名短篇。

二〇〇六　《心機掃描》（*A Scanner Darkly*）電影上映，改編自一九七七年出版的同名小說。

二〇〇七　《關鍵下一秒》（*Next*）電影上映，改編自一九五四年出版的短篇小說〈金人〉（The Golden Man）。

二〇一一　《時間規畫局》（*The Adjustment Bureau*）電影上映，改編自一九五四年出版的短篇〈規畫小組〉（Adjustment Team）。

二〇一二　《攔截記憶碼》（*Total Recall*）電影上映，二度改編一九六六年出版的短篇〈記憶公司大特賣〉。

二〇一五　《關鍵報告》再度改編為影集播出。

影集《高堡奇人》播出，改編自一九六二年出版的同名小說。

二〇一七

《銀翼殺手2049》（*Blade Runner 2049*）電影上映，角色與故事構想均延續自《銀翼殺手》。

《菲利普・狄克的電子夢》（*Philip K. Dick's Electric Dreams*）影集改編自多個短篇。

Eurasian Publishing Group
圓神出版事業機構
用心與你對話．視野無限寬廣
寂寞出版社
Solo Press

www.booklife.com.tw　reader@mail.eurasian.com.tw

Cool 025

銀翼殺手

作　　者／菲利普．狄克（Philip K. Dick）
譯　　者／祁怡瑋
發 行 人／簡志忠
出 版 者／寂寞出版股份有限公司
地　　址／台北市南京東路四段50號6樓之1
電　　話／（02）2579-6600．2579-8800．2570-3939
傳　　真／（02）2579-0338．2577-3220．2570-3636
總 編 輯／陳秋月
主　　編／李宛蓁
責任編輯／朱玉立
校　　對／祁怡瑋．李宛蓁．朱玉立
美術編輯／林雅錚
行銷企畫／陳姵蒨．曾宜婷
印務統籌／劉鳳剛．高榮祥
監　　印／高榮祥
排　　版／杜易蓉
總 經 銷／叩應股份有限公司
郵撥帳號／18707239
法律顧問／圓神出版事業機構法律顧問　蕭雄淋律師
印　　刷／祥峰印刷廠
2017年9月　初版
2023年8月　15刷

Do Androids Dream of Electric Sheep

定價 360 元　ISBN 978-986-94524-2-7　

新書飄出油墨、裝訂膠水和渴盼的氣味；舊書散發出自身，及其故事裡蘊含的奇險歷程氣味；至於好書，不只吐露出蘊含這一切的香氛，還夾帶一縷魔法幽香。

——《隱頁書城》

國家圖書館出版品預行編目資料

銀翼殺手／菲利普・狄克（Philip K. Dick）著；祁怡瑋 譯.
-- 初版. -- 臺北市：寂寞, 2017.09
352面；14.8×20.8公分. --（Cool；25）
譯自：Do androids dream of electric sheep?
ISBN：978-986-94524-2-7（平裝）

874.57　　106012560